escuchar con los ojos

Desde la torre

Retirado en la paz de estos desiertos,
con pocos pero doctos libros juntos,
vivo en conversación con los difuntos
y escucho con mis ojos a los muertos.

Si no siempre entendidos, siempre abiertos
o enmiendan, o fecundan mis asuntos;
y en músicos callados contrapuntos
al sueño de la vida hablan despiertos.

Las grandes almas que la muerte ausenta,
de injurias de los años, vengadora,
libra, ¡oh gran don Iosef!, docta la imprenta.

En fuga irrevocable huye la hora;
pero aquélla el mejor cálculo cuenta
que en la lección y estudios nos mejora.

Francisco de Quevedo

josé lópez portillo y rojas

la parcela

siglo
veintiuno
editores

siglo xxi editores, s.a. de c.v.
CERRO DEL AGUA 248, DELEGACIÓN COYOACÁN, 04310, MEXICO, D.F.

siglo xxi editores argentina, s.a.
TUCUMÁN 1621, 7 N, C1050AAG, BUENOS AIRES, ARGENTINA

portada de patricia reyes baca

primera edición, 2000
sexta edición, 2005
© siglo xxi editores, s.a. de c.v.
isbn 968-23-2246-4

I

Levantóse aquel día don Pedro Ruiz al rayar el alba, como de costumbre. El cuidado de los negocios obligábale a ser diligente, y por hábito, por temperamento, necesitaba madrugar. Tenía por martirio quedarse en la cama hasta después de salido el sol, y nunca le había pasado tamaño contratiempo sino por enfermedad. Gozaba sobremanera con el espectáculo matutino que le ofrecía a diario la naturaleza; y aunque era hombre sin instrucción ni refinamientos artísticos, admiraba a su modo los bellos panoramas, y soñaba delante de ellos con vaga voluptuosidad, sin desembrollar el mundo confuso de ideas, sentimientos, tristezas y anhelos que embargaban su espíritu en los instantes dulcemente melancólicos de su contemplación.

Fuese aquella mañana, como las otras, al portal de la hacienda que veía al Oriente, y envuelto en el sarape de brillantes colores, y calado hasta los ojos el sombrero de anchas alas, se puso a atisbar el lejano horizonte. Aún era de noche en la extensión del cielo, brillaban todavía las estrellas en el firmamento y estaban desiertos y silenciosos los campos. Salía de todas partes ese vago rumor de arrullo que brota de la naturaleza en las horas nocturnas, cuando el susurro del viento entre las hojas, el canto del grillo escondido debajo de las piedras y la ronca voz de la cigarra en lo más espeso de los matorrales, forman un interminable ¡*chiis*! semejante al de las madres que velan el sueño de sus hijos. Escuchábase a lo lejos el acento del caudaloso Covianes, que bajando de la cañada bermejo de color y cargado de tierra vegetal, forma al pie del cerro una especie de torrente, rompiendo sus ondas espumosas en los pulidos y grandes cantos que le salen al paso. No era visible a aquellas horas en el seno de la oscuridad; pero su fragor, debilitado por la distancia, percibíase aunque confuso, a modo del zumbar indistinto de un enjambre de abejas. El valle cubierto de cañaverales parecía caos de cosas informes, y las elevadas montañas que le cercaban, gigantes misteriosos salidos del abismo para explorar el espacio. Allá en el término postrero del cuadro, mirábase aparecer una luz tenue, que tanto podía ser anuncio del nuevo día como el fulgor de una estrella.

A la espalda de don Pedro se alzaban los mil ruidos del ingenio y se veía, a través de las ventanas de la fábrica, la intensa claridad de las luces artificiales que habían ardido toda la noche. Rumor confuso de voces llegaba hasta él por oleadas, de tiempo en tiempo, y algunas veces el silbato del vapor rompía en grito estridente, semejante a prolongado lamento de un gran reptil emboscado en las tinieblas.

Poco a poco fue esclareciéndose el confín del espacio. Pareció primero que una gasa luminosa hubiese sido extendida en la inmensidad por una mano invisible. La débil claridad fue dilatándose insensiblemente por todo el cielo, y, a medida que se agrandaban sus dominios e iba cubriendo con ligero cendal la faz de las estrellas, el fulgor distante hacíase más y más intenso, y la blancura de la luz comenzaba a teñirse con suaves y variados matices. Sin que el ojo pudiese apreciar el instante de la metamorfosis, apareció el color de las rosas mezclado con el albor de la lontananza. Luego saltó sobre la cumbre de la sierra gualda brillantísima, que convirtió el horizonte en océano de gloria, donde parecían nadar los espíritus de los bienaventurados; hasta que el fondo naranjado fue extremando el matiz de sus tonos y se trocó en mar escarlata, como sangre fluida y luminosa.

Rompió la contemplación de don Pedro un trote de caballos por el camino de Citala. Como hombre de campo que era, de ojo perspicaz y oído finísimo, pocos instantes de observación fuéronle bastantes para distinguir, entre las sombras crepusculares que aún ocultaban la falda de la loma cubierta de hierba, las negras siluetas de dos jinetes que avanzaban hacia la hacienda. Fumaban de tiempo en tiempo, y la lumbre de sus cigarros parecía en la penumbra como pasajera fosforescencia de aladas luciérnagas entre la hojarasca. Lleno de curiosidad, siguió atentamente la marcha de los jinetes, que ya se dejaban columbrar por algún claro, ya se hundían en alguna hondonada, ora mostraban tan sólo las oscuras copas de los sombreros, o bien aparecían y desaparecían rápidamente entre los troncos de los árboles, a modo de visiones fantásticas. Como la vereda hacía un agudo recodo a la llegada de la hacienda, perdiólos de vista durante unos instantes. Entretanto llevó a cabo toda su evolución la alegre aurora, y cuando los jinetes aparecieron por la puerta de la plaza cercada, frente al corredor, hizo explosión el sol allá en el fondo del paisaje, entre girones de nubes violáceas y color de oro; y caballos y caballeros se destacaron con toda distinción sobre el foco deslumbrador de la inmensa fragua. Heridos por rayos oblicuos, parecía que aquéllos y sus cabalgaduras venían orlados con fleco luminoso; o, como decía don Pedro en lengua campesina, parecía que venía *chorreando luz*.

—Buenos días, compadre don Miguel —dijo don Pedro tan luego como hubo conocido al jinete que llegaba el primero.

—Buenos días compadre —repuso el recién llegado deteniendo el caballo y echando pie a tierra.

El sirviente que le acompañaba descendió velozmente de su cabalgadura y fue a tener por la brida la que dejaba su amo. Luego se inclinó para quitar a éste las espuelas.

—No, Marcos —díjole don Miguel—, no me las quites, porque no tardamos en irnos.

—¡Cómo! compadre —observó don Pedro— ¿luego no se queda a desayunar conmigo?

—No, ahora no, porque tengo que llegar al Derramadero antes de las seis, y todavía está lejos.

—Lo siento, compadre; pero ya será otro día ¿no es cierto...? Pase, pase ¿quiere que nos sentemos en esta banca para gozar del fresco? ¿O que entremos en el despacho?

—Aquí estamos bien, no se moleste.

—Conque ¿qué anda haciendo por acá tan temprano?

—No me agradezca la visita; vengo a tratar de nuestro negocio.

—¿Qué negocio?

—El que tenemos pendiente.

—¡Ninguno tenemos pendiente!

—¿Luego el Monte de los Pericos? ¿Tan pronto se le ha olvidado?

—¿Qué tiene usted que decir del Monte?

—Que quiero me resuelva de una vez, si me lo entrega o no me lo entrega.

—¿Para qué hablamos de eso? Mil veces le he dicho que ese monte es mío.

—Así lo dice usted; pero a mí me pertenece.

—Compadre, vale más que hablemos de otra cosa: déjese de eso ¡pues qué no somos amigos!

—Sí lo somos; pero eso no quiere decir que usted se quede con lo mío. ¡Qué modo de amigos!

Don Pedro enrojeció de cólera al oír aquellas palabras, y abrió la boca para responder con vehemencia; pero se contuvo a tiempo, reprimió el arrebato y guardó silencio breves momentos para recobrar el equilibrio perdido y orientar claramente las ideas.

Aprovechemos este intervalo para trabar conocimiento con ambos interlocutores.

Don Pedro Ruiz, en cuanto a lo físico, no valía gran cosa. Pequeño de estatura, trigueño de color, y un tanto grueso, parecía un humilde sirviente de la casa; nadie, al verle, hubiera creído que era el propietario de aquel vasto inmueble y de aquel rico ingenio. Descendiente de un antiguo cacique de Citala, tenía en el rostro los rasgos característicos de la raza indígena: cabellera lacia y negra a pesar de sus cuarenta y cinco años, nariz corta, dientes blancos, labios carnosos y un ruin bigotillo que le bajaba por los extremos de la boca en forma de coma, dejando casi imberbe la parte céntrica del labio, superior. Lo único notable que había en su fisonomía eran los ojos, no hermosos ni grandes, sino antes bien pequeños; pero vivos, penetrantes y observadores. Ordinariamente, en la conversación, manteníalos tenazmente apartados de la persona con quien hablaba; sólo en casos excepcionales fijábalos en su interlocutor, produciendo en éste un extraño efecto, como si sus rayos fuesen aceradas agujas que se clavasen en las pupilas de aquel a quien iban dirigidos. Pero esto duraba sólo un momento, pues luego los volvía a otra parte como distraído, y de allí a poco borrábase casi la impresión de aquel resplandor pasajero. Era de escasas palabras. La mayor parte del día pasábala callado, en constante peregrinación a través de sus propiedades y dependencias. Cuando todo iba bien, no decía palabra; pero cuando estimaba preciso corregir algún vicio, o remediar algún desperfecto, daba órdenes en frases concisas y con tono imperativo. Los sirvientes obedecíanle solícitos, a pesar de que muy rara vez los reñía; y él, por su parte, nunca abusaba de su pobreza. Tenía para ellos dos prestigios: el del talento y el del carácter. Conocía sus tierras de un modo admirable, así sus linderos, montes y arroyos, como todo cuanto en ellos se movía: toros, vacas, becerros, caballos y yeguas. En un rodeo, entre centenares de animales, sucedía que llamase a alguno de los caporales y le dijese:

—Oyes ¿qué se hizo la becerra *josca* de la oreja gacha?

—¿Cuál, señor amo?

—La hija de la vaca pinta y del toro americano.

—Aquí debe de estar.

—No, hombre, no está.

Pasada revista al ganado, sucedía que, en efecto, no estaba.

Su voluntad era inflexible. Cuando tomaba una determinación, nunca cejaba. Perdonaba a los sirvientes dos o tres faltas; una vez enfadado, los lanzaba de sus dominios, sin que hubiese consideración ni súplica que le hiciesen ablandarse. Procuraba ser justo e imparcial para atender las quejas de sus subordinados; pero no toleraba que en ningún caso se desobedeciesen sus mandatos o se le hiciese la más pequeña objeción.

De cuna humilde y apenas iniciado en los misterios de la lectura, la escritura y la aritmética, habíase casado con una joven de Citala, que tenía un capitalito de ocho a diez mil pesos. Su dulce compañera murió al dar a luz a su hijo Gonzalo, hoy joven de veintitrés años, dejándole sumido en la desesperación más amarga. Nunca volvió a casarse, ni pensó más en mujeres; vivió desde entonces consagrado al culto de la muerta —de quien llevaba siempre consigo el retrato y un mechoncito de pelo—, al amor de su hijo, vivo reflejo de la madre, y a la dirección de los negocios. Fue prodigioso lo que hizo en la gestión del escaso caudal de su esposa. A fuerza de energía, talento y honradez, fuele aumentando gradualmente, hasta que acabó por formar un vasto capital, y llegó a ser uno de los más ricos propietarios de la comarca. Comenzó por adquirir un terrenito en vecina hondonada; sembróle de cañas y plantó cerca modesto trapiche. Fue bien el negocio, y siguió comprando lotes en rededor del rancho, hasta que acabó por formar una hacienda, el Palmar, de extensión de doce a catorce sitios de ganado mayor. Hizo suyas, a bajo precio, las fracciones, porque el cultivo de aquellas tierras era poco productivo por falta de próxima e importante plaza de consumo; pero muy a poco llegó el ferrocarril a la finca, con tumbo a la capital del Estado, y apresurándose a ceder a la empresa el terreno necesario para la vía y a hacerle algunas otras concesiones, obtuvo que se situase la estación de Citala en sus dominios, y que fuese bautizada con el nombre de *Estación Ruiz,* la que hubiera debido llevar el nombre del pueblo. ¡Pequeñas vanidades de propietario!

Asegurado así el consumo de sus productos, canalizó el Covianes y dióle corriente a través de la mayor parte de sus tierras, que cubrió de extensos cañaverales. Para aprovechar sus dilatados plantíos, levantó una gran fábrica de azúcar, donde instaló una maquinaria moderna. El día que hizo el estreno del potentísimo molino, enormes calderas, evaporadoras, defecadoras y tacho prodigioso (que parecía un mundo de cobre brillantísimo suspendido en la parte más elevada del salón principal), organizó un gran festejo al que concurrieron todos ios personajes más notables del contorno, incluso el señor Obispo y el gobernador del Estado.

Como las utilidades correspondieron a los grandes dispendios, fue la fortuna de Ruiz aumentando rápidamente, hasta el grado de murmurarse entre la gente de la comarca, que pasaba ya de un millón de duros.

Decían malas lenguas que esta deshecha bonanza de los negocios de don Pedro, era la causa de que su compadre y amigo don Miguel, hubiese concebido secreta inquina en su contra. Y como se notara, en efecto, que mientras Ruiz fue pobre o de mediano caudal, le mostrase grande afecto don Miguel, y que, a medida que a aquél le iba sonriendo la suerte, se le fuese alejando al compadre, no faltaban, en verdad, fundamentos para aquella sospecha.

Don Miguel Díaz tenía un exterior imponente. Parecía más joven que don Pedro, a pesar de ser dos o tres años más viejo. Era de estatura mediana, esbelto talle, blanca y sonrosada tez, grandes y bellos ojos y nariz aguileña y bien perfilada. Llevaba al rape el pelo castaño y larga la barba rizada y fina, donde apenas blanqueaban algunas canas. Vestía, además, con esmero, al revés de don Pedro, quien siempre andaba de negro, con chaqueta de tela ordinaria, chaleco sin abotonar y botas sonoras de grandes cañones. Don Miguel cuidaba de ir conforme a la moda. Sus calzoneras de color oscuro, ajustadas a la pierna, lucían botonaduras y cadenillas de plata; mirábase la rica faja de seda aparecer bajo su chaleco, blanco casi siempre; la chaqueta era clara, de *cheviote* finísimo y corte irreprochable. La variedad de sus sombreros era proverbial. Teníalos, de jipi-japa, chambergos y de palma con grampas y galones.

Montaba briosos y gentiles caballos en sillas siempre nuevas y cubiertas de planchitas argénteas, formando contraste también en esto con don Pedro, que acostumbraba cabalgar en una mulita prieta, viva y de rápido y blando paso, que casi no le sacudía al devorar la distancia.

Tenía, en fin, don Miguel, un aspecto avasallador, Callado, era verdaderamente majestuoso; pero visto por su parte psíquica, era un pobre hombre, que no alcanzaba más allá de sus narices. Tan descuidado en su educación como don Pedro, no tenía perspicacia como éste, ni reflexión, ni buen criterio; todo lo veía al través de un velo confuso, sin formar idea clara de cosa alguna. Teniendo el instinto de su pesadez intelectual, habíase vuelto falso y desconfiado, juzgando que le bastaban estas armas para derrotar a los más hábiles en la batalla de los negocios. Condiscípulo de escuela de don Pedro, habíales ligado estrecha amistad desde muy niños. Y los lazos de su afecto habíanse apretado con motivo del matrimonio contraído por don Miguel con una parienta próxima de su amigo, llamada doña Paz; pero, cosa rara, ni por eso, ni por nada, habían podido tutearse.

Nunca hubiera Díaz logrado tener entre manos grandes negocios, a no ser por el fallecimiento de un tío acaudalado, quien le dejó por herencia la vasta hacienda del Chopo, colindante del Palmar. Era también azucarera aquella finca: así es que por la semejanza del humilde origen de ambos agricultores, por el bienestar adquirido por ellos más tarde, y por la contigüidad de los inmuebles e igualdad de los giros, habíase despertado la emulación poco a poco entre los dos amigos. No es la emulación pasión perversa cuando sirve de acicate al esfuerzo mayor y al anheloso y honrado trabajo; antes virtud saludable y elemento de progreso y bienestar. Tal había sido la que don Pedro había sentido; pero don Miguel había ido pasando gradualmente, sin que jamás se diese cuenta de ello su oscurísima conciencia, de la emulación a la ruin envidia, que es tristeza del bien ajeno y deseo de arrebatarlo a quien la disfruta. Desde aquel punto y hora comenzaron a desvelar a Díaz los progresos de la fortuna de Ruiz, en términos que la gente llegó a advertirlo, por más que el envidioso procurase disimularlo; y ni los lazos de la antigua amistad, ni el compadrazgo que contrajeran en días de verdadero afecto y concordia —pues don Pedro había llevado a Ramona, hija de don Miguel, a la fuente bautismal—, ni las consideraciones sociales, ni el bien parecer, ni cosa alguna divina o humana, fueron ya parte para contener el desbordado torrente de su secreto enojo.

Y como le conociera el pie de que cojeaba, el licenciado Jaramillo, vecino del pueblo, se dio desde luego a explotar aquella veta de pleitos, haciéndole creer que Ruiz tenía usurpada una parcela de sierra, llamada Monte de los Pericos, perteneciente al Chopo. Cayó la idea en espíritu bien preparado para recibirla. En realidad, sólo esperaba Díaz algún motivo, grande o pequeño, para romper lanzas con su amigo; de modo que cogió la ocasión por los cabellos, como suele decirse, y con el anhelo de ensanchar su hacienda y de justificar su conducta, que por instinto conocía que no era buena, acabó por creer a pie juntillas el aserto.

Así fue que, al fin de algún tiempo más o menos largo, de lucha interna, presentó su reclamación en toda forma al asombrado don Pedro. Tenía éste sus papeles en regla. Con toda lealtad mostrólos a su amigo; pero ¿qué entendía don Miguel de aquellas cosas? Ni siquiera alcanzaba a leer bien las escrituras. Asesoróse en tal conflicto de Jaramillo, y el ilustre Papiniano halló, por de contado, mayores comprobantes que los que ya tenía, de la usurpación del Monte, en aquellos instrumentos, y tomó abundantes citas y notas con ocasión de ellos, para apercibirse a la demanda de reivindicación.

Con tal motivo entibiáronse mucho las relaciones de Ruiz y Díaz; pero como pasó algún tiempo desde la exhibición de los títulos, y nada se había vuelto a hablar sobre el asunto, creyó Ruiz que su amigo desistía de su propósito, y fue apaciguándose poco a poco su ánimo, hasta olvidar sus resentimientos y volver a sentir afecto hacia don Miguel. Grande fue su desencanto, por lo mismo, cuando oyó de boca de Díaz aquellas crueles palabras: *Eso no quiere decir que usted se quede con lo mío. ¡Qué modo de amigos!*

Pronto, empero, recobró el aplomo, y repuso con voz serena:

—Compadre, no es usted justo; no merezco que diga eso de mí.

—Obras son amores y no buenas razones.

—¿Pues qué quiere que haga?

—Que me entregue el Monte.

—Sólo que quiera que se lo regale...

—Con eso me ofende. Yo no quiero nada dado, ni lo necesito; pero tengo derecho para exigirle que respete mi propiedad.

—Pero hombre ¡qué propiedad va usted a tener en ese terreno! Lo compré con mi dinero. Ya le enseñé mis papeles.

—No valen nada sus papeles. El licenciado los vio y dice que no valen nada.

—¿Qué licenciado?

—El señor licenciado Jaramillo.

—No le haga caso, compadre. Es un buscapleitos que revuelve el agua de propósito para ver que pesca.

—No puedo permitir que hable usted de ese modo del señor licenciado. Hágame favor de tenerle un poco de más consideración.

—A mí no me importa nada el licenciado.

—Doblemos, pues, la hoja, y dígame usted categóricamente si me ha de entregar o no el Monte por la buena.

—Ni por la buena ni por la mala.

—¿Con que no?

—Lo dicho: ni por la buena ni por la mala.

—Eso ya lo veremos.

—Como usted guste.

—Después no se queje de que no le guardo consideraciones. Antes de todo, he querido brindarle con la paz...

—Exigiéndome que me rinda a discreción... ¡Me gusta la paz!

—Ahora, para que no crea que le ataco a traición, le advierto que he de recobrar el terreno como pueda. Se lo aviso para que esté preparado.

—Ya sabe que no me sé asustar con el petate del muerto. Haga lo que quiera; verá si me defiendo.

—Ya se lo aviso... después no se sorprenda... —terminó don Miguel cortando el coloquio, que era casi un altercado, y bajando las gradas del corredor para tomar el caballo.

—No tenga cuidado —repuso don Pedro con sorna, acompañándole hasta abajo de las gradas— no tenga cuidado...

Díaz arreglóse la barba con ambas manos, empuñó la rienda, montó, espoleó al animal y se despidió de Ruiz diciendo:

—Ya nos veremos, compadre.

Alejóse a buen paso, seguido a corta distancia por su mozo Marcos, a tiempo que don Pedro repetía a su espalda como un eco:

—¡Ya nos veremos!

II

Siguió don Pedro con la mirada buen espacio a los jinetes que se alejaban, dejando ver en ella retratados los sentimientos de indignación e incertidumbre que le embargaban el ánimo. Preocupábanle aquellas palabras enigmáticas y amenazadoras: *Le advierto que he de recobrar el terreno como pueda; se lo aviso para que no se sorprenda.* ¿Qué significaban? ¿Qué se proponía hacer don Miguel? Si era ocurrir a los tribunales con su pretensión, teníalo esto sin cuidado, pues disponía de sobradas armas legales para su defensa. ¿Qué otra cosa podía ser? No alcanzaba a colegirlo. Entre tanto fuéronse perdiendo de vista los jinetes, hasta que acabaron por esconderse entre los árboles de la cañada, en el cercano puerto de los cerros.

A poco, fue ya pleno día. Habíase elevado el sol radiante sobre la cresta de la sierra, y su globo enorme y rubicundo destacábase deslumbrador en el espacio, agitando en la atmósfera su cabellera de lumbre. Al verle tan alto, se acordó don Pedro de que era hora del desayuno, y a través de los corredores y patios se dirigió al comedor, vasta sala iluminada por grandes ventanas que daban a la huerta. Por sus cristales distinguíase la masa verde oscura de las plantas y de los árboles, y entre el follaje, rojas naranjas pendientes de ramas cubiertas de azahar. El rocío matinal había lavado las hojas, que se ostentaban limpias y espléndidas. En su tersa superficie temblaban gotas de aljófar, que heridas por la luz brillaban como piedras preciosas. Las aves acabadas de despertar revoloteaban en las frondas: columpiábanse en las ramas flexibles, aleteaban abriendo los picos sonrosados y llenaban el espacio de sus píos regocijados y argentinos.

Ocupaba el centro del comedor larga mesa de pino, cubierta por albo mantel esmeradamente planchado. La limpia vajilla brillaba sobre él artísticamente, y las sillas también de pino, con asiento de tule, esperaban colocadas en derredor. A un extremo de la vasta pieza, se destacaba el enorme aparador cargado de platos, tazas, copas y vasos. Veíanse por las paredes cuadros de antigua moda, que representaban escenas del *Telémaco,* con explicaciones al calce en francés y en español. Al opuesto extremo había un crucifijo de bulto, barnizado, y a sus pies una imagen al óleo de la Dolorosa, aprisionada en viejo marco dorado en otro tiempo, y ahora ennegrecido y descascarado por la acción destructora de los años.

—¡Mariana! —gritó don Pedro—, ¡el desayuno!

—Voy, señor —respondió la vieja cocinera asomando el rostro por el estrecho ventanillo que comunicaba el comedor con la cocina.

Sonó la campana de llamada, y a poco acudieron Gonzalo, el tenedor de libros, el administrador de la hacienda y el maquinista.

Era Gonzalo un mozo bien presentado, mestizo de raza pura, como hijo de don Pedro, cacique, y de Doña Paula, criolla. Moreno más que blanco, de ojos negros, pelo fino y algo rizado. Parecíase a su padre en la nariz corta y astuta, y a su madre, según la opinión de amigos y parientes, en la mansa y dulce sonrisa. Comenzaba a formalizarse el bozo sobre su labio superior, y aunque era por naturaleza bien barbado, rasurábase toda la cara para dejar libre desarrollo únicamente al varonil bigote, que anunciaba ser fuerte y poblado. La raya negra que le dibujaba aquel apéndice en la mitad del rostro, armonizaba de graciosa manera con sus pupilas de color oscurísimo y con el rojo mate de su boca bondadosa y expresiva.

Es rutina entre gente rústica, querer que los hijos sigan carreras literarias. Sin duda, acaso, porque el hombre de campo, aun siendo rico, suele padecer numerosos engaños y bochornos durante la vida, nacidos de su falta de trato e ilustración; siente anhelo vivísimo de que sus descendientes salgan de la penumbra intelectual y social en que él se ha agitado, y florezcan en esfera más brillante y prestigiosa, esperando de ellos ayuda, consejo y fortaleza. Mas don Pedro no era hombre de dejarse llevar por la rutina; en todo se atenía a sus propios juicios y pensaba con su cabeza.

—¿Qué hago yo —decía— con un licenciado en casa? Para nada lo necesito. Si llego a necesitarle, podré valerme de alguno de los muchos que hay en la ciudad. Lo que me hace falta son segundas manos que me ayuden a dirigir este negocio, que va siendo muy pesado para mí solo. Cuando me muera, si Gonzalo no sabe girar el rancho —así llamaba a la hacienda— todo se lo llevará la trampa, y se quedará pobre mi hijo en un decir Jesús.

Por consiguiente, lo dedicó a la agricultura, como era lógico, para que en todo fuese su heredero. Esto no impidió que lo mandase a la capital durante cuatro años, con el fin de que se instruyese en cosas útiles para su negocio. Y como Gonzalo era de inteligencia fácil y buena memoria, y como tomó los estudios por lo serio, supo aprovechar el tiempo, y al cumplir los diez y ocho años, volvió a la hacienda sabiendo francés, inglés, teneduría de libros, historia y un poco de física y química, con lo que tenía bastante para ser, como decía su padre, *un ranchero ilustrado.* Además de esto, leía constantemente libros y periódicos, y estaba al tanto de lo más notable que pasaba en el mundo de la política, de las ciencias y de las letras; no de un modo profundo, pero sí bastante para hacerlo vivir en las amplias y cosmopolitas esferas del mundo moderno. Como don Pedro, a su modo, era también amigo de instruirse, pasaban padre e hijo largas horas reunidos, haciendo lecturas en común y disertando sobre ellas.

La equitación, la caza y la vida activa habían desarrollado el vigor físico del joven. No había en los contornos quien como él se tuviese sobre el lomo de los potros serranos, o de los toretes recién herrados, ni quien supiese echar el lazo con mayor seguridad y donaire a la cabeza y patas de la res, ni quien la derribabase con mayor prontitud a carrera tendida cogiéndola por la cola, ni quien con igual destreza se apease de un caballo a escape, apoyándose en las ancas de los cornúpetas. Era famosísimo por sus suertes y habilidades rústicas; por lo que su padre le aplaudía, y hablaba de él con orgullo.

—¡No hay quien lace como Gonzalo! —decía. O bien: para jinetear, mi hijo. O bien: ¡donde torea el muchacho, nadie se para! Pero a la vez, sentía gran sobresalto al verle expuesto a tantos riesgos como trae aparejados el ejercicio de todas esas habilidades, y a solas, y bajo reserva, le recomendaba encarecidamente que no las practicase.

—Al fin y al cabo —le decía—, todas esas fruslerías de nada sirven. Sé de muchos hacendados que hacen primores de ese jaez, y que no conocen su giro, ni se ocupan de él, por andar *traveseando* y haciendo oficio de caporales. En lo que tenía razón de sobra el reflexivo don Pedro.

El caso era que, mediante esta educación armónica de alma y cuerpo, daba gusto ver a Gonzalo tan lucido y despierto en la conversación, como en el escritorio; así en el campo, como frente a los motores y calderas del ingenio.

Fáltanos decir, para terminar este asunto, que padre e hijo se querían entrañablemente. Los sentimientos nobles, levantados y afectuosos del corazón del joven, mostrábanse en toda su generosa expansión, en su amor a don Pedro. Cuidábale como a un niño.

—Padre —le decía—, no te asolees tanto, no vayas a enfermarte. No trabajes tanto; demasiado has trabajado ya. Déjame todos los quehaceres a mí solo.

Y lo envolvía en el sarape cuando llovía; y marchaba por delante de él para mostrarle el mejor camino y apartarle las ramas espinosas que pudieran herirlo; y le servía en todo lo que le era posible con una solicitud, una sencillez y una ternura, que eran para dar gracias a Dios. Don Pedro recibía aquellas manifestaciones de cariño filial con lágrimas de ternura en los ojos.

Y como no hay en esta vida nada más puro ni hermoso que esos amores, descendentes de los padres a los hijos, como la luz, y ascendentes de los hijos a los padres, como el incienso, el cuadro de aquella concordia, dulzura y afecto, era por todos contemplado con profunda y seria emoción, casi con recogimiento y respeto. Porque así como es feo y repulsivo un grupo de familia desunido y áspero, así también es bella y seductora una agrupación de ésas, ligada por apretados vínculos de estimación, movida por impulsos abnegados y abrasada en vivas llamas de amor. Las manifestaciones de su cariño filial, habían granjeado a Gonzalo universales simpatías. La humanidad por instinto honra a los hijos buenos y detesta a los malos. ¿Qué se puede esperar del hijo ingrato? ¿A qué bienhechor se deben mayores beneficios que a los padres? Ellos nos dan, aparte de la vida consejo y fuerzas para la lucha. Si estos bienhechores casi divinos no hallan gracia a nuestros ojos ¿quién podrá hallarla? Nadie sin duda. El alma réproba del mal hijo está predestinada a todos los crímenes. Debe huirse de él como de la peste, pues son impuro su contacto y emponzoñada la atmósfera que le rodea. Mas en la frente del que ama a aquellos que le dieron el ser, brilla la luz apacible de los ángeles, señalándole entre los hombres con marca gloriosa.

El tenedor de libros era un jovenzuelo venido de la ciudad poco hacía, y discípulo de un famoso maestro de contabilidad mercantil. Pequeñito, regordete, lampiño y con abundantes cicatrices de viruelas en el rostro, tenía cierto aspecto de gato sarnoso que daba lástima. Lo hirsuto e indómito de su pelo, insensible a los estímulos de la pomada y de la bandolina, acababa de acentuar su semejanza con ese felino. Esteban Salazar, que era su nombre, o Estebanito, como en la hacienda se le llamaba, era muy pulcro y mirado en toda su persona.

Aunque no salía del despacho sino los domingos por la tarde, y a las horas de comer y dormir durante la semana, nunca dejaba de acicalarse con esmero, cepillarse la ropa y dar betún al calzado. Era una especialidad en cuellos y puños de camisa, botones y corbatas, de todo lo cual tenía una variedad enorme. Así lograba Estebanito, por medio de un gran cuidado de sí mismo, hacerse tolerable a la vista, por lo lavado, limpio y bruñidísimo que siempre aparecía, como si fuese de latón o plata repujada. Las muchachas de la hacienda decían que la punta de la nariz de Estebanito presentaba siempre un punto brillante, como las cucharas acabadas de limpiar con tiza. Pero bien sabía el pobrete lo que se hacía. Si con tantos afeites se mostraba tan destituido de gracias; ¡qué hubiera sido de él, si no se hubiese cuidado tanto! Por lo demás, era un buen chico, diestro en números, cumplido con sus deberes y atento en demasía.

El administrador de la hacienda, don Simón Oceguera, era un ranchero a carta cabal, de esos de pan pan y vino vino. Gigantesco, de atezado rostro, pelo castaño y patilla española, representaba a maravilla el tipo de la gente de su clase. A pie, era hombre perdido. Andaba despacio y a disgusto. Sus piernas enarcadas hacia las rodillas, tenían forma de paréntesis, sin duda por la costumbre de cabalgar, y eran torpes para la marcha; pero una vez sobre los lomos del caballo, era tan listo como el mejor maestro de equitación. No descendía de su cabalgadura sino para dormir y comer; el resto del tiempo pasábalo a horcajadas sobre ella. No se concebía a don Simón sino a caballo, como si fuese un centauro. Jamás vestía traje que no fuera de piel de venado o cabra, más o menos adornado con bordados y botones de plata, según la gravedad de las circunstancias y la importancia de las fiestas. Siempre decía verdad, y era tan inocente que todo le sorprendía; lo que no obstaba para que fuese en el desempeño de su encargo, malicioso, ladino y disimulado. Fidelísimo para don Pedro, a quien conocía y servía desde hacía veinte años —una tercera parte de su vida—, era el eco de todas sus voluntades. A Gonzalo, a quien conoció pequeñito, queríale como si fuese su hijo, tanto más cuanto que él, don Simón, era soltero impenitente, sin asomo de pesar por no haberse casado, ni de afán tardío por contraer matrimonio.

El maquinista era un americano llamado Smith, de rostro bermejo, pelo rubio pálido tirando a blanco, bigote afeitado y barba a la estrambótica manera del presidente Lincoln. De pocas palabras y flemático, cumplía su deber con exactitud y no se ocupaba ni preocupaba por ninguna otra cosa.

Sentábanse esas cuatro personas de ordinario a la mesa de don Pedro, y digo de ordinario, porque solían acompañarle asimismo los huéspedes o compradores de productos, que pasaban de vez en cuando uno o varios días en la casa de la hacienda.

Ocuparon, pues, su sitio los comensales conforme al orden acostumbrado. Luego fueron apareciendo la humeante cafetera, la olla de leche espumosa, la carne asada y los frijoles apetitosos, llenando de varias y sanas fragancias el recinto.

—Temía no llegar a tiempo —dijo Gonzalo con tono alegre.

—Pues ¿dónde andabas? —le preguntó don Pedro.

—Fui a bañarme al Salto, padre. ¿No me oíste cuando me levanté?

—¿A qué horas?

—A las cinco.

—¡Cómo te había de oír si ya estaba en el corredor tomando el fresco!

—Creía qua aún dormías, y salí de puntillas. Está visto que no puedo igualarte en lo madrugador, ni el día que hago milagros.

—Dime, hijo ¿viste la presa?

—Sí, padre, me detuve un rato cuando pasé por ahí.

—¿Es cierto que se está reventando?

—No; lo único que sucede es que el terraplén de tierra que da fuerza al muro de cal y canto, se ha agrietado. Por hoy no hay riesgo; pero es preciso repararlo cuanto antes.

—¿Diste órdenes para que lo hicieran?

—Todavía no, porque quise consultarte.

—Dáselas a don Simón, tú que entiendes más de eso.

—Creo que sería bueno —dijo Gonzalo volviéndose al administrador—, hacer pisonear bien la tierra y revestir bien el bordo, por la parte exterior con una capa de piedras del arroyo. Así quedará más fuerte.

—Tienes razón, Gonzalito —repuso Oceguera—. No se me había ocurrido lo de la piedra, y creo que dará buen resultado. Hoy mismo mandaré que comience a hacerse lo que dices.

—¿No habrá peligro de que reviente la presa? —preguntó Estebanito con voz meliflua.

—No, hombre —contestó Gonzalo—. ¿Tienes miedo?

—¡Cómo no, si coge tanta agua! ¿Cuánto mide de largo?

—Desde la cortina hasta la cola —dijo Oceguera como persona bien informada—, más de legua y media.

—¿Y de profundidad?

—Eso varía. En el punto más hondo de la cañada, siete varas.

—¡Si se rompiera —pensó Estebanito en voz alta—, buenas noches te dé Dios!

—Él nos ha de librar, repuso Oceguera. Se acababan los cañaverales, y la hacienda, y la fábrica, y todo, porque la presa está cuesta arriba y nosotros cuesta abajo. Pero no hay para qué hablar de eso, porque no ha de suceder.

Notando Gonzalo que don Pedro estaba distraído y con cara de mal humor, le preguntó:

—Padre, ¿qué tienes? ¿Estás malo?

—Nada, hijo, sino que acabo de pasar un disgusto.

—¿Con quién, padre?

—¡Con quién ha de ser, sino con mi compadre don Miguel, que me tiene metida la puntería desde hace tiempo!

—Pues ¿qué pasa?

—Vino esta mañana muy de madrugada, como si fuera a caerse el mundo. Me cogió en el corredor de afuera, donde estaba muy a gusto tomando el fresco, y de luego a luego, conforme se apeó del caballo, me movió conversación sobre el maldito Monte de los Pericos. Creía que eso estaba ya olvidado y comenzaba a reconciliarme con mi compadre; pero ¡qué se le ha de olvidar, si es más terco que una mula serrana! Me preguntó si por fin se lo había de entregar o no, y le contesté que no, porque era mío. Entonces me amenazó con medias palabras, que no sé qué querrán decir, asegurándome que se había de quedar con el terreno, por la buena o por la mala, y que después no me sorprendiera de lo que iba a hacer, que por eso me lo avisaba con tiempo.

—Y ¿qué le contestaste?

—Que estaba curado de espanto, y que me defendería como los hombres.

—Bien dicho —saltó el administrador—. ¿Por qué nos ha de imponer la ley? Y más cuando no tiene ningún derecho. Conozco ese terreno, desde hace cincuenta años, y nunca ha pertenecido al Chopo. Cuando *ña* Gertrudis, o tía Tula, como le decían en el rancho, se lo vendió a su merced, supe por ella de dónde venía y cómo. Lo tuvo en su poder cuarenta años y lo había heredado de su señor padre, que fue quien lo compró a un indio de la comunidad de Citala. ¡Nomás *rigule* cuánto tiempo hará de eso! Pasa de siglo.

—Sabe todo eso mi compadre mejor que usted y que yo —repuso don Pedro—; lo que quiere es buscarme la condición. El Monte no es más que un pretexto. Si no fuera por él, sería por otra cosa.

—Puede ser que crea don Miguel tener razón —objetó Estebanito—. ¡Como es tan tonto!

—¡Qué sabes tú de eso! —saltó Gonzalo con disgusto.

—Créalo o no —prosiguió don Pedro—, no se ha de salir con la suya, tope en lo que topare.

—¡Tope en lo que topare! —exclamó el administrador con energía, dando una palmada en la mesa.

—Es verdad —observó Gonzalo—; pero es triste que se rompa la buena amistad que han tenido tú y don Miguel por tantos años. Y mucho más por eso. ¡Qué vale el Monte!

—¡Ya lo creo que no vale nada! Doña Gertrudis me lo vendió por trescientos pesos; suponiendo que hoy por estar crecidos los árboles valga mucho más, no pasará de mil.

—No puede llegar a mil… ¡si es un pedacito de tierra!

Diciendo esto Gonzalo miró hacia la huerta al través de los cristales. Sobre las copas de los árboles y a no larga distancia de la hacienda, elevábase en lo alto de la sierra un cerrito aislado de tupida arboleda; era el Monte de los Pericos.

—Supongamos —replicó don Pedro con viveza—, supongamos que valga menos de mil, menos de quinientos, menos de cincuenta… ¿qué tenemos con eso?

—Que no costea tengan ustedes disgustos por tan poca cosa…

—¡Y cómo lo puedo evitar, si mi compadre es el que me busca ruido! No hago más que defenderme.

—Hay un medio —articuló Gonzalo con timidez.

—¿Cuál? —preguntó Ruiz con impaciencia.

—Dejárselo —concluyó el joven con voz insegura.

—¡Sólo eso me faltaba! ¡Dejar que hiciese de mí cera y pabilo mi compadre! Y ¿por qué? Nomás porque es testarudo. Con eso me convertiría en el hazmerreír de todo el mundo, y no habría quien no quisiese meter mano en mis cosas. Ni me lo vuelvas a decir porque me disgustas…

—Dispénsame, lo decía por amor a la paz.

—Sí, ya sé por qué lo decías; pero hay cosas superiores a la paz, como son la dignidad y la justicia.

—Dice bien tu padre, Gonzalito; es necesario no dejarse, porque del palo caído todos quieren hacer leña —exclamó sentenciosamente Oceguera.

—Si mi compadre me pidiese el Monte dado, se lo regalaría con mucho gusto, como le regalé el *Príncipe,* aquel caballo tan precioso que me trajeron de Kansas, y le vendí el toro bramino, sólo porque me indicó que le gustaban. ¿Para qué quiero ese cerrito? Tengo montes de sobra en la sierra, que me dan toda la leña que he menester. Pero ¡pretender que es mal habido el Monte de los Pericos y pedírmelo con altanería, como quien tiene derecho! Esto sí no lo puedo sufrir. Veremos lo que sucede. De Cristo a Cristo, el más apolillado se rompe…

Los comensales aprobaron con movimientos de cabeza; Gonzalo triste y amostazado pareció sumirse en una dolorosa cavilación.

De pronto levantóse don Simón, y aproximándose a una de las ventanas, dijo:

—Allá viene el montero a toda carrera. ¿Qué habrá sucedido?

Al oírlo dejaron su asiento los circunstantes y se agolparon a las ventanas. Los ojos ejercitados de los campesinos pudieron distinguir al montero, que venía a escape, brincando por la ladera, en dirección de la hacienda; Estebanito, a fuer de cortesano, y Smith, a fuer de yanqui, no lo lograban. Don Pedro seguía con los ojos la carrera del sirviente, que parecía más bien caer que bajar, a riesgo de rodar cabeza abajo por el despeñadero. Al fin se perdió de vista entre los árboles. Pasó como media hora de expectativa, sin que nadie pensara en retirarse: ni Estebanillo a su despacho, ni Smith a la fábrica, ni don Simón, y Gonzalo a los potreros, ni don Pedro al corredor de afuera, centro de su vigilancia y de su observación.

—¡Cuánto tarda! —dijo el tenedor de libros rompiendo el silencio.

—No —replicó el administrador—, no es demasiado; desde la falda de la loma hasta aquí, se alarga el camino, porque primero hay que bajar mucho y luego que volver a subir. Ya no ha de estar lejos…

En esto se oyeron los pasos precipitados del montero, que corría desalado por los corredores. Don Pedro salió a recibirlo a la puerta del comedor.

—¿Qué sucede? —le dijo—. ¿Por qué has dejado tú ocupación y corres de esta manera?

—Señor amo —repuso el recién llegado con voz ronca—, no he dejado mi lugar, me lo han quitado. Y vengo a darle cuenta a su mercé de lo que me ha pasado.

—¿Qué ha sucedido, hombre?

—Se lo voy a contar tal como acaba de pasar. Estaba yo agora en la mañana debajo de un árbol, cerca de la raya que nos divide del Chopo, cuando repentinamente se me echó encima el señor don Miguel, a caballo, seguido de cinco mozos y me dijo:

—"¿Quén eres, hombre?

—Sixto Rosales —le dije—, pá servir a su mercé.

—¿Y qué haces aquí?

—Soy el montero, señor amo.

—¿Por cuenta de quén?

—Por cuenta de mi patrón don Pedro Ruiz.

—¿De mi compadre don Pedro?

—Sí, señor amo.

—En ese caso es como si naiden te hubiera puesto.

—¿Por qué, señor amo?

—Porque mi compadre don Pedro no es dueño de este monte.

—¡Cómo no, si es el que manda y dispone!

—Porque me lo ha cogido, desde hace muncho tiempo; pero está dentro de los linderos del Chopo.

—Yo no sé de esas cosas; lo único que hago es servir al señor don Pedro, que es mi patrón. Él me dijo: "Anda a cuidar el Monte de los Pericos, pa que naiden se robe la leña. No dejes a naiden que la corte, sino a los que lleven boleta o a los que te paguen a tres centavos la carga"; y ansina lo hago. En lo demás no me meto.

—En ese caso no tienes nada que hacer aquí, porque mi compadre no puede dar órdenes en lo mío.

—Yo no sé de quén será el Monte; pero aquí me puso mi amo y yo por eso estoy.

—¡Pos ya llegó la de largarse; anda muncho!... y me soltó una insolencia.

—No me puedo ir mientras no me lo mande mi patrón —le contesté.

—¡Hora veremos si te vas o no te vas!

—No digo que no me iré; pero hasta que lo diga el señor don Pedro.

En esto don Miguel, muy enojado, metió mano al machete y me dio dos güenos cintarazos, aquí en la espalda, que me la dejaron ardiendo.

—¿Qué sucede? —me dijo—, ¿te largas o no?

—¿Qué hacía yo, señor amo? Nomás póngase en mi lugar y considere. ¡Solo, a pie, sin más arma que mi cuchillo, y don Miguel montado en buen *penco,* bien armado y con cinco mozos a la retaguardia, bien montados y armados! No podía hacer otra cosa más que tocar parlamento.

—¡Pa qué son esas cosas! —le dije—. Ya me ve que estoy dado. Haga usté lo que quera; no puedo resestile.

—Pos lárgate, pues, si no queres que te... y me volvió a maltratar.

Entonces tomé mi jorongo, que estaba sobre una piedra, recogí el sombrero que me había tumbado con los cintarazos, y me juí viniendo poco a poco. Anduve unos pasos, y aluego que oservé que no me podían ver, me trepé a un árbol a devisar qué era lo que hacían pa dale parte a su mercé, pa que estuviera al tanto de todo; y vi que el amo don Miguel se iba a la cuesta abajo en dereición al Chopo, dejando cuatro mozos en el Monte. Los sirvientes echaron pie a tierra y amarraron los caballos de las ramas de los árboles, y se sentaron muy a gusto, con ademán de quedarse cuidando el Monte. Aluego me bajé y me vine corriendo pa contárselo todo a su güena persona".

Hizo el montero toda esta relación con faz descolorida y atragantándose a cada instante. A la fatiga de la carrera, que le había acabado el aliento, uníase en él la intensa emoción por el ultraje sufrido. Todo contribuía a dificultarle la respiración y a secarle las fauces. Era el pobre un labriego humilde, de rostro cobrizo, enmarañada melena y barba rala y crespa. Vestía camisa y calzones anchísimos de manta, que recogía enrollados hasta las rodillas; sombrero de palma y rudimentarios *guaraches,* que le dejaban al descubierto los pies, sin más defensa que las suelas. Oprimíale la cintura ancha correa de cuero, de la que pendía el cuchillo de monte.

Don Pedro no dijo palabra, aunque mostraba a su pesar en la contracción del rostro, la sorda cólera que le embargaba. Los demás circunstantes continuaron el diálogo.

—¿Cuánto rato hace que pasó eso? —preguntó Gonzalo.

—Todavía no hará una hora.

—¿Conociste a los mozos que acompañaban a don Miguel? —indagó Oceguera.

—Sí, eran Pánfilo Vargas, Néstor Gómez, Saturnino Velázquez, Rosendo Monroy y Marcos Dávila, el mozo de estribo. Todos se la echaron de la gloriosa conmigo, *calando* los caballos junto a mí y mirándome con cara de risa... Todos, menos Rosendo, que se hizo a un lado y nomás miraba de lejos, porque él sí es mi amigo.

—Claramente se ve —observó el administrador— que don Miguel tiene ganas de llegar a los *mates,* porque todos esos son gentes de pelea.

—La lástima es —prosiguió el montero— que me hubieran cogido desaprevenido y con tanta ventaja. Güeñas ganas me daban de partiles. Pero ¿cómo, si no tenía con qué querelos?

—Vale más así —observó Gonzalo.

—¡No hubiera sido que le hubiera sucedido a usted una desgracia! —exclamó Estebanito dirigiéndose al montero.

—Amo —repuso éste— naiden se muere hasta que Dios quere.

—Don Petro —saltó el maquinista con su media lengua— ¿y usted permita que don Miguel se queda con las Pericas?

Ruiz, cuya mirada absorta divagaba por el espacio, pareció despertar al sentir el aguijón de la pregunta.

—No tenga cuidado, míster —repuso— no soy de ésos. Y guardó silencio de nuevo durante algunos minutos.

El montero, entretanto, permanecía en medio del grupo, con el sombrero en la mano y sin quitar la vista del rostro enigmático de don Pedro, quien al cabo le dijo:

—Has cumplido tu deber, y mereces una gala por el susto y por los golpes que has recibido. Anda a la cocina a descansar y a echar un taco, mientras es hora de que vuelvas a tu puesto. Aquí don Simón te dará cuatro pesos y media hanega de maíz, para que te consueles.

—Amo, que Dios se lo pague: no es pa tanto...

—Anda, vete a la cocina.

—Con licencia de sus mercedes —dijo el montero dirigiéndose al interior de la casa.

Cualquiera otra persona en lugar de don Pedro, habría, tal vez, prorrumpido en imprecaciones y amenazas y armado gran escándalo; él, por el contrario, pareció recogerse mucho más que de costumbre dentro de sí mismo, y no abrió los labios para soltar una frase, ni para comentar los sucesos, ni para indagar el parecer de los circunstantes. Estos, conociendo su carácter, guardaron silencio también sin atreverse a otra cosa más que a interrogarse con los ojos.

—Vámonos a nuestros quehaceres —ordenó luego don Pedro—; no vale la pena que entremos en desorden y faltemos al trabajo por eso.

Con este toque de dispersión, cada uno se fue para su lugar, menos Gonzalo.

Don Pedro parecía no verle, fijos los ojos en el vacío.

—Padrecito —le dijo Gonzalo con acento casi infantil, después de un rato de inútil espera—. ¿Qué vas a hacer?

—No sé todavía, estoy pensando...

—¿Me prometes no disgustarte si te doy mi parecer?

—Dílo.

—Si estuviese en tu lugar...

—Abandonabas el terreno —interrumpió don Pedro irónicamente.

—No, padre, montaría a caballo en este momento y me iría a la ciudad a hablar con mi apoderado el licenciado Muñoz.

—¿Y después?

—Haría lo que él me aconsejara.

—Está bien: ya me lo dijiste.

—¿No me respondes nada?

—¿Qué quieres que te responda? Te repito que se hará lo más conveniente. ¿No te satisface?

Comprendiendo Gonzalo que si prolongaba la conversación podría enfadar a su padre, se limitó a contestar con dulzura:

—Ya sabes, padrecito, que me parece bueno cuanto mandas.

Y se retiró prudentemente.

III

Era la habitación de Gonzalo una sala de altos muros enjalbegados al estilo campestre, con vigas fuertes y rectas, y en el fondo, dos ventanas con vista a la contigua sierra. En un rincón la cama de madera, cubierta con pabellón de ligeras cortinillas, para evitar el ataque de los mosquitos; a un lado un piano vertical; al otro un estante de libros; en medio, una mesa de carpeta verde con recado de escribir y periódicos; y por los rincones, lucida colección de armas, rifles de Remington, escopetas de caza y espadas en vainas de cuero. Junto al lecho, clavado en el muro, un hermoso crucifijo guatemalteco de atrevida estructura, violáceo y acardenalado el cuerpo, contraídos y salientes los músculos, desgarradas las espaldas, medio velado el desfallecido rostro por la profusa y desordenada cabellera y bien hincadas en la frente las agudas espinas de la corona tinta en sangre bendita.

Sobre el buró, y aprisionado en elegante marco de peluche azul, el retrato fotográfico de una joven hermosa.

Todo clamaba en aquella estancia juventud e ilusiones.

Hallábase Gonzalo en la época feliz en que se sueñan mundos de dicha; en que se ven alegre y risueña la luz, llena de encantos la existencia, buena la humanidad y fácil de conquistarse la gloria; y en que el corazón emocionado palpita como parche guerrero que bate marcha triunfal.

No bien entró el joven en su cuarto, cerró tras sí la puerta, y, tomando el retrato, fuese a contemplarle buen espacio cubriéndole de besos apasionados. Era el de Ramona, la hija de don Miguel; la amada de su corazón, la adorada de su alma. No recordaba desde cuándo la conocía; desde que tuvo uso de razón hallóse cerca de ella, y creció a su lado natural y dulcemente, como si hubiera sido su hermano. Parecíale verla ahora mismo, todavía pequeña, vestida con trajecitos blancos, siempre blancos como la nieve. Ramoncita, a pesar de sus pocos años, nunca los ensuciaba; era admirable cómo andaba siempre limpia. Parecía que no entraba en contacto con los cuerpos, según se conservaba de nítida. Era la admiración de todos. ¿En qué consistía que Ramoncita no se manchaba nunca? Los demás niños de su edad, apenas vestidos de limpio, quedaban hechos una lástima, llenos de lodo y tierra, y cubiertos de lamparones de pies a cabeza; sólo ella salía de la gresca infantil, radiante de blancura. Aquel fenómeno exterior estaba en perfecta armonía con su modo de ser interno, dulce y casto. No recordaba Gonzalo haberla visto una sola vez alterada ni violenta, ni había observado en sus ojos o en sus palabras, algo que no fuese el más puro candor y la más angelical inocencia. La dulzura y bondad de su alma irradiaban en torno con tan vivos fulgores, que todo lo vencían y sojuzgaban. Donde quiera que se presentaba, tenía su lugar aparte. De niña, la respetaron las demás niñas; de joven la respetaron cuantos la rodeaban. Las risas descompasadas, las palabras mal sonantes, las murmuraciones, todo lo irregular y excesivo parecía como que se avergonzaba de presentarse delante de ella; a su llegada a cualquier reunión donde hubiese conversaciones poco convenientes, abandonábanse por instinto los asuntos escabrosos, y tomaba la plática giros más moderados. ¿Por qué? Nadie se lo explicaba, pues Ramona, lejos de ser imperiosa, hipócrita y taciturna, era de una suavidad extremada, sencilla y natural en el trato, alegre y comunicativa en palabras. Sólo que todo lo hacía con tal asiento y reposo, con tanta modestia y blandura, que daba pena, sin comprenderlo, ser rudo y malévolo delante de ella; era feo y antiestético ofrecer el contraste de lo peor, en presencia de aquella naturaleza tan santa. Cuando, por excepción, oía palabras duras contra alguna persona, salía luego a la defensa del ausente; pero con tanta moderación, que no había medio de replicarle, porque sus frases no servían tanto para demostrar la injusticia del ataque, cuanto la inagotable bondad y nobleza del corazón de la defensora.

Los padres de ambos jóvenes habíanlos acostumbrado a verse y tratarse con la casta intimidad de la familia; y en mejores días, cuando aun no eran ricos y estaban ligados por vínculos de sincera amistad, llegaron, acaso, a pensar en la conveniencia de que se amaran aquellos niños, para que sellasen con su eterna unión, las protestas de leal afecto que aquellos se habían hecho tantas y tantas veces. ¡Cuántas don Miguel había dicho a Gonzalo: "para mí no hay diferencia entre Ramona y tú; los dos son mis hijos!" Don Pedro por su parte tenía adoración por la niña. Como era a la vez su tío y padrino, y amigo de su padre, veíala con doblada ternura, y, tanto como a Gonzalo, habíale comprado golosinas y juguetes cuando chicuela, y más tarde, joyas y trajes, para los días terribles y fiestas del año. Llamábala *Monchita* por cariño, porque Gonzalo así la decía cuando pequeño, porque no podía pronunciar el nombre con claridad.

Preparadas así las cosas, Ramona y Gonzalo habíanse amado sencilla e inconscientemente, al impulso de las circunstancias y de sus inclinaciones naturales, como barcas llevadas por corriente mansa, entre vegas floridas y risueñas márgenes. Llegada la adolescencia, cuando comenzaron a despertarse en sus almas los pensamientos amorosos, como las aves del bosque al despuntar de la aurora, fuese haciendo más intenso el afecto que los ligaba, aunque no aclarado e inconfeso. Quizás hubiéranse deslizado largos años de esta manera, sintiendo mutuamente los jóvenes que se querían, pero sin decírselo, por ser cosa habitual y sobreentendida, a no haber intervenido una circunstancia casual, que los obligó a poner los puntos sobre las íes, como suele decirse. Gonzalo, mayor que Ramona como cuatro años, tenía diez y seis por entonces. Comenzaba a cambiarle la voz atiplada de niño, en acento varonil, bronco y grueso, con gran diversión de Ramona, que lo bromeaba por los *gallos* que soltaba a cada paso. Principiaba a acentuársele el vello en la cara, semejante al de los albérchigos maduros: estaba crecidito, vestía trajes de hombre formal y montaba caballos briosos. Vino de la ciudad a pasar vacaciones en Citala, y no hacía más que pasarse los días muertos en la casa de don Miguel. Doña Paz, cuya índole guardaba perfecto acuerdo con su nombre, y que lo quería entrañablemente, lo recibía con muchísimas mieles; pero don Miguel se mostraba serio y lo trataba con alguna sequedad. Gonzalo se hacía el sueco y continuaba como si tal cosa. Pero he aquí que el día menos pensado se encontró con que don Miguel lo aguardaba a la puerta de la casa y lo hacía entrar en su despacho.

—Habrás observado —le dijo— que me muestro serio contigo desde hace días.

—Sí ¿por qué, tío don Miguel?

—Porque has crecido mucho y debes conducirte con mayor discreción. Es verdad que te quiero como a mi propio hijo; pero esto no quita que seas sólo mi sobrino político. Quería hablar con tu padre sobre esto; pero he preferido decírtelo a tí para evitar sentimientos.

—No comprendo —repuso el mancebo.

—¡Hombre, pues hay que decirte las cosas claras!

—Sí, señor, si usted me hace el favor...

—¿No comprendes que Ramona está también hecha una mujercita y que no conviene que te vivas en mi casa?

—Pero esto no es nuevo; nos hemos criado como de la familia.

—Es verdad, mas habiendo cambiado los tiempos, deben cambiar las costumbres. Quiero evitar las críticas del pueblo. No falta quien se chunguée conmigo dándome bromas que me lastiman.

—¿De modo que ya no quiere usted que venga a su casa?

—No digo tanto; sino que no te vivas en ella. Ven menos: por ejemplo, una vez al día; en la mañana o en la tarde, tú sabrás a qué horas, acompáñanos a comer únicamente jueves y domingos, y el resto del tiempo, pasea, visita a otras personas, monta a caballo y sal al campo.

—Está bien, señor.

—Oyes, me vas a hacer el favor de no decirle nada a tu padre; no quiero que se moleste conmigo.

—No tenga usted cuidado.

Diciendo esto el joven se dirigió a la calle.

—No —le dijo don Miguel, empujándolo al interior de la casa—; que comience el arreglo desde mañana.

Entró Gonzalo en la sala, donde se hallaban Doña Paz y Ramona, bordando inclinadas sobre altos bastidores. En lo marchito y agobiado de su fisonomía y en el obstinado silencio que guardaba, echáronle de ver la tristeza.

—Algo tienes, Gonzalo —le dijo doña Paz con tono maternal.

—No, señora, no tengo nada.

Pasado un rato, observó Ramoncita:

—De veras, mamá, algo tiene Gonzalo; está muy extraño.

—No lo creas —repuso éste.

Como el silencio continuó a pesar de los esfuerzos de la madre y de la hija, la niña, con la voz musical que había recibido de Dios, le preguntó rotundamente.

—¿Qué te pasa? Si no nos lo dices, nos vamos a poner furiosas mi mamá y yo. Y clavó en los ojos del joven los rayos de sus dulces y serenas pupilas, donde había una interrogación envuelta en una súplica.

Gonzalo no pudo resistir, y después de haberse asomado a la puerta para persuadirse de que no lo oía don Miguel, refirió la escena que había acabado de pasar.

—¿Qué le habrá sucedido a papá? Es muy raro... —observó Ramona.

Doña Paz se había puesto pensativa.

—Miguel hace siempre lo mejor —dijo—. No había yo caído en la cuenta; pero la verdad es que tiene razón. Puedes estar seguro, Gonzalito, de que no lo ha hecho porque te tenga poco cariño, pues te quiere mucho; sino sólo por evitar críticas.

—¿Pero críticas de qué, mamá? —preguntó Ramona ingenuamente.

—De nuestro modo de conducirnos.

—No hacemos nada malo.

—Ya se ve que no; pero, como dice el adagio, vale más hacer cosas malas que parezcan buenas, y no buenas que parezcan malas.

—Bueno, mamá; pero para eso es necesario hacer algo que parezca malo...

—Como lo hacemos nosotros.

—¿Cuándo? ¿cómo? —preguntó Gonzalo.

—Niño, con esto de que te pases todo el santo día con nosotros. ¿Te parece poco?

—¡Pues si esta casa es como mía!

—Pero ahora no son ustedes ya unos chiquillos como antes. Tú y Ramona comienzan a ponerse formalitos.

—Es lo que me dijo mi tío... ¿y qué?

—Qué pueden decir de ustedes...

—¿Qué pueden decir, mamá?

—Vamos, pueden decir que son novios.

—¡Qué atrocidad! —exclamó la niña poniéndose roja como amapola—. Eso no es cierto, ¡ni quien lo piense!

Gonzalo se quedó confuso, sin saber qué decir.

—Y de Miguel y de mí —prosiguió la buena señora— pueden decir que somos padres consentidores.

Los adolescentes guardaron silencio, abrumados a su pesar por la justicia de la observación.

—Así es que están muy bien las cosas como Miguel las ha arreglado. Vienes todos los días —dirigiéndose a Gonzalo—, nos haces una visita, y santas pascuas. Jueves y domingos te quedas a comer, y hacemos días de fiesta; pero los otros... te retiras un poquito, y les cerramos la boca a los maldicientes.

—Bueno —repuso el joven— todo se hará como ustedes lo quieran; pero no por satisfacer a la gente, sino a ustedes...

—Hazlo, y que sea por una cosa o por otra, tanto da.

De allí a poco se despidió Gonzalo.

No pudo conciliar el sueño aquella noche, preocupado con lo que le acababa de pasar.

¿Quién se había de figurar, —pensaba— que fueran tan malignas las gentes que sospechasen que su amistad con sus tíos y con su prima fuese interesada? ¿No sabían que sus padres eran amigos íntimos? ¿Que Doña Paz era su tía? ¿Que Ramona era su prima? ¿No los habían visto siempre juntos, desde muy pequeños, como formando una sola familia? ¿Por qué, pues, sospechaban de su trato? ¡No cabía duda: la sociedad era muy mala!

Por cierto que nunca le había pasado por las mentes que Ramona pudiera ser su novia. Es verdad que la quería; pero con absoluto desinterés, como si fuese hija de sus propios padres. Por otra parte, estaban todavía muy jóvenes para pensar en esas cosas. Era preciso que acabasen de crecer, para que luego se ocupasen de embelecos y amoríos. Y de aquí a entonces, ¡sabe Dios qué sucedería! Tal vez él se prendaría de alguna otra guapa chica, de tantas como había en la capital; como la hija de su maestro de inglés, por ejemplo, que era una jovenzuela de lo más gracioso y zandunguero que había conocido. ¡Al fin hija de yanqui y de mexicana! ¡Qué preciosa resulta la mezcla de nuestra sangre ardiente y morena, con la gélida y color de grana de nuestros vecinos de allende el Bravo! Y por cierto que Fanny —así se llamaba la hija de su maestro—, le echaba unos ojos que, vamos, sin jactancia, podía asegurar que eran de invitación amorosa... Y por lo que hace a Ramona, bien podría ser que se enamorara de otro joven... ¿Pero, de quién? ¿Quién estaría abocado para ello?... Y se puso a pasar en revista a todos los mancebos conocidos de Citala y de las cercanías. ¿Joaquín Méndez, el hijo del presidente del Ayuntamiento? No, era demasiado viejo para ella. ¡Cómo que había cumplido ya los veinticinco años! ¿Enrique Terán, el sobrino del señor cura? Ni pensarlo; era un monago tímido, consagrado a ayudar misas y a apuntarles el sermón a los predicadores. ¿Francisco Mata, el sobrino del dueño de la tienda de la "Gran Señora"? Tampoco; era un borracho, un perdido, no podía ser del agrado de Ramona... Siguió recorriendo la lista de sus amigos de más viso y al fin se detuvo lleno de sobresalto: se había acordado de Luis Medina. ¿Luis Medina? Sí, él podía ser. En aquel momento se le representó Luis al vivo, como si le tuviese delante. ¡Qué bien presentado era! Tenía cutis de blancura mate, y tan fino como el de una dama aristocrática. Sus ojos color de acero lanzaban reflejos luminosos; destellos, sin duda, del singular talento con que lo había dotado la naturaleza. Hermoseábale la cabeza dorada melena sobriamente rizada, cuya belleza era popular en el pueblo. El fino bigote, que engomaba y retorcía airosamente hacia los extremos, dábale el aspecto más pulcro y elegante que fuese dable imaginar. Era un todo vivo trasunto de los guapos caballeros de las ciudades; finos, delicados, correctamente vestidos, deliciosos en el trato y galanes y corteses en amores.

Luis era hijo del español don Agapito Medina, propietario de la hacienda de la Sauceda, ubicada junto a Citala, al otro viento del Palmar. Habíale mandado a España don Agapito desde pequeño, para que hiciese allá sus estudios, y había vuelto de edad de diez y ocho años, convertido en un gallardo mozo, por el cual se desvivían las jóvenes casaderas de Citala. Y no por eso era soberbio, ni fatuo. Por sus modales bondadosos y sencillos, hubiérase creído que jamás había salido del lugar; sólo su pronunciación silbante y correcta, al uso de Castilla, recordaba que había pasado largos años fuera, no sólo de Citala, sino de la República.

Hacía memoria Gonzalo de que una tarde, paseando a caballo por las calles del pueblo en compañía de Luis, había observado que éste procuraba dirigir la marcha con frecuencia rumbo a la casa de Ramona, y que, durante su conversación, varias veces le había hablado de ella y de su familia, pidiéndole pormenores de su carácter y costumbres con interés especial. Al oscurecer, conforme llegaban él y su amigo a la vista de la casa de la joven, asomáronse a la ventana Doña Paz y Ramona, y él, Gonzalo, hincando las espuelas a su caballo grullo, había ido a saludarlas con el sombrero en la mano. Entonces les hizo la presentación de Luis, *su mejor* amigo, y éste, a pesar de su mucho trato y envidiable desplante en todas ocasiones, se puso muy encendido, y balbuceó con torpeza las frases sacramentales que en esos casos se emplean. Tal circunstancia llamó la atención a todos. Gonzalo se preguntó qué le pasaría a su amigo que se había vuelto tan corto, y Ramona lo objetó al día siguiente:

—¿No decías que no había en el pueblo persona tan animosa y cortesana como Luis Medina?

—En efecto; así es, Ramona.

—¡Qué ha de ser! ¡Si parece un colegial! ¿No viste anoche cómo se le encendieron las orejas cuando nos lo presentaste?

—Es caso raro, nunca le pasa.

—Pues ¿por qué sería?

—Cosas del humor. Unas veces está uno por no tener vergüenza, otras se vuelve muy huraño… A todo el mundo le sucede; pero ya te digo, es persona de sociedad, en la extensión de la palabra.

—Y por cierto que es muy simpático —había opinado Doña Paz ingenuamente.

—Esa es otra cosa —había proseguido Ramona—; no se puede negar que es el más buen mozo del pueblo.

—No tanto —había replicado él, contrariado sin saber por qué.

—No tanto —había repetido Doña Paz riendo—; tiene razón Gonzalito. ¿Luego él dónde se queda?

—Yo no decía nada de Gonzalo —había contestado la niña—; me refería a los demás jóvenes.

Desde aquel día, Gonzalo había sentido secreta e inexplicable repulsión hacia Luis. Procuraba reprimirse y no darla a conocer; pero sin poderlo remediar, frecuentó menos su trato, y nunca volvió a llevarlo cerca de la familia de don Miguel, a pesar de las instancias del joven. Se había excusado con diferentes pretextos, ora fingiendo un negocio urgente que lo obligaba a marcharse, ora asegurando falsamente que las señoras no estaban en casa, o bien haciendo aparecer a don Miguel como un ogro, incapaz de recibir cortésmente a ningún mozalbete que se personase en su casa.

Todo esto se le presentó al vivo a Gonzalo aquella noche de insomnio; de suerte que, al pronunciar mentalmente el nombre de *Luis Medina,* como el de un novio *posible* de Ramona, experimentó una desazón inmensa, mezcla de susto, rabia y dolor. Esta sensación indújole a analizar con mayor cuidado sus afectos. ¿Qué le pasaba? ¿Por qué no quería que su amiga de infancia tuviese amores con nadie? ¿Por qué le había cogido ojeriza a Luis Medina, que era tan bueno, amable y solícito? ¿Tendría razón la gente del pueblo? ¿Estaría prendado de su prima?

El examen de su conciencia no fue dilatado. A poco de hacer una batida por las selvas de su pensamiento, y una exploración por los escondrijos de su alma, vio aparecer clara y distinta, entre el mundo de sus ideas y el abismo de sus sentimientos, la imagen dulcísima del amor. ¡Del amor! Astro radiante que todo lo ilumina con su luz, y todo lo anima con su llama; del amor, rey del universo, estrella del polo, nervio y fuerza de la vida; del amor, que, cuando se eleva por vez primera en el cielo del espíritu, todo lo transforma y encanta, como si atizase el foco del sol y multiplicase el número de los astros; como si avivase el color de las flores y prestase nuevos celajes a la aurora; como si diese a los pájaros trovas más dulces y pusiese en el susurro del céfiro y en el murmullo de las fuentes música más blanda y arrobadora. Amaba a su prima con un afecto hondísimo, que había ido creciendo oculta y silenciosamente desde la infancia, sin que le fuese dable averiguar el instante primero en que le hincó el primer harpón y le dirigió la primera flecha. ¿Cómo no lo había comprendido antes? Aquella infinita alegría que lo embriagaba siempre que se hallaba a su lado; aquella delicia con que oía su voz, y miraba sus ojos, y seguía estático sus pasos y todos sus movimientos; aquella necesidad imperiosa de estar a su lado, que a todas horas sentía; aquella tristeza profunda que lo embargaba, y aquella ansia por volar a donde se hallaba ella, que lo cogía cuando se encontraba lejos ¿qué querían decir, sino que amaba a Ramona de veras, con arrebato, como los ojos la luz y los labios sedientos el agua fresca y cristalina? Ahora comprendía el por qué de tantas y tantas escenas cuyo significado no había antes llegado a penetrar. Explicábase ya por qué se entristecía, cuando se le figuraba seria y pensativa Ramona; por qué le llevaba flores todas las mañanas, y, sobre todo, violetas —pues era muy aficionado a estas menudas florecillas color de cielo y de manso y purísimo aroma—; por qué se sentía tan satisfecho cuando aprobaba ella sus acciones y tan afligido cuando las reprobaba, como si fuese el juez supremo que hubiese de aquilatar el mérito o demérito de ellas; por qué, en fin, no se apartaba Ramona de su mente, y todo cuanto pensaba, quería y ponía por obra, referíalo siempre a ella, como suelta el navegante las blancas velas de la embarcación, siguiendo el faro luminoso que se destaca a lo lejos. Ahora lo comprendía todo. ¡Cuán hermoso era amar y cuán bueno Dios, que permitía a los mortales aquel sentimiento tan hondo, tan dulce, tan misterioso, semejante a segunda vida del corazón, a nuevo soplo divino recibido sobre la frente!

La impresión que tal descubrimiento produjo en el alma del mozo, no lo dejó cerrar los ojos en toda la noche. A la mañana siguiente, tan pronto como saltó de la cama, dispúsose a ir a la casa de Ramona. Estaba facultado por don Miguel para visitarla una vez al día, y escogía la primera hora, porque no podía esperar ni un minuto; era muy largo el tiempo y necesitaba ver a su prima cuanto antes, ahora que sabía ya el sentimiento que le inspiraba. Acicalóse aquel día con mayor esmero que nunca. Lió en torno del albo cuello la corbata más elegante y lució en ella el fistol más artístico; peinó con esmero los negros cabellos y vistió el último traje recibido de la ciudad; y así preparado, como guerrero que se arma de pies a cabeza para salir al combate, tomó el camino de la *dimora carta e pura.*

Era todavía muy temprano; pero la familia Díaz era en extremo madrugadora. Don Miguel había montado a caballo para ir al Chopo; doña Paz andaba ocupadísima en las faenas domésticas. Gozaba merecida fama de hacendosa, y de igualmente hábil para la costura, la cocina y el arreglo de la casa. De todo sacaba partido. No había desperdicios en su hogar. Hacía mantequilla de la nata de la leche; requesón del suero; sabrosísimos budines de los mendrugos de pan. Aquella mañana andaba sacudiendo la sala, cubierta la cabeza con un gran pañuelo, recogidas las faldas y plumero en mano. Mesas, sillas, sillones, floreros y cuadros, yacían por el corredor en lastimoso desorden: las cosas frágiles, por los rincones; las de madera, hacinadas las unas sobre las otras, patas arriba y patas abajo, en caos confuso o intrincado.

Ramona aseaba entretanto las jaulas de los pájaros y les servía la comida a los animalitos; lavaba las tinillas y les ponía agua limpia; quitaba de los diminutos platitos los residuos del pan mojado de la víspera, y los sustituía con tajadas de pan nuevo, sumergidas previamente en el agua; colocaba hojas de lechuga entre las rejillas, y tornaba a poner en su sitio las aéreas cárceles de latón. Los pajarillos, regocijados por el aseo, y, sobre todo, a la vista del apetitoso desayuno, brincaban alegremente de los alambres a la argolla, bajaban, se sumergían en el agua, para lavarse las plumas; se sacudían esparciendo en torno frescas gotitas; daban picotazos a la comida y cantaban cada cual según su estilo, poblando el recinto de vida, contento y notas purísimas.

Detúvose al entrar el mancebo a contemplar tan hermoso y sencillo cuadro, y sintió que su pecho desfallecía a la vista de Ramona, como si no fuese la misma que había conocido, sino otra nueva, imponente, llena de encanto soberano, que su pobre ser no podía resistir. Latíale el corazón vuelto loco. En vez de entrar tranquilo y confiado, como siempre, sintióse cortado, como si fuese persona de cumplimiento que por vez primera sentase la planta en aquella casa.

—Buenos días, tía —pronunció con voz insegura dirigiéndose a doña Paz—. Buenos días, Ramona, —continuó volviendo el rostro hacia donde estaba la niña.

—Buenos los tengas tú, Gonzalito —repuso la señora.

—Buenos días, Gonzalo —contestó Ramona.

—¡Cuán temprano te has puesto los veinticinco alfileres! —prosiguió Doña Paz, sin dejar de manejar el plumero—. ¿Estamos de convite? ¿A dónde vas, hijo?

—No, tía; no voy a ninguna parte.

—Pues ¿por qué te has puesto tan guapo?

—Ando como siempre.

—No señor, no es cierto. ¿No es verdad, Ramona, que está más peripuesto que nunca?

La niña, que fingía estar absorta en su trabajo, y que en realidad no perdía palabra del diálogo, volvió el rostro a Gonzalo, se encontró con sus ojos, se ruborizó y repuso con timidez:

—Es cierto; estás muy elegante...

¿Qué había pasado por Ramona? ¿Ella también se había desvelado la noche anterior, pensando en lo mismo que él? Parecía algo pálida, y aun se le advertía alguna fatiga en los ojos. Sintió Gonzalo que el corazón le daba un vuelco a este pensamiento. La verdad era que la niña mostrábase más reservada que de costumbre; no lo recibía con la franqueza e ingenuidad habituales. Tal observación aumentó en gran manera la turbación del mozo; no porque deplorase aquella transformación, sino porque le emocionaba de un modo indecible pensar que sintiese también ella lo que él sentía, y le daba miedo colegirlo y averiguarlo.

No obstante, atraído por imán poderoso, acercóse a Ramona.

—Niño, siéntate donde puedas, —díjole doña Paz tomando una silla del montón—, y ponte donde te acomodes. No me hagas caso.

Hízolo así Gonzalo; se colocó junto a su prima, que estaba sentada en un escabel para hacer cómodamente el aseo de las jaulas, y permaneció callado largo rato.

—¿Qué tienes? —le preguntó Ramona sin verle.

Gonzalo quiso hablar y no pudo: sentía la voz ronca y el corazón tan agitado como una de aquellas avecillas que andaban espantadas dentro de la jaula.

—¿Qué tienes? —volvió a preguntar Ramona con voz bajita y como recatándose de doña Paz.

—Quiero decirte una cosa.

—¿Qué cosa?

—Una cosa muy interesante.

—Pues dila.

—No quiero que me oiga tu mamá.

—Habla quedito y acércate más; anda muy ocupada y no nos pone cuidado.

—Bueno, pues esa cosa es que yo te... —y volvió a interrumpirse, porque le faltó el ánimo. Ramona se había puesto pálida y tenía trémulas las manos. Él bien lo veía. Además, desde hacía rato no cesaba ella de echar agua a un mismo platito, que ya no la necesitaba.

—Que yo te... —intentó de nuevo el mancebo sin mejor éxito. Ramona no le preguntó ya nada. Sin duda no podía hablar tampoco.

Hallando imposible de franquear aquel camino, que era el directo, pero también el más brusco, cambió de táctica Gonzalo, y después de tomar un rato de respiro y de procurar humedecer con la lengua los secos labios, adoptó otro más largo y sinuoso; pero que lo conduciría al mismo punto, con menores angustias.

—¿Te acuerdas de lo que ayer dijo tu mamá? —murmuró.

—¿De qué? —preguntó Ramona con voz debilísima como soplo.

—De lo que se dice de nosotros en Citala.

Guardó silencio la niña; su turbación aumentaba visiblemente.

—No pude dormir en toda la noche... pensando en eso —continuó Gonzalo—. Y pensando que tal vez... tal vez tienen razón... quiero decir... que ojalá fuera cierto... quiere decir, que es lástima que no sea cierto...' y que deseo con todo mi corazón que sea cierto... y... ya me entiendes... ¿qué me respondes?

—¿Sobre qué?

—Sobre lo que te digo.

—¡Si no me preguntas nada!...

—¿Que si no quisieras tú también que fuera cierto? Ramona estaba resuelta a no comprender.

—Pero ¿qué cosa? No te entiendo.

—Lo que se dice de nosotros en el pueblo.

—¿Lo que dijo ayer mi mamá?

—Eso mismo.

—No; porque entonces te vería menos.

—¿De suerte que no me quieres?

—Yo no he dicho eso.

Roto así el hielo, Gonzalo cobró ánimo y fue animándose poco a poco.

—Mira —prosiguió—. No pude dormir en toda la noche, pensando en tí.

—Tampoco yo.

—¿En qué pensabas?

—Eso no se dice.

—No te me apartaste ni un punto del pensamiento, y me entró una angustia grandísima, porque no te iba a ver con la misma frecuencia de siempre. Has de saber que te quiero mucho... mucho, y no como hermana. Y esto no es de ahora, sino que te he querido siempre. Fue lo que me desveló. Por eso me dije: "mañana, en cuanto amanezca, voy a decírselo a Ramona, y a preguntarle si me quiere". Si no me quisieras, no sé qué haría: le rogaría a mi padre que me mandara lejos, muy lejos, y no volvería nunca a Citala.

Guardó silencio por unos momentos, y con voz conmovida y tono suplicante, continuó:

—Y tú, Ramoncita ¿qué dices? ¿Me quieres?

—No me preguntes esas cosas; me están dando ganas de llorar.

Y, efectivamente, comenzó a hacer pucheros.

—No lo mande Dios, —murmuró el joven alarmado, porque lo observaría tu mamá, y quién sabe que se figuraría de mí. Conque, anda, Ramoncita, ¿me quieres?

—Tú qué dices, ¿te querré?

—No lo sé.

—Bien lo sabes; no finjas.

—No, no lo sé; necesito que me lo digas.

—Pues contéstate solo; lo que digas, eso es.

—¿De modo que me quieres? Yo digo que sí.

—Entonces sí... —concluyó Ramona haciendo un esfuerzo y colocando al fin el traste dentro de la jaula.

IV

Comenzó para Gonzalo desde aquel día, una existencia nueva. Siete años habían pasado desde esa escena, y la emoción del amor primero permanecía en su corazón tan pura, viva y tierna como en aquellos instantes divinos. Era la joven para él visión de castos ensueños, ángel enviado para hacer su dicha, promesa de felicidad en este mundo de lágrimas. No había pensamientos en su cerebro ni latido en su corazón, que no convergiesen hacia ella; al fin de todo, en el extremo de todo, miraba a Ramona. Estudiaba para ser aplaudido por ella; trabajaba para acrecentar su caudal y ofrecérselo a ella. Pensando en ella, mandábase hacer trajes elegantes, y encargaba a la ciudad sombreros lujosos, y se afeitaba con esmero y se hacía cuidadosamente el lazo de la corbata. Todo por ella y para ella.

Dos años hacía que hubiera debido tomarla por esposa; pero el desabrimiento surgido entre don Pedro y don Miguel había ido retardando el matrimonio, pues querían los enamorados que se celebrasen sus bodas en medio de la concordia y armonía de toda la familia, para que ese día hubiese por todas parte regocijo, mucho regocijo, tanto como el que ellos sintieran. Esperando que sus padres se reconciliasen y volviesen a ser tan buenos amigos como antes, habían aguardado aquellos dos años. Pero al fin, como no había habido la deseada reconciliación, comenzaban los jóvenes a pensar en realizar su enlace, aun en aquellas circunstancias dudosas. ¡Mas he aquí que repentinamente, y cuando menos lo esperaban, sobreviene el rompimiento, y don Miguel realiza a mano armada la invasión de los terrenos de don Pedro!

Gonzalo pensaba todo esto con suma tristeza, presintiendo graves dificultades y trastornos futuros para el cumplimiento de sus deseos. Sin apartar la vista de la adorada imagen de Ramona, ni cesar de cubrirla de ósculos ternísimos, dejaba correr por las mejillas lágrimas que rebosaban de sus ojos.

Y pensando sería conveniente advertir a la joven de lo que pasaba, para que estuviese prevenida y le ayudase a conjurar el peligro, tomó la pluma y trazó las siguientes líneas:

"Ramona de mi alma:
"Han sucedido cosas gravísimas desde que no nos vemos. Necesito hablar contigo hoy mismo; pero a solas, porque me interesa que nadie se entere de nuestra conversación. Bien sé que no te agrada darme citas por la ventana; pero siendo las circunstancias apremiantes, espero me otorgues la gracia de esperarme hoy a la reja, a las diez de la noche. Te lo ruego por lo que más quieras. Contéstame con el portador, que es persona de confianza, aun cuando sean dos líneas con lápiz.

"Bien sabes cuánto te quiero y que eres la luz de mis ojos.

Gonzalo".

Habíanse deslizado insensiblemente las horas. La mirada retrospectiva que había echado el joven a la historia de sus amores, había tardado toda la mañana en llegar al lejano pasado y en volver después a la situación presente. Cuando Gonzalo concluyó la carta, era ya la mitad del día. Sacóle de su absorción el sonido de la campanilla, que repicaba anunciando la hora de la comida. Sorprendido echó mano al reloj y vio que era, en efecto, la una de la tarde.

Cuando llegó al comedor estaban todos los comensales en sus puestos. Don Pedro mostraba el mejor humor del mundo. Había desaparecido de su rostro el ceño adusto y reservado que había tenido por la mañana; mostrábase risueño, afable y expresivo.

—Hombre ¡qué ojos! —dijo a Gonzalo tan luego como lo vio—. Parece que has dormido todo el santo día.

—¿Por qué, padre?

—Porque los tienes rojos e hinchados.

—Es porque he leído mucho.

—No es necesario leer tanto. ¡Mi compadre don Miguel no lee nunca, y es ya dueño de la hacienda del Chopo y del Monte de los Pericos!

Todos rieron de la ocurrencia y la comida pasó alegre, en medio de pláticas animadas. A la hora del café, dijo Gonzalo:

—Padre, quiero que me permitas mandar al pueblo a Estebanito.

—¿Con qué objeto?

—Voy a hacerle un encargo.

—Bueno; pero ¿y los apuntes y la correspondencia?

—Yo lo desempeñaré mientras vuelve.

—Siendo así, no hay inconveniente.

—Quiero también suplicarte me permitas ir a Citala esta noche.

—¿Para dormir allá?

—No, señor; volveré a la hacienda cuanto antes.

—Comprendo has de tener negocio que arreglar en el pueblo —dijo don Pedro guiñando el ojo—, y sería crueldad impedírtelo. Pero no regreses tarde; anda con cuidado y llévate a Salomé para que te acompañe.

—Está bien; te prometo volver a buena hora. ¿No me necesitas para nada?

—No: hoy no tenemos qué hacer.

—¿Qué has pensado respecto del Monte?

—Tengo mi plan; pero no te lo digo todavía.

Gonzalo no estimó prudente indagar más, conociendo, como conocía, el carácter de su padre; pero le dirigió una mirada indagadora, y lo sorprendió en momentos en que él y Oceguera se veían con ojos de inteligencia.

—¿Qué sera? —pensó Gonzalo. Incapaz de colegirlo, procuró distraerse, aunque dominado por cierta inquietud. Para divagar las ideas levantóse a poco y llamó aparte a Estebanito.

—Oye —le dijo—, vas a montar en seguida y a marcharte a Citala.

—Con mucho gusto —repuso el tenedor de libros.

—Llevas una carta para Ramona y se la entregas en mano propia.

—Pierde cuidado.

—Te lo digo, porque es seguro que has de tropezar con algunas dificultades. Es necesario que no te observen ni mi tío don Miguel ni mi tía doña Paz; es cosa reservada.

—Me daré mis mañas.

—¿No te sirve de molestia?

—Al contrario, de paso veré a Chole, que vive en la misma calle. Desde el domingo no la veo; va a sorprenderse. Oyes, Gonzalo ¿me dejas montar el caballo retinto?

—Toma el que quieras.

—¿Y me prestas la silla nueva?

—Sí, hombre, con mucho gusto.

Estebanito puso cara placentera.

—En ese caso —dijo— voy a arreglarme para ponerme en camino. Dióse una nueva pavoneada en el rostro; vació en la cabeza medio bote de pomada; puso más brillantina en el escaso bigote; cambió cuello y puños postizos, echando mano de los domingueros y anudó a la garganta la corbata más roja del repertorio: prendió en medio de ella donairosamente un fistol de plata, que representaba el águila mexicana, recortada de una peseta; abrillantó el calzado, por propia mano, con brochazos de betún y multiplicados cepillazos; vistió las pantaloneras ajustadísimas que le ceñían la pierna, y que para entrar habían menester echar fuera el calzado; cubrió la cabeza con el sombrero afelpado y galoneado color de cereza y de copa altísima y puntiaguda; impregnó el pañuelo de esencia de almizcle; y salió radiante de felicidad, deslumbrante de blancura, lirnpio, fresco y perfumado. Gonzalo esperábale lleno de impaciencia.

—¿Qué hacías, hombre? —le dijo—. Has tardado una hora.

—Estaba aseándome un poco.

—¡Pero si has permanecido en el tocador como si fueras una dama!

—No podía ir al pueblo como andaba, tan sucio y mal vestido.

—Parece que vas a casarte; estás muy guapo.

—No te burles ¡qué guapo he de estar! Los pobres no podemos ser elegantes.

—Y muy buen mozo…

—¡Lástima que no traiga moneda nueva! —contestó sonriente, y metiendo índice y pulgar en el bolsillo derecho del chaleco, en ademán de sacarla.

—Me la quedas debiendo. Conque vamos ¡a caballo, hombre, que ya van a ser las tres! Aquí tienes el retinto ensillado.

Cogió Estebanito las riendas, se izó cogiendo la cabeza de la silla, puso el pie en el estribo, aunque con trabajo, por estar muy alto para su estatura, y, ayudado por Gonzalo, montó en el noble bruto. El generoso animal sacudió la cabeza con donaire, preparándose para la marcha. Era de la raza cruzada que criaba don Pedro en el Palmar, y que había adquirido gran reputación en los contornos, como formada de nobles padres americanos de Kentucky, y de yeguas finas del país. El retinto era de grande alzada y patas delgadas y finas, signo evidente de ligereza. Llevaba siempre en alto la cabeza, como orgulloso de su estampa, y tenía unos ojos negros y vivos que todo lo veían. El cuello enarcado y robusto erguíase adornado por hermosa, negra y profusa crin, que ondulaba graciosamente, a compás de sus movimientos. Su anca redonda y lustrosa era tan sensible, que no sufría ni el peso de la mano. La índole del retinto no iba en zaga a su parte física. Era tan manso que Gonzalo le cogía las patas, y lo obligaba a levantarlas una después de otra, a medida de su deseo; dábale palmaditas en el lomo, ancas y panza, con toda impunidad; y aun solía pasar de un lado a otro, por debajo de él, sin que el noble bruto diese muestras del menor desagrado. Bajo el dominio del jinete, mostrábase quieto y obediente hasta el extremo, pues, si bien era brioso y amante de lucirse, no pasaban sus ímpetus de un poco de presunción en el menudo y airoso paso, en la elevación de la frente y en el arqueo graciosísimo del pescuezo. Pero, eso sí, cuando se le necesitaba para la carrera, el combate o las suertes del campo, era un prodigio de viveza y rapidez. Corría detrás de la res con gran fuego, ora se tratase de lazarla o bien de colearla. Una vez echado el lazo, tomaba por instinto la dirección de la cuerda, para tirar con fuerza; o, una vez la cola en la mano del jinete, *dábase la salida* con tal empuje y rapidez, que por grande y pesado que fuese el cornúpeta, caía en el acto por tierra, boca arriba y con las patas en el aire.

Varias veces Gonzalo había apostado carreras con los rancheros de los alrededores, que se preciaban de tener mejores caballos, y, hasta el día, les había llevado la palma a todos el retinto. No bien se daba la señal de partir, comenzaba el ligerísimo corcel dando un salto potente, que dejaba atrás a sus competidores como cuerpo y medio, y en seguida continuaba devorando la distancia y bebiéndose los vientos de una manera tan pasmosa que daba miedo, y se perdía a lo lejos, envuelto en una nube de polvo. Al concluir la carrera, Gonzalo, que no se levantaba de la silla ni una línea, como si estuviese clavado en ella, tiraba de la rienda con mano firme, y, el obediente animal de boca *sentadísima,* cesaba de correr en el acto, procurando detenerse con las patas traseras. El impulso recibido obligábale a seguir avanzando corto trecho contra su voluntad, de lo que daban testimonio las rayas que trazaban en la tierra los cascos posteriores; y muy a poco se levantaba de nuevo, inquieto y anhelante.

El caporal que desbravó el retinto, era domador habilísimo. No había quien le superase en el arte de hacer a la rienda los potros serranos en breve tiempo, reduciéndolos a la mayor mansedumbre, exentos de toda maña, y dejándoles tal sensibilidad en la boca, que podía manejárselos con hebras de seda. Pero tenía el defecto de ser amante de la copa, del fandango y del pleito. Apenas se veía sobre los lomos del caballo domado ya, aprovechaba cualquier oportunidad que se le presentase para lucirlo y ponerlo a prueba. En cuanto sabía que hubiese algunos herraderos o boda en ranchos inmediatos, dirigíase al lugar del festejo, montado en su caballo bailador, que parecía una *lumbre,* con el sombrero de palma levantado en señal de combate, y grandes y ruidosas espuelas. Llegaba a los puestos o tiendas, a comprar aguardiente y cigarros; metíase entre los grupos, invitaba a beber a los amigos o aceptaba sus invitaciones; y por cualquiera fruslería, por una monada, armaba la de Dios es Cristo, se *arriscaba* el sombrero, que le quedaba en la nuca, sostenido por el barbiquejo, y gritaba que *era muy hombre,* y que *a hombre naiden le ganaba,* y que *se rifaba con cualquera,* y que *el que quisiera, que se zafara.* Y en hallándose en el grupo algún otro de alma atravesada, se trababa una riña descomunal de gritos, insolencias, caballazos y machetazos, que introducía el pánico en la reunión, y hacía arremolinarse y huir a la concurrencia; hasta que llegaba el juez de acordada a apaciguar el turnulto, y se llevaba presos a los contendientes, de los cuales uno u otro, o los dos, solían sacar sendas cuchilladas.

Decía ese caporal que en todos los días de su vida no había conocido un caballo tan bueno para el pleito como el retinto, y que él, siempre que se viese montado en animal tan fino, *a naiden le tenía miedo, y era capaz de salirle al frente al mismo diablo.* Seducido por sus bellas prendas, había reñido muchos combates cuando le amansaba, porque como decía, *le daba lástima desperdiciar las perfeiciones del cuaco.* Amaestrado en tan brillante escuela, ya se deja entender cuán fiero, desconfiado y agresivo sería el bucéfalo. Gonzalo, que le conocía, y tenía potencia y habilidad de sobra para dominarlo, manteníale a raya, domando su humor pendenciero; mas por el propio y espontáneo movimiento de su voluntad, estaba dispuesto el retinto a arremeter contra todos los jinetes que encontraba al paso. Al punto que columbraba a alguno de ellos, sacudía la crin y tascaba el freno, llenábase de inquietud y hacía impulso por lanzarse sobre él, para derribarlo del golpe. No bien levantaba la mano Gonzalo, para quitarse el sombrero y saludar, daba un bote el corcel, creyendo sin duda que su amo se lo echaba para atrás en señal de guerra. Pero nunca llegaba tan alto su frenesí, como cuando su dueño sacaba la espada por ventura, ya fuese para cortar una rama que obstruyese el camino, o para dar un cintarazo a algún sirviente malcriado. Era de ver cómo enloquecía entonces, cómo saltaba impaciente, cómo inflaba la nariz, cómo cubría el freno de espuma. No era ya el manso alazán que de ordinario parecía; sino un bruto enardecido, furioso; semejaba más que animal domesticado, fiera salvaje, de esas que viven en los bosques en constante batalla con las otras alimañas.

Recordando todo esto Gonzalo, en el instante en que Estebanito trepó sobre los altos lomos del retinto, díjole sonriendo:

—Mucho cuidado; ya sabes que es manso, cuando no lo alborotan. No lo sofrenes; déjale más floja la rienda. No le aprietes las piernas. No le hinques las espuelas. Y, sobre todo, no le vayas a pegar, porque te tira.

—No tengas cuidado, —repuso el tenedor de libros—; lo conozco, y me guardaré de buscarle ruido. Conque hasta luego.

—Haz pronto lo que te encargo, y no te entretengas mucho con Chole.

—Dentro de poco estaré de vuelta. Hasta luego.

Diciendo esto, se alejó al duro trote del retinto, que era campero. No pudo menos Gonzalo de sonreír al verlo saltar en la silla como si fuese de hule, y al observar que apenas alcanzaba los estribos con la punta de los pies, tan pequeños como los de una dama.

V

No bien quedó solo don Pedro, después de haber oído el relato del montero sobre el despojo del Monte, mandó ensillar su mulita prieta, y solo y sin hacer ruido, salió de la hacienda rumbo a los potreros. Los recorrió despacio, sin apresurarse y con calma. Pasó en revista a los trabajadores en los puntos llamados la Yerba Buena, el Romerito, los Uvalanos y las Estacas; y habló aparte con los caporales Roque Torres, Espiridión Jiménez, Narciso Casillas y Jesús Esparza, uno después de otro, diciendo a cada cual poco más o menos estas palabras:

—Te necesito esta tarde como a las cuatro, con todo y caballo; anda a la hacienda y me hablas en cuanto llegues.

Aquellos caporales eran tenidos por esforzadísimos y valientes en el Palmar. Ruiz, que todo lo conocía en sus terrenos, y valoraba en su ánimo la importancia de cada cosa o persona, según su modo de ser propio, sabía que, en tratándose de lances de armas, no había en la comarca quien superase a aquellos cuatro campeones.

Terminada la excursión, regresó a la casa, poco antes del mediodía, y entró en conferencia con Oceguera. Llevóle al corredor exterior, su cuartel general, y paseando por él al estilo peripatético, en compañía del administrador, dijóle:

—Don Simón, quiero que me acompañe usted esta tarde al Monte de los Pericos.

—¿Al Monte de los Pericos? —repitió asombrado Oceguera.

—Sí, ¿me acompaña?

—Voy con su mercé a donde quiera; ya sabe que lo sigo con los ojos cerrados.

—A las cuatro han de venir a buscarme Roque, Espiridión, Narciso y Jesús, para que nos vayamos todos juntos. Dígale al montero que se vuelva al Monte y se esconda entre los árboles, cerca del punto donde estaba hoy en la mañana.

—Comprendo —observó don Simón—; pero en ese caso es conveniente llevar mayor número de mozos. Siquiera el doble.

—De ningún modo; no fueran a decir que les ganábamos porque éramos muchos.

—Entonces no vaya su mercé; iré yo solo.

—Tengo ganas de echar una paseadita por el Monte... y de divertirme.

—¡Pero, señor don Pedro, si no es necesario que se exponga su buena mercé!

—No hay para que hablar de otra cosa: ya sabe que lo que digo, eso se hace.

—Como guste su mercé. ¿Lo sabe el niño Gonzalito?

—No, ni es necesario. Si se lo dijéramos, se afligiría y procuraría disuadirme de mi propósito. Tiene sus razones para ello. No se le quita Ramona de la cabeza, y además, temería que me fuera a suceder algún percance. De suerte que ¡cuidado conque se lo vaya a decir!

—No diré esta boca es mía, a ley de hombre.

Esa fue la razón por que sorprendió Gonzalo aquella mirada de inteligencia entre su padre y Oceguera, a la hora de comer.

Tan luego como partió Estebanito a desempeñar el mensaje de Gonzalo, entró éste en el despacho y abrió los libros de la contabilidad para continuar los asientos. Dióse a registrar folios, examinar cuentas, y compulsar operaciones, y bien pronto sumergióse su espíritu en aquel océano de guarismos, olvidándose de las preocupaciones del día. Consagrado a esta tarea, no se dio cuenta de la llegada de los caporales, que acudieron puntuales a la cita de don Pedro.

Esperábalos éste en el corredor, sentado en la banca de madera, con la vista fija en el extenso campo sembrado de caña, sin muestra de la menor ansiedad.

—Güenas tardes, señor amo, —dijéronle al llegar, uno después de otro en sus inquietos caballitos, y quitándose con respeto el ancho sombrero de palma.

—¿Cómo te va, Roque?

—¿Cómo te va, Espiridión?

—¿Cómo te va, Narciso?

—¿Cómo te va, Jesús? —contestoles con acento sosegado, ordenándoles fuesen a esperarle detrás de la huerta.

En seguida mandó llamar a Oceguera.

—Don Simón —le dijo—, ya están aquí los caporales: nos aguardan detrás de la huerta. Mándeles dar un Remington y una canana, con su parada de cartuchos, a cada uno, y vea si traen machetes y reatas, para que si les faltan también se los dé. Usted, don Simón, prevéngase lo mejor que pueda y váyase para allá.

La mulita prieta, ensillada desde temprano, esperaba abajo del corredor, atada a la reja de una ventana. No tenía más novedad que cuatro pistoleras, con sus respectivos revólveres: dos por delante, a los lados de la cabeza de la silla, y dos por detrás, cerca de las ancas del animal.

Antes de emprender la marcha, entró don Pedro en el despacho para ver qué hacía su hijo. Hallóle completamente abstraído en su trabajo.

—Gonzalo —le dijo—, no se te olvide contestar estas cartas; —y le dio un paquete.

—No, padre, déjamelas aquí.

—Fírmalas por mí, porque es probable que no esté de vuelta a la hora del correo; voy a ver la presa.

—Está bien, padre. No se te olvide que me voy a Citala; te lo digo para que no me extrañes cuando vuelvas.

—Sí, ya sé que te vas a ver a Monchita —repuso don Pedro—. Salúdala de mi parte.

—Mil gracias.

—Conque hasta la vista.

—Que te vaya bien, padre.

Tranquilo por lo que se refería a su hijo, salió don Pedro del despacho, bajó las gradas del corredor, montó la mula, y estimulándola con una varita flexible que siempre llevaba en la mano, dirigióse a la espalda de la huerta. Allí le esperaban los caporales con don Simón a la cabeza, todos montados y armados. Al aproximarse, les dijo:

—¿Están ustedes dispuestos a hacer cuanto les mande?

—Sí, amo —respondieron.

—Pues síganme —ordenó lacónicamente.

Ninguno de aquellos hombres preguntó a dónde iba, ni de qué se trataba; tanto porque sabían que no le agradaba pizca que le tomaran cuentas de sus determinaciones, como porque, tenían fe ciega en su dirección. Era don Pedro una de aquellas personas que sienten confianza en sí mismas, y logran inspirarla a los demás. Se sabía que lo que él mandaba era acertado siempre.

Púsose a la cabeza del grupo. Desde que se apartó de la hacienda, tomó por una angosta vereda a la mano derecha, y comenzó a trepar por la serranía. Agria era la subida, y los caballos hacían la ascensión difícilmente; no así la mulita, que caminaba por delante con gran velocidad, como si anduviese por terreno llano. No articulaba palabra el jefe, ni había quien se atreviese a hablar en pos suyo. Caminaron por espacio de más de una hora, metiéndose en oscuras gargantas, trepando por piedras y peñascos, a través de los matorrales y por en medio de la arboleda. Nadie sabía por donde andaba; en las vueltas y revueltas de la marcha, todos habían quedado desorientados. Oceguera mismo, un tanto alarmado, se aproximó una vez al jefe y le dijo:

—Amo, ¿por dónde andamos? No conozco la vereda.

—Pierda cuidado, don Simón —repuso don Pedro—; yo sí la conozco.

El administrador se vio obligado a guardar silencio, pero siguió temiendo anduviesen extraviados. En su concepto, caminaban muy lejos del punto objetivo de la expedición.

Serían las cinco cuando llegaron a un portezuela entre dos grandes peñascos, por el cual no podía pasar más que un jinete de frente. Detuvo allí su mulita don Pedro, apeóse, y dando la rienda a uno de los sirvientes para que la tuviese, díjoles por lo bajo:

—¡Aquí me esperan!

Internóse por aquella brecha natural, de puntillas y sin hacer ruido, y muy a poco volvió con el mismo sigilo.

—¡Preparen las armas! —ordenó. Nadie hace fuego, sin que yo lo mande. ¡Síganme sin hacer ruido!

Diciendo esto, volvió a montar en la mula, y sacando el revólver de una de las pistoleras, se internó por la garganta. Don Simón y los mozos continuaron en pos suya, rifle en mano. La estrechura no era larga; se cruzaba en dos o tres minutos. Al terminar, se salía a la cima de una loma cubierta de árboles.

—¡Chist! —dijo don Pedro a sus compañeros, señalando delante de sí con la pistola—. Allí están ¡a ellos!

En efecto, a muy corta distancia de donde el grupo se hallaba, veíanse abajo, a través del ramaje, los cuatro mozos de don Miguel. Tendidos en el césped sobre sus sarapes, y a la sombra de las frondas, conversaban sin desconfianza, fija la vista en la casa del Palmar, que desde allí se descubría. Los caballos, sin freno y atados a los árboles, pastaban sosegadamente la verde hierba.

—¡Hombre, que güeno estuvo el golpe! —decía uno de los mozos— todavía me estoy saboriando.

—¡Qué sorpresa pal probe montero! —exclamaba otro.

—¿Qué diría el amo don Pedro?

—Se ha de haber acalambrado de coraje.

Y reían a carcajadas.

De pronto oyeron tropel de caballos a la espalda, volvieron la cabeza, y vieron a don Pedro que llegaba seguido de sus hombres. Quisieron levantarse y echar mano de las pistolas.

—¡No se *buigan*! —les dijo Ruiz con voz tremenda— ¡o los *afusilamos*!

Y él y todos los suyos les apuntaban con las armas de fuego.

No hubo remedio. Los mozos de don Miguel comprendieron que toda resistencia era inútil.

—Amo, estamos dados —dijo uno de ellos.

—¿Se rinden a discreción?

—Ni modo de evitarlo.

—Pues entreguen las armas. A ver, Roque, apéate y recógeles a los señores los rifles, las pistolas, los sables y las cananas.

Entregaron con mano trémula las pistolas y las cananas. Los rifles y los sables estaban pendientes de las sillas de los caballos.

—Ahora —prosiguió don Pedro— átenles las manos por detrás y ayúdenles a montar. Repártanse las armas de éstos para que no les pesen, y cada cual tome por el ronzal un caballo para que lo lleve *estirando*.

Todo se hizo con una rapidez de relámpago. Los caporales de don Pedro ataron fuertemente a la espalda las manos de los vencidos, con la complacencia y la crueldad propias de todos los vencedores. Uno de aquellos, Pánfilo Vargas, se indignó y dijo:

—Ansina ganarán, vale, con ventaja. Amárrale más recio, que al cabo algún día sabrás quén soy: arrieros semos y en el campo andamos.

—¡Te callas, grandísimo...! —gritó colérico don Pedro. ¿Cuántos eran ustedes esta mañana? Seis para el pobre montero, que estaba solo y *desaprevenido*. A ustedes los dejaron aquí por endiantrados, y tenían la obligación de no dejarse sorprender. Perdieron porque son... tontos. ¿Quién les manda descuidarse? Ya saben que yo no me duermo ni me dejo. Al que me chiste, lo desuello vivo a puros cintarazos.

Luego se volvió a Oceguera diciéndole:

—¿Dónde se habrá escondido el montero?

—Aquí estoy, señor amo —respondió éste saliendo de la espesura.

—Te buscaba para ordenarte que siguieras en tu lugar... No tengas cuidado; te mandaré refuerzo. No te muevas de aquí hasta que te lo diga.

—Está bien, señor amo.

—¡Ahora todos en marcha! —ordenó Ruiz.

Y la caravana emprendió el camino de la hacienda, a la hora en que el sol comenzaba a ocultarse, y cuando las grandes sombras de los cerros iban extendiéndose por el valle.

VI

Comenzaba a oscurecer, y Estebanito no regresaba del pueblo. Gonzalo había dejado el *Diario* y el *Mayor* tiempo hacía por falta de luz, y sentía vaga inquietud por la tardanza de su enviado. Mucho antes de las tres había partido para Citala el tenedor de libros, y, a pesar de ser ya cerca de las seis y media, aun no había vuelto, siendo que no había más que tres cuartos de hora de camino del pueblo a la hacienda. Como dos horas podría haber invertido en el lugar, y estar ya de regreso. ¿Qué le habría sucedido?

Esperó Gonzalo que sonasen las siete, último plazo de espera que se fijó, y, no pudiendo dominar la impaciencia, dio orden de que le ensillasen un caballo para dirigirse a Citala en busca de Estebanito, y, sobre todo, para hablar con Ramona.

—Salomé —gritó—, ensilla pronto, porque estoy de prisa. Te vienes conmigo.

—Con mucho gusto, señor amo —repuso Salomé—; ya me lo había ordenado su papá.

En el intervalo que medió entre la comunicación de estas órdenes y su cumplimiento, oyóse rumor de caballos, y Gonzalo, que salió al corredor para investigar lo que era, vio llegar a Estebanito. Pero no venía solo; acompañábale otro jinete, el cual tiraba por la brida de un caballo que no era otro que el retinto. De pronto no acertó Gonzalo a explicarse lo que aquello significaba.

—Me tenías con cuidado, —dijo al tenedor de libros—. ¿Qué te había pasado?

—Mil contratiempos. Ya te lo referiré despacio. El último fue que por poco me mata el retinto.

—¡Cómo! —exclamó el joven alarmado—. ¿De veras?

—De veras. Todo había caminado bien hasta la salida del pueblo. Había tenido cuidado de no tocarle la panza con las espuelas, ni tirarle de la rienda, ni ponerle las manos en las ancas. A buena hora me volvía ya, cuando, por malos de mis pecados, al pasar frente a la última casita, crucé junto a un grupo de muchachos que jugaban en medio del camino. Procuré pasar lo más lejos de ellos que me fue posible, pero tan pronto como me columbraron, gritaron que me venían largas las acciones, y que le tenía miedo al caballo. ¿Te acuerdas del arroyo? Siempre lo paso poco a poco, por prudencia; pero ahora, por salir de la dificultad, me resolví a saltar sobre él. Llegué a la orilla de la corriente, cerré los ojos, aflojé la rienda y apreté las espuelas. El caballo dio un brinco tan furioso como si se tratase de salvar un río. Sentí una sacudida atroz, bamboleé, me cogí de la cabeza de la silla, y sin saber cómo, caí de cabeza. Por fortuna el arroyo no tiene piedras; a haberlas tenido, me mato. Pero estoy muy golpeado de la cara, de una mano y de un pie.

—Hombre, tú tienes la culpa de todo, por no hacer lo que te digo —repuso Gonzalo entre colérico y asustado—. A ver, déjame ver los golpes.

Y le examinó atentamente. Tenía la cara hinchada, un párpado abotagado, y estropeados, pero no rotos ni luxados, los delicados remos de su lado siniestro.

Lo que más había sufrido en el accidente era el traje dominguero. Cuellos, puños y pechera de camisa estaban hechos unos puros trapos mojados; el águila del fistol había emprendido el vuelo; el sombrero alicaído, tenía la ridícula forma de un paraguas; y chaqueta, pantalones y zapatos, todo chorreaba agua y estaba cubierto de barro.

Gonzalo no pudo menos de sonreír ante el miserable aspecto del tenedor de libros.

—No te rías —gruñó Estebanito—. La cosa fue seria; por poco me mato.

—Pero al fin no te moriste, bendito Dios. Acábame de contar como saliste del paso —repuso Gonzalo.

—No puedo decirlo. Sólo sé que, cuando me levanté, no vi el caballo, y que los vecinos me rodearon y me taparon con frazadas para que no me diera el aire. Me llevaron en peso a la casita más próxima, y me dieron un trago de tequila para que se me quitara el susto. Largo rato después llegó este señor con el retinto.

—Señor amo —dijo el ranchero que acompañaba a Estebanito—, voy a contale a su mercé como y onde incontré el caballo. Venía del rancho del Lobo pa Citala, cuando miré atravesar por la vereda un caballo corriendo a la juerza de la carrera. A luego me afiguré que había tumbado a algún cristiano, y saqué la reata pa detenelo. El caballito que traigo no es tan amargoso; también sabe correr de recio ¡ya me ofrecen cuarenta pesos por él, y no lo quero dar! Le arrimé las espuelas y corrí detrás del otro. ¡Algame la Virgen, como iba el cuaco! Parecía alma que se llevaba el diablo. La fortuna fue que en lugar de tomar pal llano, cogiera pa la loma; allí no podía correr muncho por la mucha piedra. En una sesgada que se dio pa tomar la cuesta abajo, le eché la reata que llevaba aprevenina, y lo lacé del pescuezo. Aluego que se paró, lo reconocí, porque no hay quen no conozca el retinto por todo esto, y al pronto creiba que había tumbado a su mercé. Estaba hecho un demonio de furioso; lo *pachoneé,* le dí unas güeltitas, y me lo juí llevando poco a poco. Mi pienso era venirme hasta acá de jilo; pero al pasar por el arroyo me detuvo mi compadre Másimo, y me dijo:

—"Hombre, Saturnino, ¿pa onde llevas ese cuaco?

—¡Pa onde ha de ser! Pal Palmar —le dije.

—¿Qué vas a hacer po allá? ¡Allí está el señor que tumbó! —y me señaló la última casa del pueblo.

—¿El amo don Gonzalo?

—No, otro muy estudiante".

Aluego me juí pa la casita, y me incontré con el amo, muy *apolismado* y que se estaba curando los golpes. No quijo volvele a montar al penco, porque lo vido muy alborotado, y mi compadre Másimo le ofreció su caballito pa que se juera viniendo. Poco después nos vinimos los dos juntos, porque el amo, como está baldado, no se jallaba útil pa *estirar* el retinto, y también porque mi compadre Másimo se quedó a pie esperándome en el pueblo, y tengo que devolvele su caballo.

—Mil gracias, don Saturnino —repuso Gonzalo—, nos ha prestado usted un buen servicio. Si no hubiera sido por usted ¡quién sabe qué le hubiera pasado al retinto! ¿No se lastimó mucho el caballo?

—Nada tiene, señor amo. Entre mi compadre Másimo y yo le dimos una desaminada antes de venirnos, y no le jallamos más que una raspada en una pata; cosa leve. Lo que sí se averió muncho jué la silla; quedó inservible.

—Eso no le hace; lo que importa es que Esteban, antes que todo, y despés el caballo hayan salido sin novedad.

—Gracias, Gonzalo —dijo el tenedor de libros—, te lo agradezco de veras porque sé lo que quieres al retinto. Oyes, con tu permiso me voy a mi cuarto para cambiarme ropa; allá te espero.

Y se fue cojeando.

Saturnino echó un bozal al caballo de su compadre, quedándose con un cabo de la cuerda en las manos, para tirar de ella. En seguida se apeó, y con el ancho sombrero de palma en la diestra, dijo a Gonzalo:

—Conque, amo, con licencia de su güena persona, me retiro.

—¿No quiere quedarse a descansar y a tomar la cena, don Saturnino?

—Se lo estimo muncho; me aspera mi compadre Másimo, y queda lejos de Citala.

—Hágame favor de recibir este regalito como muestra de mi reconocimiento —agregó Gonzalo alargándole algún dinero.

—¡Ni lo mande Dios! —exclamó don Saturnino—; no lo jice por interés, amo, sino sólo por servile.

—Ni yo lo hago por pagarle, sino en prueba de gratitud.

—Hágame favor de que no sea ansina; con eso me ofende. También los probes sabemos hacer las cosas por puro cariño.

—Ya lo sé, don Saturnino; de manera que si es cosa que pueda disgustarle, lo dicho por no dicho, y ni quien hable más de eso —concluyó Gonzalo volviendo el dinero al bolsillo.

—Vale más ansina, siñor amo; déjeme quedar sastifecho de mí mesmo.

—Y mucho que debe usted estarlo. Ya sabe que me deja muy agradecido. El día que me necesite de alguna manera, ocúpeme, y verá como le ayudo en cuanto pueda.

—Ya lo sé, siñor amo. De aquí allá puedo ocupar a su mercé en cualquer cosa, y entonces me dará la mano.

—Sí, don Saturnino, con mucho gusto.

—En ese caso, con la venia de su mercé, me degüelvo pa Citala, porque ya ha de estar desesperado mi compadre Másimo.

—Vaya con Dios don Saturnino.

—Con licencia de su mercé —repitió el ranchero al partir, llevando por el ronzal el caballo de su compadre.

Gonzalo entró luego en el cuarto de Estebanito. El tenedor de libros se había quitado la ropa mojada, y estaba consagrado de nuevo a hermosear la persona, lavándose el rostro, peinando el cabello y poniendo brillantina en el bigote.

—Hombre, Esteban —díjole aquél entrando— me tienes en ascuas ¿qué hiciste de mi encargo?

—Lo que me dijiste, al pie de la letra. Mucho trabajo me costó hablar con Ramoncita. Por fortuna vive Chole en la esquina de su casa, y nadie fijó la atención en mis frecuentes vueltas por la calle. Creían que lo hacía por rondar a mi novia y lucir el caballo. Chole se estuvo en la ventana toda la tarde, dándome carita. Me decían que el maestro de escuela me anda metiendo zancadilla; pero no es cierto. Estoy persuadido de que a mí es a quien ella quiere; sino que es alegre y comunicativa, y hasta a veces parece un poco coqueta. Pero todo lo hace con inocencia. En realidad es una muchacha sencilla.

—Bueno, bueno, ya hablaremos de eso otra ocasión. Vamos al grano.

—Tienes razón; pensando en Chole me había divagado. Pues bien, anduve toda la tarde a pasa y pasa. Por fortuna Chole se estuvo firme en la ventana; si no fuera por eso, me hubiera fastidiado mucho.

—¡Hombre, Esteban! —exclamó Gonzalo impaciente—. ¿Qué sucedió con Ramona?

—Estaba quieta su casa; nada se movía en puerta ni en ventanas. Era que ella y su mamá habían salido a la Iglesia. Por fin volvieron después de largo rato. La saludé haciéndole ademán de que traía en el bolsillo alguna cosa para ella. Disimuló bien, pero me entendió; y a poco salió de la puerta so pretexto de dar limosna a una mujer pobre. Entonces me acerqué sin desmontar, y le dije que llevaba esa carta de tu padre. La leyó y me dijo que me daría la respuesta por una de las ventanas de la otra calle. Momentos después pasé por allí, y me dio este papelito.

Tomóle Gonzalo y leyó lo siguiente:

"Querido Gonzalo:
"Tu carta me deja llena de sobresalto. ¿Qué ha sucedido? Te espero a las diez por una de las ventanas del costado de mi casa. No pases por el frente para que no te vean papá o mamá. Ya sabes que no me gusta hablarte por la ventana; pero ¿qué remedio por ahora?

Tu *Ramona*".

—Chole —continuó Esteban— que me vio hablando con Ramoncita, parece que se desagradó, porque, cuando volví a pasar por su casa, me dio con las puertas en la cara. Pero ya la contentaré. Tanto mejor si es celosa, porque eso quiere decir que me tiene cariño. Todos los enamorados son celosos. ¿No es verdad?

No hubo quien contestase la pregunta, pues Gonzalo, no bien se hubo enterado de la contestación, salió del cuarto sin decir palabra.

—¡Cuán egoístas son las gentes! —pensó para sus adentros el tenedor de libros, al enterarse de la ausencia del joven—. Gonzalo se preocupa únicamente por sus propios negocios, y en el momento en que le hablo de los míos, huye del modo más descortés. Debería recordar que me es deudor de un gran servicio...

E hizo un gesto de dolor al levantar la mano lastimada para aplacar el indómito pelo.

VII

Entretanto, montaba a caballo Gonzalo y tomaba el camino de Citala. Era ya casi de noche en aquellos momentos. Principiaba el campo a llenarse de sombras. Volvían los trabajadores en grupo a la cuadrilla, llevando al hombro sus instrumentos de labranza. Los vaqueros conducían las vacas a los corrales, y caminaba el ganado en revuelto tropel de vacas, becerros y mozos, con ruido ensordecedor formado por los mugidos de las madres y por los agudos bramidos de los hijos.

El joven espoleó el caballo y se lanzó al galope al través de los campos. Pronto llegó a la orilla del Covianes, cuya voz resonaba majestuosa en medio de la soledad y del silencio, y lo cruzó sobre el puente rústico construido por don Pedro. No se detuvo a considerar cuán caudaloso venía a causa de las últimas lluvias, ni cómo sus encrespadas ondas bajaban furiosas de la cañada arrastrando en su corriente troncos y ramas de árboles, tiernas plantas desarraigadas de la orilla e inmensa cantidad de hojas secas, que se agitaban siguiendo su hervor, como inquietas mariposas posadas en su turbio cristal. Solía detenerse Gonzalo en aquel sitio, ya fuese a su paso para Citala o a su regreso para el Palmar, seducido por la belleza del cuadro. Infundíale cierto pavor sagrado mirar la profunda cañada, por donde traía su curso la corriente. Estrechábase de tal modo en aquel punto la distancia entre los cerros contiguos, que se tornaba largo barranco formado por peñascos y laderas empinadas. Lo abrigado de la garganta, la acción fecundante del agua y la fertilidad natural del suelo, habían hecho brotar por todas partes una vegetación opulenta y enmarañada, que se presentaba a los ojos en oscuro e indescifrable desorden. Ya eran grandes árboles nacidos entre las peñas, que se levantaban erguidos los unos al lado de los otros, y estrechaban sus frondas en la región del espacio; ya eran confusos matorrales que invadían y ocultaban las escabrosidades de la ladera; ya trepadoras que dibujaban entre las breñas sus flexibles guías, y se enredaban a las ramas de los árboles, cubriendo su follaje y cansando su resistencia, hasta escaparse de las copas y caer de nuevo al suelo, en graciosas y multiplicadas rúbricas; ora plantas acuáticas que flotaban estremecidas sobre el agua, junto a las márgenes, en los remansos formados entre las piedras; ora frescos y vistosos colonos, que abrían sus anchas hojas, cerca del río, semejantes a grandes abanicos de un verde tierno. Toda aquella vegetación de árboles, matorrales y trepadoras, unida a la aspereza y estrechura del sitio y espesándose sobre el cauce, hacía aparecer la corriente como salida de lo desconocido, como brotada de la región insondable del misterio. Al llegar las horas nocturnas, aumentábase el efecto misterioso del cuadro. Las tinieblas ordinariamente cerradas en aquella garganta, se trocaban en noche negrísima, de cuyas entrañas salía un torrente de sombra estrepitoso.

Pero Gonzalo, dominado por el afán de ver los dulces ojos de Ramona, pasó ahora distraído frente a la cañada, y no se detuvo hasta llegar a Citala, ya de noche, y en los momentos en que comenzaban en las casas a encenderse las luces. Tenía su padre un caserón en el pueblo, con zaguán descomunal, patio extenso, amplios corredores, abundancia de aposentos, vastos corrales y pesebres, gallinero, palomar, trojes y demás departamentos de uso y estilo en habitaciones campesinas. Siempre que el caso lo demandaba, trasladábanse a él padre e hijo, ya fuese los domingos para asistir a misa y hacer la raya, o bien para gozar de las fiestas anuales que el pueblo celebraba con entusiasmo, o para conmemorar las glorias de la patria. Estaba dispuesto y arreglado a todas horas para recibir a los amos, porque así le gustaban las cosas a don Pedro.

Apeóse Gonzalo, recomendó a Salomé que estuviese listo para el regreso, entre diez y once de la noche, y, lleno de impaciencia, se echó a la calle sin saber qué hacer de su tiempo. Envolvióse en el sarape, caló el sombrero hasta los ojos y se situó frente a la ventana de Ramona. Como la calle era poco frecuentada, nadie reparó en él; de suerte que pudo permanecer a sus anchas, medio oculto en el marco de una puerta. No le esperaba a esas horas la joven; así es que estaban cerradas las ventanas, y solamente se veían a través de los cristales y visillos, las luces de las lámparas y velas que alumbraban la casa, y, de cuando en cuando, siluetas de personas que pasaban. Tomaba gran interés el joven en la observación de esos detalles, y, cuando columbraba la gentil figura de Ramona, llenábase de dulce emoción y latíale el corazón con violencia. Así pasó el tiempo en aquella contemplación pueril, oyendo la ronca voz de la campana de la torre dar los cuartos y las horas, hasta que al fin sonaron las diez.

Seguramente la joven aguardaba con igual impaciencia la hora de la cita, porque en ese momento preciso, abrióse sin ruido la ventana de una pieza oscura y apareció en ella una forma blanca.

—Buenas noches, Ramona —dijo Gonzalo, llegando a ella.

—Buenas noches, Gonzalo —contestó la joven con acento tan musical, que aun sonando quedo parecía un canto—. ¿Te hice esperar mucho tiempo?

—No; has sido tan puntual como las palomitas de los relojes que dan las horas.

—Estoy aquí desde antes de las ocho.

—Me dijiste que vendrías a las diez.

—No pude dominar la impaciencia. Salí del Palmar poco después de las siete, y me vine a todo galope.

—Si lo hubiera sabido, habría salido antes. Bien hubiera podido hacerlo, porque mamá está muy entretenida en la cocina haciendo una conserva.

—No me enfadé; veía tus ventanas. Pasabas algunas veces y me decía. "allí va mi Ramona: ¿pensará en mí? ¿se acordará de mí? ¿me querrá como la quiero?"

—No pensaba en otra cosa más que en tí. Todo el día lo paso de la misma manera. Bien sabes lo mucho que te quiero.

—No tanto como yo.

—Mucho más.

—Imposible. No hay en el mundo quien quiera a su novia como yo.

—Ojalá. Si no me quisieses de vera, creo que me moriría.

—¿Me dispensas que te haya molestado con esta cita?

—No te disculpes. Para mí es mucho gusto; pero ya ves como es la gente, y como se perece por hablar mal de los demás. Aparte de esto, mamá, que es tan buena, me ha dicho: "te permito que seas novia de Gonzalo, y que le hables en la casa; pero me prometes no hacerlo nunca por la ventana, como tantas muchachas locas". Y se lo tengo prometido. Sólo por eso no me gusta hablarte por aquí.

—Soy el primero en conocer que mi tía tiene razón, y en respetar su modo de pensar. Pero ahora teníamos que hacerlo así, porque las circunstancias lo exigen. Sólo Dios sabe cuando volveré a entrar en tu casa. ¡Quién sabe si nunca!...

—Pero ¿por qué?

—Porque nuestros padres están reñidos.

—¡Válgame María Santísima! pues ¿qué ha sucedido?

—La maldita cuestión del Monte de los Pericos. Mi tío don Miguel llegó al Palmar esta mañana muy de madrugada, y le exigió a mi padre que le entregara el Monte, y como mi padre no quiso, se fue muy enojado soltando muchas amenazas. A poco rato, cuando nos desayunábamos, llegó a la hacienda el montero despavorido, diciendo que mi tío acompañado de cinco sirvientes, lo habían corrido del Monte y le había dado cintarazos. Mi padre se enojó mucho. No dijo nada, porque es de pocas palabras; pero, como lo conozco, estoy seguro de que no se quedará con la ofensa. Algo va a hacer para tomar el desquite; y mi tío don Miguel se irritará más, y quién sabe a dónde llegarán las cosas.

—¡Qué desgracia! —articuló Ramona consternada— ¿Qué será bueno hacer?

—No lo sé. Esta mañana quise calmar a mi padre; pero no lo logré. Es prudente hasta cierto punto; pero una vez rotas las consideraciones, no hay fuerza capaz de detenerlo.

—Por mi parte, no puedo ni intentar calmar a mi papá. Ya lo conoces como es. A mamá y a mí nos tiene prohibido que nos metamos en sus cosas. Si algo le dijera, se enojaría mucho.

—Es lo que me alarma. Estoy muy triste; preveo que van a aparecer muchas dificultades para nosotros.

—No lo quiera Dios. Vámosle pidiendo mucho que remedie la situación; verás como nos lo concede.

—Solamente Dios podrá hacerlo.

—¡Qué lástima! ¡Tan buenos amigos como eran! ¡Tanto como se querían! ¡Tan contentos como estábamos todos!

—Es lo mismo que digo. ¿Por qué se buscan dificultades de propósito, cuando la Providencia les concede tantos beneficios?

—Creo que de todo tiene la culpa ese licenciado Jaramillo, a quien no podemos ver ni mamá ni yo. Desde que se ha hecho de las confianzas de papá, lo ha cambiado completamente.

—Así lo creo yo también.

—Gonzalo ¿qué hacemos?

—He querido hablar contigo para que nos pongamos de acuerdo.

—Haré lo que me digas.

—En primer lugar, Ramoncita —murmuró el joven con voz enternecida—, necesito me repitas que me quieres, que me has de querer

64

siempre, y que, cualesquiera que sean las complicaciones que surjan en nuestras familias, no has de cambiar conmigo.

—¡Ave María Purísima! ¿Por qué había de cambiar contigo? ¿Qué culpa tienes de lo que sucede? Además de que, aunque quisiera, no podría cambiar, porque te quiero de tal modo, que sólo la muerte podría hacer que no te quisiera.

—Repítemelo, vida mía, para tranquilidad de mi corazón.

—Sólo muerta no te querré, Gonzalo.

—Que Dios te lo pague. ¡Si vieras cuánto beneficio me hacen tus palabras! Ahora que venía de la hacienda, pensaba cosas muy tristes, todo lo veía negro; se me figuraba que iba a perderte para siempre... Pero desde que te veo y te oigo, se han desvanecido mis temores, y tengo fe en el porvenir.

—El cariño que nos tenemos es puro y santo, y Dios lo bendecirá. ¿No es verdad que tú tampoco dejarás de quererme, suceda lo que suceda?

—Por esa parte no debes temer. Antes me dejaría arrancar el corazón.

—En ese caso, somos fuertes, y no debemos temer nada. No hay poder en el mundo capaz de hacer que no se quieran los que se quieren de veras.

—Tienes razón. Así sucede cuando se emplean medios violentos. Pero el que se propone desunir a los enamorados, no les pone el puñal al pecho para que se olviden; sigue un camino menos directo. No ataca de frente; ofusca la razón con vanos fantasmas, hace nacer la sospecha, estimula el amor propio, y consigue por medio del engaño lo que nunca hubiera alcanzado por otro camino. Amantes que hubieran llegado al heroísmo luchando con el enemigo cara a cara, caen rendidos a los golpes de la calumnia y de la intriga.

—Tienes razón; sé de novios que se han separado, a pesar de quererse mucho, por hablillas y chismes de la gente.

—Es necesario que nos defendamos de la traición. Cuando se sepa que nuestros padres se han enemistado, va a proponerse la murmuración completar la obra de la discordia.

—Pero todos sus trabajos serán inútiles contra nosotros, que tanto nos conocemos y tenemos tanta confianza en nuestra lealtad.

—Vámonos proponiendo no dar crédito a ningún rumor desfavorable, antes de explicarnos uno a otro lo que pase.

—Así debe ser; dar oído a cualquier hablilla, sin investigar la verdad, sería ligereza imperdonable.

—Entonces así queda convenido.

—Convenido.

—Esto me tranquiliza. Puesto que nos queremos de veras, y que nos prometemos fe mutua, debemos desechar todo temor. Nada podrá hacer la adversidad contra nosotros.

—Lo mismo digo yo. Me quieres, te quiero; no hemos de hacer nada malo; hemos de decirnos siempre la verdad; ¿de qué modo podemos ser sorprendidos?

—De ninguna manera.

—Sólo nos queda pedir mucho a Dios y a la Virgen y a la Santísima que nos protejan y que reconcilien a nuestros padres.

—Con todo nuestro corazón.

—Para que vuelvan a ser tan buenos amigos como lo han sido siempre.

—Y para que podamos realizar pronto nuestros deseos. Estamos en Junio. ¿Te acuerdas de que habíamos fijado nuestro matrimonio para el treinta de Agosto, y teníamos el proyecto de marcharnos luego a Europa?

—¡Cómo no! Vas a ver como todo lo hacemos al fin como lo habíamos pensado.

—Sí; esperamos en Dios que así ha de ser.

—Tengo fe en ello.

En esto oyéronse pasos precipitados dentro del cuarto. Volvió el rostro la joven y vio abrirse la puerta que daba al aposento contiguo. Apenas tuvo tiempo para estrechar la mano de Gonzalo diciéndole en frase breve:

—¡Quién sabe quién viene! Adiós.

—Adiós —murmuró el joven correspondiendo a la rápida presión; y, retirándose en seguida, se ocultó en la sombra de enfrente.

Y permaneciendo atento a lo que pasaba en la casa, parecióle oír la voz airada de don Miguel alternando con la suavísima de Ramona, y algo como rumor de llanto. Después salió a la ventana una persona que se le figuró don Miguel, la cual estuvo un rato como en acecho, y cerró luego los cristales. Luego quedó todo en silencio, y no volvió a oírse más que el ruido periódico del reloj que daba las horas.

VIII

Cuando don Pedro, don Simón y el resto de la caravana llegaron al Palmar de vuelta del Monte de los Pericos, era ya de noche. Al oír ruido de caballos, acudieron a la plaza los peones de la hacienda y las mujeres de la cuadrilla asomáronse a las puertas de las chozas, pues era cosa desusada a esas horas tal barullo en el área tranquila de la finca. Luego cayeron en cuenta unos y otras de que era el amo que volvía triunfante del Monte de los Pericos, después de haber sorprendido y atado a los intrusos sirvientes de don Miguel. Los caporales orgullosos refirieron cuanto acababa de pasar, volviéndose lenguas en alabanza de la sagacidad, energía y actividad del patrón; lo que contribuyó en gran manera a aumentar el prestigio de éste entre los habitantes de la hacienda. Por instinto de gloria y espíritu de cuerpo, estimábase toda la ranchería actora principal en aquel lance graciosísimo, en que había sido la derrota del enemigo tan completa, que llegaba uncido al carro de la victoria. Y todo, sin que se hubiese derramado una sola gota de sangre.

—La mera verdá que el amo es muy hombre —decían algunos.

—Es endiantrado —decían otros.

Otros expresaban la misma idea, con la sola variante de llamarlo *entabacado*.

Los mozos presos y atados de don Miguel, eran objeto de la curiosidad y de las zumbas de los circunstantes. Pronto se formó un grupo de curiosos en su derredor, y se oyeron voces que decían:

—¡Pos qué se afiguraban estos jijos de...

—En el Palmar hay hombres.

—Ansina aprenderán a no ser atrabancados.

Oyólo Ruiz y luego puso punto a la manifestación.

—Háganse a un lado —dijo—, y, ¡cuidado cuando alguno me chista!

El grupo se apartó respetuoso, y entró en silencio.

—Aquí me esperan —dijo don Pedro a los mozos, apeándose de la mulita—. Don Simón, véngase conmigo —agregó volviéndose al administrador. Y él y Oceguera subieron el corredor, haciendo sonar en los escalones de piedra las estrellas metálicas de sus grandes espuelas.

—Tome asiento, don Simón —dijo Ruiz al entrar en el despacho y sentándose él mismo.

—Mil gracias, amo.

—Quiero que conferenciemos sobre lo que vamos a hacer con los mozos de mi compadre.

Oceguera se quedó pensativo. No se le había llegado a ocurrir la dificultad.

—¿Qué le parece, don Simón? —interrogó Ruiz después de breve silencio.

—Pos yo creo que lo mejor será darles una buena *cuereada,* y despachárselos al amo don Miguel con la cola entre las piernas.

—Ya lo había pensado; pero eso no nos conviene, porque entonces mi compadre los obligaría a quejarse a la autoridad, y la pasaríamos mal.

—Eso déjemelo a mí. Me los saco fuera del portón uno por uno, les doy una buena *pela,* y luego los suelto. Si algo sucede yo respondo.

—No, eso no.

—Pos entonces vámoslos echando al calabozo hasta que hagan pucheros.

—Tampoco, Oceguera. Es necesario no entregar la carta. ¿No ve que de otro modo nos empapelan?

—En ese caso no hallo qué fuera bueno hacer —contestó don Simón amostazado.

—Ya sé lo que es bueno —exclamó de pronto don Pedro levántandose. Y acercándose al escritorio tomó un papel, trazó unas líneas, lo firmó, púsolo dentro de un sobre, y se lo entregó a Oceguera, diciéndole:

—En este momento se va usted a Citala con mis mozos y los de mi compadre, y con los caballos y las armas que les quitamos; le hace entrega de todo al presidente del ayuntamiento, y le da esta carta.

—Como guste su mercé —repuso Oceguera sin atreverse a replicar.

—Es lo que dispongo.

Acto continuo, púsose el grupo en marcha, capitaneado por el administrador, sin que nadie supiera de lo que se trataba. Momentos después salió Ruiz del despacho y ordenó viniese a su presencia el juez de acordada.

—A las órdenes de su mercé, —contestó este elevado personaje saliendo del grupo y presentándose a don Pedro. Era otro caporal de la hacienda. A la vez desempeñaba el encargo de jefe de policía rural. Al frente de los rancheros, perseguía a los ladrones como dependiente oficial del municipio, aunque sin sueldo. Dicho se está que, no por lo que parecía, dejaba de ser sirviente de don Pedro; de suerte que hacía en todo lo que éste le mandaba, como si dependiese de él, no sólo en cuanto caporal, sino también en cuanto autoridad.

—Oyes, Jacinto —díjole—, escógete unos veinte de a caballo entre los más templados, y te vas con ellos al Monte de los Pericos.

—Está bien, señor amo.

—Pasan la noche como puedan. Mañana les mandaré hacer unos jacales, porque allí han de permanecer de día y de noche hasta nueva orden.

—Como su mercé lo disponga.

—Tu obligación y la de tus compañeros será evitar que los mozos de mi compadre se apoderen del Monte. Van ustedes a defenderlo a sangre y fuego, suceda lo que suceda. Yo respondo. Bueno será que si se presenta algún intruso, lo alejen con buenas palabras. Si no quiere entender y pueden prenderlo, me lo mandan amarrado. Yo sabré lo que hago con él. Sólo que apele a las armas, echan mano de las suyas. Tú me respondes del Monte.

—Respondo de todo. Dígame ¿ha de ser luego la salida?

—Sí, al instante.

—Bueno; pos entonces voy a ver a quenes descojo.

—Y vienes al despacho para darte las armas.

Pocos momentos después salía de la hacienda el juez de acordada a la cabeza de veinte rancheros montados y armados como para un pronunciamiento.

Volvamos ahora los ojos a don Simón Oceguera. Caminando despacio, por la vigilancia que le exigía la custodia de los presos, llegó a Citala como a las nueve de la noche. Dirigióse a la casa del presidente del ayuntamiento sin pérdida de instante, llamando la atención de los vecinos con el estrépito de los caballos y de las armas. Este buen señor estaba sentado a la mesa cenando en compañía de su familia.

Don Santiago Méndez, que tal era su nombre, no pasaba de los sesenta años; pero tenía aspecto de septuagenario. Rasuraba todo el rostro cuidadosamente. Esto, unido a la falta de dentadura, le hacía parecer más bien vieja que viejo. Tenía algún caudal con que vivía desahogadamente; pero le dominaba el afán de mando, y pasaba la vida en constante lucha, enredado en los chismes de la menuda política del municipio. Cada vez que se renovaba el cuerpo edilicio, entraba Méndez en inaudita agitación para ganar las elecciones, y hacer triunfar la candidatura de sus amigos. Para esto se valía de mil trampas e intrigas. Sus luchas más reñidas fueron libradas contra don Carlos Figueroa, un rábula sagaz, que, como suele decirse, traía al pueblo en peso. Era el tal a la vez que tinterillo, secretario del alcalde, y valía de oro más de lo que pesaba por sus artes y tretas. Tramador incansable de todo género de enredos políticos, administrativos, judiciales y privados, nunca entraba en reposo. Escribía cartas a la ciudad solicitando recomendaciones para sus asuntos; formaba clubs con los vagos del pueblo para obtener sus fines en las épocas electorales; y elevaba ocursos a la Legislatura local pidiendo nulidad de las elecciones, a causa de *presión ejercida por el poder, falta de libertad en los comicios, doble fondo de las ánforas, violación del sufragio y menosprecio al pueblo:* ni más ni menos que si hubiese sido un Emilio Castelar tronando desde la tribuna contra los desmanes de la monarquía, o escribiendo artículos exaltados en favor de la democracia. Aquel díscolo tenía a Méndez en jaque constante. Y era maravilloso como el rábula podía sostener tan prolongada y reñida lucha contra tan poderoso personaje, pues en tanto que él contaba sólo con la alianza del barbero, de los músicos de la orquesta, de un estudiante desertor de las aulas, que pasaba los días bebiendo en las tiendas, y de otras celebridades del mismo jaez, don Santiago tenía de su parte el decidido apoyo de todos los ricos del lugar, con excepción de don Pedro Ruiz, quien veía con profundo desdén aquellas miserias, y no quiso ayudar nunca con los mozos del Palmar al triunfo de Méndez ni de otro alguno, en las luchas electorales. Tal vez por esto don Santiago no era aficionado a don Pedro, si bien guardaba aquel resentimiento oculto en el fondo del corazón, en tanto que estaba estrechamente unido a don Miguel Díaz, de quien recibía, siempre que el caso lo demandaba, poderoso contingente de votantes para henchir las ánforas con sus boletas.

A pesar, decíamos, de contar Méndez con el auxilio y la cooperación de los ricos, era admirable como Figueroa no sólo se mantenía en pie delante de él, sino que lo hacía pasar muy malos ratos y aun llorar terribles derrotas. ¡Qué de veces el tinterillo logró nulificar las elecciones por medio de ocursos elevados al Congreso! ¡Qué de veces acusó a los munícipes *mendistas* por tremendas trasgresiones de la ley, que los hicieron ser declarados con lugar a causa, cayendo de su elevado puesto! Y aun sucedió una u otra, que Figueroa ganase en toda la línea, y resultase electo presidente municipal de Citala. En tales casos procuraban él y sus amigos resarcir las pérdidas sufridas durante su prolongado alejamiento de la cosa pública; y no sólo insultaban a los ricos por quítame allá esas pajas, y les cobraban rezagos de contribuciones y formaban presupuestos expoliadores, sino que se repartían los gages anuales con cinismo estupendo, aunque cubriendo las apariencias de modo de no dar motivo a responsabilidades. El ladino Figueroa sabía inventar donosos pretextos para allegar fondos. Ya era la reparación de la cárcel, ya la ornamentación de la plaza, ora la construcción de un puente sobre el río; el caso era que nunca le faltaban empresas, porque era "hombre progresista, amante de las mejoras materiales y celoso por el adelanto de Citala". De los recursos reunidos para llevar a cabo aquellas obras, invertíase alguna cantidad infinitesimal en su objeto; el resto servía para sacar la tripa del mal año al rábula y a sus aparceros. Así es que, cuando Figueroa —que representaba al pueblo, según decía, a "ese noble pueblo tan esclavizado y explotado por los ricos, a ese pueblo héroe y mártir a un tiempo"—, se hallaba en el pináculo del poder, don Santiago Méndez se presentaba a los ojos de la clase acomodada con las proporciones de un salvador del Estado, de una especie de Camilo, y recibía todo género de auxilios y exhortaciones para que no tardase en libertar a los oprimidos del duro yugo de sus opresores. Y sucedía que en los comicios inmediatos era derrotado el partido de Figueroa, y los *mendistas* tornaban a ocupar los puestos públicos. Entonces era cuando Figueroa, encabezando la oposición, lucía todo su talento. Ley de amparo, Constitución del Estado, Código administrativo, todo lo invocaba y explotaba para dificultar la marcha gubernamental de don Santiago, para cargarle de responsabilidades y para *empapelarlo*.

Los habitantes de Citala pasaban la vida en aquellas luchas, divididos en dos bandos, tomando vivo interés en las microscópicas contiendas locales, y tan sobreexcitados con ellas, que su estado fuera sólo comparable con el de la célebre Quiquendonia, la ciudad oxhidrogenada de Julio Verne.

Tal era don Santiago Méndez, actual presidente del ayuntamiento de Citala, quien, investido de autoridad política, según la ley, reunía en sí el doble carácter de jefe de la comuna y representante del poder ejecutivo.

Cuando Oceguera llegó a la puerta de la casa, apeóse del caballo y penetró hasta el comedor, donde el gran funcionario tomaba frijoles, chocolate y un vaso de leche acabada de ordeñar. Acompañábanle en tan grata tarea, su esposa, matrona gruesa, barbuda y entrada en años, y su hijo Joaquín, pisaverde del pueblo, montador de caballos briosos, valiente, bebedor y camorrista.

—Tenga su mercé buenas noches, señor don Santiago —dijo don Simón.

—¿Qué hay Oceguera? —contestó el funcionario con gran autoridad, sin levantarse del asiento y haciendo un leve movimiento de cabeza—. ¿Qué vientos lo traen por acá?

—Vengo por mandado del señor don Pedro a traerle esta carta y unos presos.

—¿Unos presos? —interrogó asombrado el presidente municipal, con la cuchara en el aire, y suspendiendo breve tiempo su introducción en la boca.

—Sí, señor don Santiago.

—¿Quién los prendió y por qué?

—Tenga la fineza de leer la carta, que todo lo explica.

Echó Méndez mano a las gafas, limpiólas cuidadosamente con el pañuelo, e introduciendo los ganchos de las áureas varillas detrás de las orejas, inclinó hacia atrás la cabeza para afocar las lentes, y acercando el papel a la vela para que se iluminase, dio lectura a la misiva de don Pedro, concebida en los siguientes términos:

"Hacienda del Palmar; julio........ de 189....

"Sr. D. Santiago Méndez, Presidente municipal de Citala.

"Sr. D. Santiago:

"Mi compadre don Miguel Díaz, en compañía de cinco mozos, asaltó esta mañana al montero que cuidaba el Monte de los Pericos, que es de mi propiedad, y lo lanzó de allí por la fuerza. Cuatro de sus sirvientes montados y armados, se quedaron en el lugar para conservarlo. Al anochecer de hoy, sorprendí a los invasores en el mencionado Monte, los desarmé y los hice prisioneros; pero, como carezco de autoridad para castigarlos por el delito cometido, se los mando con el portador, D. Simón Oceguera, a fin de que V. disponga lo que convenga para represión del atentado. Nada pido contra mi compadre, pues aguardo que, mejor aconsejado por la reflexión, vuelva sobre sus pasos y me deje en paz.

"Sabe cuanto le estima su adicto amigo y s. s.

Pedro Ruiz.

El presidente municipal iba frunciendo más y más el entrecejo a medida que avanzaba la lectura. Tan luego como concluyó dijo con tono agrio:

—Extraño mucho que don Pedro se haya hecho justicia por su propia mano.

—Obligado, señor; cualquiera lo hubiera hecho en su lugar —repuso Oceguera.

—¡Dios nos libre! Si obrasen todos de ese modo se acabaría el orden. ¿Para qué es la autoridad sino para reprimir los desmanes de los particulares?

—¿Pero nada dice usted de don Miguel? Él es quien tiene la culpa.

—De eso no sé nada; sería necesario ver sus documentos.

—El caso es que se fue a meter en casa ajena, y a provocar al amo don Pedro. ¿Cómo se había de dejar?

—En fin, amigo —repuso el gravedoso funcionario—, no hay para que entrar en discusión. Usted ha venido a traerme esta carta y cuatro mozos con sus respectivas armas y caballos. ¿Dónde están los presos?

—Se quedaron a la puerta.

—Que pasen; tráigalos usted.

Salió don Simón y volvió a poco acompañado por los sirvientes de don Miguel.

—Aquí están los presos —dijo Oceguera—. Los caballos y las armas, en el patio.

—Bueno; ya puede usted retirarse —repuso don Santiago.

—¿No llevo respuesta? —preguntó Oceguera mohino.

—Dígale a don Pedro que se la mandaré mañana, porque de noche me hace daño escribir.

—Está bien. Que pase su merced buenas noches.

—Adiós, amigo —dijo don Santiago.

Oceguera salió indignado, diciendo para su coleto.

—¡Cuánto mejor no hubiera sido haberles pegado una buena zurra, como se lo aconsejaba al amo don Pedro!

No bien hubo salido del comedor Oceguera, pasó don Santiago a su despacho y ordenó a un fámulo fuese a llamar a don Miguel, con advertencia de necesitarle para cosa grave y del momento. Díaz acudió luego al llamado.

—Señor don Santiago —dijo al presentarse, a sus órdenes. ¿En qué puedo servirle?

—No se trata de servirme, señor don Miguel, sino de servirle.

—Mil gracias. Hágame el favor de explicarme.

—Tenga la bondad de leer esta carta —y le alargó Méndez la de don Pedro.

Díaz la devoró con ojos inflamados.

—Aquí tiene usted a los mozos —prosiguió Méndez señalando a los presos, que se agrupaban a la puerta en aquellos momentos.

—Merecido lo tienen estos collones —exclamó don Miguel, echándoles una mirada furibunda—. ¡Haberse dejado sorprender como unos imbéciles! Pues ¿para qué los puse en el Monte sino para que defendieran el punto? Estarían dormidos. Seguramente lo estaban; de otro modo hubiera sido imposible que se hubiera burlado de ellos mi compadre. O tendrían miedo. También es probable que hayan tenido miedo. Vamos, desgraciados ¿qué fue lo que les pasó? ¿Estaban dormidos o tuvieron miedo? Díganmelo con fraqueza.

—Ni una cosa ni otra —respondió tímidamente uno de ellos—. Lo que nos pasó a nosotros, le puede pasar a cualquiera. El amo don Pedro nos sorprendió llegándonos por la retaguardia. Lo esperábamos por el frente, y no despegábamos los ojos del Palmar; pero resultó por la espalda a la hora que menos lo creíbamos.

—Sí; ha de haber llegado por el aire...

—¡Quén sabe por onde sería! El caso es que salió por el portezuelo, nos cayó redepente en compañía de sus mozos, y cuando quijimos desfendernos, ya no jué tiempo. Si nos lo hubiera dado, puede estar seguro su mercé de que hubiéramos cumplido nuestro deber.

—¿Y siquiera les dio una buena cintareada?

—No amo, ni an siquiera nos atocó el pelo de la cabeza.

—Es lástima, porque la merecían por estúpidos...

—¿Qué me informa usted de los antecedentes de este negocio, señor don Miguel? —dijo Méndez cortando la reprimenda—. Retírense ustedes —agregó volviéndose a los mozos.

—Digo —repuso el interpelado—, que es cierto lo que refiere la carta; pero lo que calla mi compadre es que me ha cogido el Monte, y que tuve derecho para quitárselo.

—No lo dudo; pero ¿por qué no acudió usted al juez para que todo saliera en regla?

—Porque sé lo que son los pleitos, y así era más fácil y pronto.

—Bueno, señor don Miguel, ahora lo que le encargo es que no lo vuelva a hacer, porque entonces ¿en qué queda mi autoridad?

—A mi compadre don Pedro se lo debe decir. ¿No mira cómo me quita mis cosas por la fuerza?

—No tenga cuidado. También se lo diré. Mi deseo al llamar a usted ha sido el de que nos pongamos de acuerdo para hacer lo que convenga.

—Mi parecer es que mande usted poner preso a mi compadre y le obligue a que me entregue el Monte.

—Estaba pensando eso hace un momento, y lo haría si no estuviera en el pueblo ese chismoso de Figueroa. Pero ¡figúrese usted lo que diría el rábula si lo hiciera! Luego me acusaría de haberme arrogado facultades judiciales, diría que era reo de despojo, que había atentado a la libertad humana y otras mil zarandajas que me pondrían en apuros.

—¡Maldito tinterillo! Pues no tenga usted miedo, señor don Santiago, yo le defiendo y no le pasará nada. ¿Para qué sirve el dinero?

—No —dijo Méndez sacudiendo la cabeza—, por hoy no es posible. Porque si le impongo alguna pena a Ruiz por faltas al orden público, dirá Figueroa que por qué razón no se la impongo a usted, que hizo lo mismo.

—Porque yo recobré lo mío, y mi compadre usurpa mi propiedad.

—¡Vaya usted a hacerle entender eso a Figueroa!

—¡Que el diablo se lleve a Figueroa!

—Amén. Lo único que puedo hacer es poner en libertad a los presos, y devolver a usted las armas y los caballos.

—Vaya, don Santiago, eso si está bueno, para que se le baje el orgullo a mi compadre.

—No para eso, sino para servir a usted.

—Mil gracias.

—Amigos —díjoles don Santiago saliendo a la puerta para hablar con los mozos—, están ustedes en libertad. Pueden tomar sus caballos y sus armas, y marcharse.

Los mozos se quedaron estupefactos. En su oscura inteligencia se comprendían culpables y esperaban ser castigados; tanto más, cuanto que don Pedro era hombre de posición y se figuraban que tendría valimiento.

—Vámonos todos —dijo don Miguel levantándose.

—Conque queda entendido —insistió Méndez—; usted me promete no volver a las andadas, señor don Miguel.

—Hombre ¿no ve que estoy en ridículo? ¿Qué va a decir de mí la gente?

—Lo que ha de ver es que me compromete. ¿Qué papel haría yo si estuviese presenciando con tranquilidad que ustedes se atacaran a mano armada todos los días? Comprenda que eso no puede ser.

—Lo que no puede ser es que mi compadre se quede con el Monte.

—Pues nada ¡demándelo!

—Tal vez me resuelva. Lo pensaré. Entretanto, quiero que usted me prometa ayudarme en cuanto le sea posible.

—Ya sabe usted, señor don Miguel, que me tiene a su disposición... en lo que no se oponga al cumplimiento de mis deberes —contestó Méndez con dignidad.

—Y a la censura de Figueroa —contestó don Miguel sonriendo.

No le hizo mucha gracia la ocurrencia a don Santiago, a pesar de que la tenía en el pensamiento; pero sonrió amablemente, y salió acompañando a don Miguel hasta el zaguán.

IX

Cuando Ramona, interrumpiendo el dulce coloquio con Gonzalo, dejó la ventana precipitadamente, vio que entraba don Miguel por la puerta del aposento, que en aquellos instantes se abría.

—Ramona —le dijo éste con voz colérica—, ¿qué estabas haciendo en la reja?

—Papá —le contestó ella—, salí a refrescarme un poco; me estaba sofocando el calor.

—¿Con quién hablabas?

—Con nadie, papá.

—¡Cómo con nadie! Acabo de ver, al pasar por la bocacalle, que había un hombre a la ventana.

—Se te habrá figurado; te aseguro que no había nadie.

—Te desconozco, Ramona. Estoy acostumbrado a que digas siempre la verdad; a que no engañes nunca; y ahora veo que progresas en la mentira. ¡Cuidado con eso! Conque, vamos ¿con quién hablabas?

—¡Pero, papá, si no era nadie!

—Está bien, no me lo digas, no necesito que me lo digas; hablabas con Gonzalo.

—Te aseguro que no.

—Sí, era él, lo conocí desde lejos. Saliéndote de las terminantes prescripciones de tu madre, y después de haberle hecho creer que eras obediente, la has engañado de la manera más indigna. Es fuerza que te conozca la pobre de Paz, para que sepa lo que eres. ¡Ella que te cree un ángel de Dios!

Y acercándose a la puerta, gritó varias veces.

—¡Paz! ¡Paz!

Entre tanto la pobre niña, afligida y avergonzada, se puso a llorar sin consuelo.

—Llora cuanto quieras —gritó Díaz—, tú sola eres causa de tu pena, por desobediente.

Luego se acercó a la ventana, y probablemente columbró a Gonzalo en la oscuridad, porque después de un rato de ver por todas partes, cerró la vidriera, y se entró exclamando:

—¿No decías que no era nadie? Allí está todavía medio oculto en el marco de una puerta, míralo.

Por nada quiso ver para allá la atribulada Ramona.

—¿Todavía me lo niegas? —gritó más exaltado.—. Si me lo sigues negando, no podré contenerme: saldré a la calle, iré a reconvenirlo y le diré cuántas son cinco.

—¡Papá, por Dios, te lo suplico, no hagas eso!

—¿Confiesas, pues, que hablabas con Gonzalo?

—Sí, señor.

En esto entró doña Paz.

—¿Qué hay? —dijo asustada al ver llorar a su hija—, ¿pues qué ha sucedido?

—Sucede —contestó Díaz—, que esta palomita, que esta mosquita muerta estaba hablando con el novio por la ventana, como una de tantas muchachas locas del pueblo.

—¡Es posible! —exclamó la mamá con tono de duda—. ¿Quién te lo ha contado?

—Ella misma —repuso don Miguel.

—¿Es cierto, hijita? —preguntó dulcemente doña Paz—. ¿Es cierto lo que dice tu papá?

No pudo contestar Ramona, porque se lo impedían los sollozos. Encontrábase culpable, y sentía remordimiento por haber engañado a su madre.

—Responde, hijita —insistió—, ¿es verdad lo que dice tu papá?

—Perdóname, mamacita —contestó la niña—, yo te lo explicaré.

—¿Qué es lo que explicarás? —interrumpió don Miguel con vehemencia—. ¿Vas a contarle como lograste distraerla para que no echase de ver tu ausencia; de qué medios te valiste para llegar a esta recámara sin llamar la atención; y cómo tuviste la precaución de quedarte a oscuras para poder ocultarte? ¿Es eso lo que vas a decirle? ¡Buena explicación! Paz quedará convencida de que eres disimulada y astuta…

Doña Paz no decía palabra, como consternada por el descubrimiento.

—¡Nunca lo hubiera creído! —exclamó al fin con tono doloroso—. Tenía una confianza ciega en tí, y jamás me figuré que pudieras engañarme.

—Perdóname, mamacita —repitió Ramona, cogiéndole las manos para cubrírselas de besos—, perdóname.

—Sí, perdónala —repuso don Miguel con voz irónica—, para que vuelva a hacer lo mismo mañana. El que hace un cesto hace ciento.

—Papacito —murmuró la joven tímidamente—, no me digas esas cosas porque me haces sufrir mucho.

—¡Pues no faltaba más, sino que quisieras te dijese ternezas y te hiciese mimos por lo que acabas de hacer!

—Es la primera vez que lo hago…

—Sólo de un modo te perdono y quedo contento: que hagas lo que te mande.

Pensó la joven que iba a decirle no volviese a hablar con Gonzalo por la ventana, y le contestó con lealtad:

—Te prometo lo que quieras, con tal que me perdones.

—¿Lo que yo quiera?

—Sí, papacito.

—Ya lo oyes, Paz, me promete hacer lo que yo quiera.

—Sí, ya lo oigo.

—Pues bien —prosiguió don Miguel con tono imperioso—: corta tus relaciones con Gonzalo.

Sintió Ramona como un golpe en el corazón al oír estas palabras. La mano de la misma doña Paz, que oprimía entre las suyas, púsose fría instantáneamente. Calló y respondió sólo con grandes sollozos.

—¿Qué contestas? —continuó don Miguel—. ¿Estás dispuesta a cumplir lo prometido? ¿Sí o no?

No pudo responder la joven, porque le faltaron voz y fuerzas para ello.

—¿Sí o no? —repitió impaciente don Miguel.

El obstinado silencio de la hija, puso el colmo a la exasperación del airado padre.

—Bien veo —dijo—, que me has perdido toda consideración; ni aun siquiera merezco que me respondas.

—Papacito, es que no puedo.

—¿Que no puedes qué?

—Hablar, papacito.

—Nunca falta voz para decir sí o no, mientras no está uno muerto.

—¿Cómo quieres que te conteste? —objetó doña Paz—. Tu pregunta es una de aquellas que no pueden responderse con facilidad.

—Déjala —repuso Díaz—, no la defiendas.

—No la defiendo —continuó doña Paz—, sino que me parece natural que tarde en responderte. Dime, ¿es serio lo que exiges? ¿De veras quieres que rompa con Gonzalo?

—Ya lo creo que lo es, como que tengo alma que salvar.

—Pero, ¿no estabas conforme con sus relaciones?

—Lo estaba; pero ya no lo estoy. No me conviene para yerno. No quiero que entre en mi familia. Desde ahora empieza a dar a conocer lo que será más adelante. ¿No ves que nos tiene en nada? Sabe perfectamente que no queremos que Ramona hable por la reja, y la obliga a ello sólo por hacernos rabiar. Créelo, ese mozo procede de mala fe. Lo que quiere es darnos dolores de cabeza. ¡Dejara de ser hijo de quien es!

—No digas esas cosas, Miguel, ¿qué tiene que ver con esto mi primo Pedro?

—A mí nadie me quita de la cabeza que tiene que ver mucho. Mi compadre es un zorro endiantrado. Es muy capaz de haberse puesto de acuerdo con su hijo para quebrarnos los ojos. Le habrá dicho: "Anda hombre, como la muchacha te quiere tanto, puedes hacer de ella lo que te plazca, hazla desobediente, altiva, mala hija: y al fin y al cabo no te cases con ella".

—Eso no tiene ni pies ni cabeza; no es posible haya sucedido como lo dices.

—Parece que no conoces a mi compadre don Pedro y a su hijo. Son uña y carne; lo que dice el uno, piensa el otro. Y son malos como ellos solos, y muy capaces de haber entrado en combinación para burlarse de nosotros y de Ramona.

—No lo creas.

—¡Cómo no lo he de creer, si sé que mi compadre me odia con todo su corazón y que me quemaría con leña verde si pudiera!

—Nunca lo ha demostrado...

—¡Cómo no! ¿Pues no se ha cogido el Monte de los Pericos?

—¿Estás seguro de que es tuyo?

—Segurísimo, y tú también, sino que como eres su prima, finges ignorarlo. Ahora no es posible dudar ya de sus sentimientos. Acaba de quitarse la máscara y se ha declarado mi enemigo.

—¡Cómo así! —exclamó doña Paz acongojada.

—Hoy mismo ha sorprendido a mis mozos, los ha prendido, desarmado, amarrado y mandado a la autoridad para que los castigue. Por fortuna soy mucho más amigo que él del presidente municipal, y éste me los ha puesto en libertad y me los ha entregado. Veremos quién se ríe de quién. Lo que soy yo no me he de dejar ultrajar. Estoy resuelto a todo, hasta a que nos rajemos el alma..

—¡Válgame la Virgen Santísima! —exclamó asustada la buena señora.

—Sí, ya nada puede haber de común entre mi compadre y yo. Y no quiero tener al enemigo en casa ¿estamos? Por eso le exijo a ésta —dirigiéndose a Ramona— que rompa con el malcriado de Gonzalo. Conque, Ramona ¿qué resuelves? Hace media hora que me tienes sin contestación.

—Papacito —balbuceó la joven—, ¿cómo quieres que te diga que sí?

—¿Pues no eres buena hija?

—Hago cuanto puedo por serlo.

—¿No dices que me quieres?

—Dios Nuestro Señor bien lo sabe.

—Pues demuéstramelo. Dame esta prueba de cariño renunciando a Gonzalo, y me dejarás contento. Todo lo olvidaré. Te mandaré a la capital en compañía de Paz para que te pasees cuanto quieras, y te llevaré a Europa...

Al oír esto se echó a llorar Ramona más que nunca, recordando los proyectos fraguados por Gonzalo y por ella para hacer ese viaje.

—Dame esta prueba de que me quieres —insistió Díaz.

—Pídeme otra cosa, cualquiera que sea.

—No, ha de ser esta.

—No puedo, papacito.

—¿Y por qué no?

—Porque lo quiero mucho.

—¿Y a mí no?

—Dios bien sabe que sí.

—Pero el caso es que yo pierdo.

—No, papacito: no pierdes, porque a tí también te quiero con todo mi corazón.

—Acabemos —gritó muy irritado—. ¿Haces o no lo que te digo?

—¿Quieres que me muera?

—¡Aunque te mueras!

—Papacito, no puedo.

—Entonces —exclamó don Miguel golpeando el suelo con el pie—, yo sabré las medidas que tomo para hacerme respetar. Te he rogado mucho como si no fuera tu padre; pero, supuesto que te rebelas contra mí, te reduciré a la obediencia por la fuerza. Haré comprender a mi compadre y a su hijo, que no soy un cuitado sino un hombre que manda en su casa. Te obligaré a hacer, a pesar tuyo, lo que no quieres voluntariamente. ¡Me quitaba el nombre si no lo consiguiera! No quiero que haya nada de común entre esa gente y nosotros. Que su sangre no se mezcle con la mía, porque se aborrecen la una a la otra. Si supiera donde tienen ustedes la de la familia Ruiz, se las sacaba de las venas...

—Por Dios, Miguel —le interrumpió la esposa, con voz suplicante.

—Lo dicho. En mi casa mando, y esta mocosa no me ha de poner en ridículo. Aunque entienda que nos lleve la trampa.

Diciendo esto salió de la pieza con paso colérico. Tan luego como quedaron solas madre e hija, echóse ésta en los brazos de aquélla, y siguió llorando a lágrima viva. Bien pronto sintió caer sobre la frente tibias gotas que le dieron a conocer que su madre también lloraba. La abrazó entonces más estrechamente y lloraron juntas largo rato. Al fin pudo preguntarle la niña:

—¿Qué dices, mamacita?

—Que estoy asombrada de lo que he oído, y se me figura sueño cuanto pasa. Pero ¿por qué me desobedeciste? ¿No me habías prometido no hablar con Gonzalo por la ventana?

—Dispénsame, lo hice obligada por la necesidad. Como papá y mi tío se habían disgustado por la mañana, no era ya posible que entrase Gonzalo a visitarnos. Me escribió suplicándome le concediese esta entrevista para comunicarme lo ocurrido, y para que nos pusiéramos de acuerdo sobre lo que debiéramos hacer en adelante. Sólo por eso accedí a su deseo.

—¡Me lo hubieras consultado!

—Hice mal en ocultártelo; pero como eres tan buena, me lo vas a perdonar ¿no es cierto?

Y le cubrió de besos el rostro.

—Bueno, hijita de mi vida —repuso la excelente doña Paz—; pero prométeme no volverlo a hacer.

—Te lo prometo.

—Entonces, no hay que hablar más de eso.

—¡Cuán buena eres!

—Es que te quiero mucho —murmuró la madre, con ternura estrechándola contra el corazón y llenándola de caricias.

—¿Qué será bueno hacer? —le preguntó la hija.

—El caso me parece grave, por ser como es tu padre. Es muy bueno; pero cuando da en una cosa, ni quien se la quite de la cabeza. Ya ves como se conduce conmigo. Me quiere; pero no le gusta que le contradiga, y tiene la idea de que he de hacer lo que me mande, sin chistar, sea lo que fuere. Está muy exaltado. Se conoce que de veras ha aborrecido a Pedro y a Gonzalo. Ha de hacer todo lo posible por desbaratar tu matrimonio. ¡Sabe Dios de qué medios se valga!

—¿Qué remedio, pues?...

—Vamos pidiéndole mucho a la Virgen haga que Pedro y Miguel se reconcilien. Así se acabarán las dificultades y se evitarán muchos trastornos... y tal vez desgracias.

—¡Ay! Siento mucho susto, mamacita —exclamó Ramona.

—Ven, vamos a rogarle que nos proteja.

Y condujo a Ramona ante una imagen de la Asunción, que estaba en la recámara donde dormían ambas, pendiente del muro, entre sus dos lechos. Puestas de rodillas, permanecieron largo tiempo rezando. Nunca había orado la acongojada joven con más fervor que entonces. No apartaba los ojos del cuadro, mientras decía *Aves Marías, salves* y *magníficas*. Miraba el dulce rostro de la Madre de Dios nadando en luz de gloria, con los ojos vueltos hacia arriba, llena de unción, puestas las manos sobre el pecho en actitud de adoración y súplica, rodeada de querubines que volaban en torno de ella como mariposas en derredor de la luz, aplastando el dragón con la breve planta, con la luna a los pies y encumbrada por ángeles hermosísimos, que la iban elevando hasta conducirla a lo más alto y dichoso de los cielos. Y le decía fervorosa:

—Ampárame, Virgen purísima. Tú que tienes la misión de pedir por los hombres, defiéndeme en esta congoja. Sabes que Gonzalo es mi ilusión, mi felicidad, todo para mí en este mundo, y que no puedo vivir sin él; que es bueno; que en nuestros amores no hay nada que no sea puro y bendito; que si me resisto a obedecer a mi padre, no es porque no lo respete, sino porque no hallo motivo para hacerme desgraciada. Tú que aplastaste la cabeza de la serpiente, y subistes triunfante al cielo llevada por los ángeles, haz que renazca la concordia entre mi padre y mi tío, porque no está bien que se aborrezcan, ni hay razón para ello; y haz que desaparezcan los obstáculos que pretenden impedir que Gonzalo y yo sigamos queriéndonos y seamos dichosos. ¡Te lo pido por tu divino Hijo, y por los dolores que sufriste cuando lo viste pendiente de la cruz!

A su lado rezaba la madre con igual fervor y con las mismas lágrimas. La proximidad de doña Paz, su ardiente devoción y el inmenso interés que tomaba por las penas de su hija, obraban sobre ésta de rechazo, y redoblaban su emoción religiosa. Cuando acabaron de orar, sintiéronse ambas confortadas, poniendo su esperanza en Dios, como buenas y sencillas que eran.

—Ya verás —dijo la madre al levantarse—, ya verás como todo se arregla. Mientras rezaba, tuve el presentimiento de que así iba a suceder, y he quedado más tranquila.

—Yo también me siento consolada —repuso la hija suspirando—. La Purísima Virgen nos ha de hacer el milagro.

—No lo dudes. ¿Te acuerdas de que, cuando los ladrones asaltaron Citala hace tres años, tu papá subió a la azotea con los mozos a defender la población? Mientras duraba el fuego, tú y yo estuvimos arrodilladas en este mismo lugar pidiendo una cosa que parecía imposible: que huyeran los bandidos, y que no hubiera muertos ni heridos por un lado ni por otro. Y así fue, porque a la media hora, se puso en fuga la gavilla, sin que hubiera desgracia que lamentar, ni por parte de ellos, ni por parte de los defensores del pueblo.

—Bien lo recuerdo —contestó la joven alentada por esta reminiscencia—. ¿Y tú tienes presente aquella otra ocasión, cuando te dió fiebre y te desahuciaron los médicos? Oí la noticia y te la comuniqué llorando. Pero me dijiste que no me afligiera, que no había de suceder sino lo que Dios quisiera; y me mandaste que le rezase a la Virgen. Entonces también me arrodillé aquí, junto a tu cama, y le pedí que te aliviara, que no me dejase huérfana, o que nos llevara a las dos, y ese mismo día hizo crisis la fiebre, y te salvaste. ¿Te acuerdas?

—¡Cómo no lo he de recordar! Fue un milagro patente. Ya verás como también ahora nos concede esta gracia.

Confortadas con estas pláticas y otras igualmente impregnadas de piedad, metiéronse madre e hija en la cama muy entrada la noche. Ramona, rendida por el cansancio, durmióse al fin cerca del alba; pero no fue tranquilo su sueño. Siguió su fantasía el curso de las impresiones recibidas, y no cesó de pensar en Gonzalo, en su tío don Pedro, en su padre, en su madre, en el Monte de los Pericos, que no conocía, en Esteban el mensajero, y en el licenciado Jaramillo, a quien veía reír con su nariz puntiaguda y fisonomía siniestra, como recreándose en su obra.

Levantáronse temprano y encaminándose luego a la parroquia, oyeron la misa que dijo el señor cura en el altar mayor. Después de concluida, fueron a esperarlo a la sacristía. Contóle doña Paz cuanto pasaba. Oyóla el cura con gran interés, y le ofreció hacer cuanto estuviera de su parte por arreglar satisfactoriamente las diferencias que había entre don Pedro y don Miguel.

La buena señora acabó por rogarle se hiciese un triduo para solicitar de Dios aquella gracia, y mandó decir veinte misas por la misma intención.

—Además —dijo doña Paz—, prometo entrar de rodillas en la iglesia, si se nos concede lo que pedimos.

—Y yo —agregó Ramona—, prometo andar tres meses con vestido de jerga.

El señor cura, con semblante grave, tomó en consideración aquellas ofertas, y dijo a la madre y a la hija al despedirlas en la puerta de la sacristía:

—Sobre todo, hagan ustedes mucha oración. El caso es comprometido; pero arriba está Quien todo lo puede.

Los anteriores sucesos fueron referidos por Ramona a Gonzalo de un modo sucinto en una carta que le escribió ese mismo día. Dicha carta concluía así:

"¿No es verdad que me permitirás vestirme de jerga cuando nos casemos? Tú también pídele a Dios que nos proteja. No temas que me haga cambiar el enojo de papá; te querré siempre, mientras tenga vida. Dios me perdonará la desobediencia, pues papá no tiene motivo para aborrecerte. Algún día reflexionará y me dará la razón. Entre tanto, queridísimo Gonzalo, recibe el corazón de tu amante

Ramona"

X

Tomó por lo serio el cura de Citala la desavenencia de Ruiz y Díaz, pues comprendió que podía dar lugar a graves complicaciones y trastornos sociales, y arrastrar al pueblo a una lucha estéril, que enervaría sus fuerzas y produciría sabe Dios cuántas desgracias. Ambos personajes eran ricos e influyentes, tenían muchos amigos y parciales, y, una vez declarada la guerra entre ellos, era de temer, no tanto lo malo que hicieran directamente, cuanto lo que llevasen a cabo los afiliados de uno u otro bando, ya por afecto real a sus jefes, ya por espíritu de ruin adulación y bajeza. Por otra parte, condolíase de la situación en que habían caído Ramona y Gonzalo, a quienes profesaba íntimo afecto, así por haberles administrado el agua del bautismo, recién nacidos, como por haberles visto crecer llenos de raras cualidades de inteligencia y de corazón.

El señor doctor don Atanasio Sánchez, cura propio de Citala, era un anciano de más de setenta años, grueso, corpulento y de una salud a toda prueba. Indígena de raza pura, casi no tenía barba en el rostro, por lo menos en las mejillas, que eran lisas como una patena. Solamente en el labio superior y en el extremo inferior del rostro, mostraba algunas menguadas islillas de pelos negros, gruesos y lacios que, cuando crecían, parecían brochas o pinceles de crin áspera. No tenía canas ni le faltaban dientes; veía sin necesidad de anteojos, y andaba a pie y a caballo sin fatiga durante horas y más horas.

De inteligencia poco más que mediana e instrucción puramente religiosa, distinguíase por la infinita caridad de su corazón. Su preocupación única era cumplir su ministerio y administrar los sacramentos. Pertenecía al Oratorio organizado en cerrada falange por el modesto y admirable San Felipe Neri para servir a los fieles a toda hora. No tenía momento reservado para sí, ni en el día ni en la noche; todos eran para sus feligreses. Visitaba a los enfermos, particularmente a los pobres, y socorría sus necesidades en la medida de su posibilidad; doctrinaba a los niños dentro de la iglesia, como los primeros misioneros de

86

Anáhuac, con solicitud y cariño paternales; decía misa diariamente con gran reverencia, sin que la costumbre de celebrar el santo sacrificio hubiese entibiado su fervor; predicaba los domingos sermones doctrinales, procurando hacer perceptibles las máximas y bellezas del Evangelio, e iluminar las conciencias; y todo el tiempo sobrante consagrábalo a confesar, ya fuese en la iglesia a los sanos, ya a los enfermos en las casas del pueblo, o en las haciendas y ranchos de la parroquia. A cualquiera hora del día o de la noche estaba listo para volar a la cabecera del moribundo; levantándose para esto de la mesa, interrumpiendo las conversaciones más gratas y saltando sin vacilar de la cama, a la media noche. Cuando le daban caballo, montaba cualquier animal, aun cuando fuese brioso o trotón. Cuando no lo había, se lanzaba a pie por los campos y andaba leguas con el bordón en la mano y cubierta la cabeza con sombrero de palma, sin pizca de remilgos ni de mal humor.

Por de contado que, a pesar de todo, tenía enemigos. El bando de Figueroa, furiosamente demagogo, no dejaba de hostilizarle. Llamábanle sus malquerientes cura regordete y bien alimentado; y hablaban de la abundancia de los manjares que se servían en su mesa, y de lo bien repleto de sus bolsillos. De vez en cuando mandaban remitidos a la capital poniendo el grito en el cielo por la violación de las leyes de Reforma, que le atribuían; las cuales consistían en hacer sonar la campanilla delante del Viático, y en olvidarse a las veces de recoger la sotana al salir a la calle. ¡Clamaban los *figueroístas* que aquello era atroz, porque tendía a mantener el fanatismo en el pueblo y la oscuridad en las conciencias! Alguna vez el tinterillo, siendo presidente municipal, le impuso multas por tales desacatos, y aun se refería de una en que lo hizo llevar al Ayuntamiento, custodiado por gendarmes en calidad de detenido. Aparte de esas persecuciones y malevolencias, era el doctor Sánchez, en Citala, objeto del cariño y del respeto de todo el vecindario. El mismo Figueroa solía hacer algunas declaraciones muy honrosas en su favor.

—¡Qué lástima que sea cura! —decía—. ¡Qué buen ciudadano hubiera sido, si no se hubiera puesto las faldas!

La gente aristocrática, por su parte, habíale cogido bajo su protección. Las damas ricas del municipio regalábanle manteles, palios, trajes para santos, flores de trapo y otras mil cosas para ornamento y gala del templo. Pero no por eso había querido el pacífico cura, tomar parte en las odiosas luchas de los partidos, aunque los propietarios habían procurado valerse de su influjo para triunfar en las elecciones.

—No entiendo de eso —decía—. A mí déjenme aparte; no sirvo sino para rezar y decir misa.

Tenía criterio propio. Parecíale combate de liliputienses aquel batallar de *mendistas* y *figueroístas,* en que tomaba tanto interés no sólo la gente menuda y dejada de la mano de Dios, sino hasta la de más alta posición, como los señores comerciantes de la plaza y los hacendados de los alrededores. Así es que, al observar el retraimiento que guardaba a este respecto don Pedro Ruiz, le había calificado de hombre cuerdo y sensato, estimándole por esto de una manera especial. Y no era que Ruiz diera grandes muestras de religiosidad, pues manifestábase harto indolente para las cosas del culto; sino que le admiraba el párroco por su valer moral y la independencia de su carácter.

—Este don Pedro me gusta —murmuraba entre dientes—, porque no se anda con *dianas* y es muy formalote.

De Méndez tenía, por el contrario, opinión muy poco ventajosa.

Bien se comprendía, en su concepto, que Figueroa anduviese metido en los enredos de la política, como que vivía de ella y de ellos; pero no le cabía en el juicio que don Santiago, hombre acomodado y de viso, tomase parte en aquella gresca endemoniada, sólo por vanidad y amor propio.

Conocidos estos datos, tiénese ya indicio de lo que era el buen sacerdote; por lo que debe parecer natural haya quedado preocupadísimo por las revelaciones que le hizo doña Paz. Tan pronto como acabó de desayunarse, en lugar de volver a la iglesia, como de costumbre, mandó pedir carruaje prestado a un amigo de confianza, y sin decir palabra, dirigióse al Palmar. Quiso ir en coche y no a caballo, porque su misión era de embajador, y los embajadores son gente de muchas campanillas.

Estaba don Pedro apostado en su observatorio habitual, cuando vio aparecer el vehículo por el recodo del camino. Quedó perplejo cavilando quién podría venir de Citala, cuando a poco llegó el señor Sánchez.

—¿Qué anda haciendo por acá el señor cura? —preguntóle con tono afectuoso—. ¿Qué milagro es este?

—Cosas mías, don Pedro, ya sabe usted que soy estrafalario.

—No me parece un disparate venir a verme.

—No digo eso, sino que no hago las cosas con método.

—Como quiera que sea, mucho celebro que se haya usted acordado de mí. —Y Ruiz le condujo al despacho, donde ambos tomaron asiento.

—¿Y Gonzalo? —interrogó el párroco.

—Acaba de salir a ver los cañaverales, en compañía de don Simón.

—¿Siempre tan buen hijo?

—Sí, lo mismo que siempre, bendito sea Dios.

—Señor don Pedro, vengo a hablarle a usted de un negocio.

—Está muy bien, señor cura, tiene usted la palabra.

—Es suyo, ¿me permite que me mezcle en sus cosas?

—Cuando usted guste; le doy licencia.

—Me refiero a sus disgustos con don Miguel. Acabo de saberlos esta mañana, y me han causado positiva pena. Luego me dije: "Es menester hacer lo posible para reconciliar a esos dos caballeros tan estimables", y sin medir mis fuerzas, ni a atender a nada más que a mi buena intención, me vine para acá.

—Señor cura, yo no estoy irritado con mi compadre, ni lo quiero mal; él es quien me hostiliza.

—Lo mismo ha de decir don Miguel —objetó el cura.

—Aun cuando lo diga; lo dirá porque quiera. Yo lo digo y lo pruebo. Para que pueda usted juzgar con conocimiento de causa, voy a referirle todo, tal como ha pasado.

Y don Pedro contó, en efecto, al atento párroco, toda la historia de la desavenencia, desde la primera reclamación del Monte formulada por Díaz, hasta las escaramuzas de los días anteriores.

—Y a fin de que no le falte a usted ningún dato —continuó—, para formar idea del asunto, voy a enseñarle mis papeles. Son dos o tres documentos muy sencillos, que puede usted leer en quince minutos—. Diciendo esto don Pedro, abrió la alacena en que guardaba sus documentos por orden alfabético, y tomó sin vacilar un legajo pequeño. Sacó los papeles de la faja que los sujetaba, y fuélos mostrando uno por uno al sacerdote, al paso que le iba haciendo algunas observaciones.

—Mire usted, señor cura —le decía—, aquí habla la vendedora de que me cede el Monte de los Pericos. Fíjese usted en la fecha del documento: es ya antigua. Por lo que hace a los linderos, están perfectamente definidos. Vamos viendo los que dan del lado del Chopo. "Por el Norte, dicen, linda con la hacienda del Chopo, siendo la línea divisoria el Arroyo de los Pinos, que nace al pie del picacho del Cerro Colorado, y termina en la Barranca Honda, por donde corre el río de Covianes". ¿Está usted, señor? ¿Qué puede haber más claro que esto? Como usted ve, la vendedora fue Gertrudis López, a quien llamamos ña Gertrudis o tía Tula. Mire usted aquí otra vez el Monte de los Pericos con sus mismos linderos. El padre de tía Tula compró el terreno a un indio de Citala: mire usted el documento...

—No es necesario leer más —dijo el párroco devolviendo los títulos a Ruiz—, con esto basta...

—¿No es verdad que tengo razón en defender la propiedad del Monte?

El párroco cavilaba para convenir en ello, temeroso de dar alas al resentimiento de don Pedro.

—Vamos, señor cura, diga usted la verdad, aun cuando sea en mi contra.

—Así parece —repuso el señor Sánchez procurando atenuar con esta frase dudosa, el efecto de su asentimiento—; pero sería necesario ver también los del señor Díaz.

—Eso no sería posible, porque no tiene documentos en qué fundarse.

—Bueno, señor don Pedro. Supongamos que usted es el dueño legítimo del Monte, que don Miguel no tiene papeles que amparen sus pretensiones, y todo lo que usted guste; no se trata de eso. No he venido con el objeto de fallar el negocio, ni tengo tamaños para ello; sino con el exclusivo de mediar en favor de la paz. Esta mañana fueron a verme la esposa y la hija de don Miguel, muy afligidas por estas cosas, y me contaron que anoche hubo una escena tremenda en su casa, porque el señor Díaz sorprendió a Ramona hablando con Gonzalo por la ventana, y la riñó duramente, acabando por ordenarle que rompiese con él, pues no quería ya que hubiese nada de común entre las dos familias.

—¡Con que eso ha dicho!

—Sí, señor don Pedro; las señoras me lo contaron hechas un mar de lágrimas. Ramoncita dice. que estas penas pueden matarla... Ya ve usted cómo son las jóvenes, y más cuando están enamoradas. Doña Paz apoya a su hija, y llora sin descanso. Me mandaron decir unas misas porque todo se arreglase.

—¡No hubiera creído que mi compadre llevase las cosas hasta allá! —murmuró colérico don Pedro.

—Pues sí, señor, ha prometido que las ha de llevar. Acabó por amenazar a Ramoncita con hacerla quebrar con Gonzalo de cualquier modo.

90

—Pero ¡qué culpa tienen los pobres muchachos de lo que hacemos los viejos! Que me despedace a mí; pero a ellos ¿por qué?

—No razona: está ciego.

—Peor para él: pierde la lucha el que pierde la cabeza; es regla que no falla. Si lleva las cosas al extremo, me obligará a seguirle a ese terreno. y ya sabrá quién soy; todavía no me conoce.

—Eso es precisamente lo que trato de evitar.

—La cosa es muy sencilla; que mi compadre se deje de extravagancias. Yo no me meto con él. Allá se las avenga como pueda, con sus terrenos. Pero que no me moleste, porque no soy ningún cuitado.

—No se exalte, señor don Pedro; en tal caso, resultaría que mi visita, en lugar de servir para la paz, serviría para encender más los ánimos.

—Es que me parece muy mal que mi compadre quiera hacer entrar a nuestros hijos en estos enredos. Es muy mal hecho.

—Ya se ve que sí; por eso debe usted seguir el camino opuesto.

—Bien sabe Dios que, si pudiera, lo haría a costa de cualquier sacrificio, pues Gonzalo es toda mi ilusión en la vida, y Monchita, como mi hija. Se necesita mucha crueldad para mortificarlos, y para hacer llorar a mi prima Paz, que es un ángel.

—En manos de usted está poner término a la dificultad.

—¿Qué se le ocurre a usted que deba hacer, señor cura? Dígamelo, y si es posible, lo haré.

—Pues bien, señor don Pedro, que prescinda usted del Monte; al cabo es un terreno corto y de poco valor. No le hace a usted falta.

Quedó pensativo Ruiz por poco tiempo. Al fin repuso:

—Estoy pronto a venderlo a mi compadre por el precio que tasen peritos, o por el que me costó... o por el que quiera.

—En ese caso no hay cuestión —dijo el señor Sánchez satisfecho.

—No lo crea, señor cura, ¡si lo que quiere mi compadre es salirse con la suya! Dice que le he usurpado el terreno, y me exige que lo confiese.

—Eso no es posible.

—Va usted a verlo.

—¿Me autoriza para que le proponga lo que usted me acaba de decir?

—Ya se ve que sí; queda usted facultado para ello. Pero si mi compadre sale con la sandez de que reconozca sus derechos ¡eso nunca!

—Por supuesto —repuso el párroco—; eso no podría ser. Pero no crea usted, la cosa no es para tanto.

—Ojalá, señor; me alegraría mucho de ello.

—No hay que perder el tiempo. Me voy señor don Pedro. Si el negocio se arregla, le mandaré a usted unas letras para que vaya luego a Citala a terminar el convenio.

—¿Y si no lo arregla?

—Lo sabrá por el hecho de no recibir mensaje mío en todo el día; pero creo que sí se arreglará, porque las proposiciones son buenas.

—Ojalá, señor.

—Dios lo quiera. Conque hasta luego, señor don Pedro —dijo el párroco, que había ido caminando hacia la salida, en compañía de Ruiz, y que en aquel momento llegaba al coche—. Hasta la vista.

Recogió por delante la larga capa de paño para no pisarla al sentar el pie en el estribo, y subió al carruaje.

—Hasta la vista, señor cura —contestó don Pedro.

El vehículo se alejó por el camino del Chopo.

Iba contentísimo el señor Sánchez, pensando que había puesto una pica en Flandes. Estaba persuadido de que toda la razón militaba en favor de don Pedro, y comprendía que era generosidad suya ceder el Monte en las condiciones propuestas. No podía hacer, ni se le podía exigir hiciese más. Estaba cierto de que don Miguel, apenas conociese el noble proceder de su compadre, no querría darse por vencido en ese combate de nobleza, y prescindiría también de sus exigencias, allanándose a un acomodamiento equitativo. Le conocía bien; era tontito y un poco testarudo; pero en el fondo bueno y capaz de excelentes partidas. Regocijado con estas esperanzas, y recreándose anticipadamente con la elevada satisfacción de poner término a la diferencia, llegó al Chopo como al medio día, lleno de ánimo y de muy buen humor. En aquellos momentos volvía del campo don Miguel en compañía de su mozo de estribo.

—¡Tanto bueno por aquí, señor cura! —díjole, apeándose en el portón.

—Sí, señor don Miguel, tanto bueno; vengo a ocupar su atención por algunos momentos.

—Pase señor, vamos a la sala.

La casa del Chopo era al estilo de la del Palmar; pero sin asomo de lujo. Tenía poco más o menos la misma planta, a saber: portal extenso, patio con cuatro corredores y aposentos en torno, huerta y corral. Todas las casas de las haciendas se parecen como una gota de agua a otra.

En la sala observábase la intervención de las manos de doña Paz y de Ramona. Los muebles estaban cubiertos con blancas mallas de tejidos de gancho; en la mesa consola había floreros con grandes ramos de fina y esponjada cola de zorra; por las paredes mirábanse fotografías encerradas en marcos de terciopelo bordados de colores, o adornados con flores pintadas al óleo.

—¿Alguna limosna, señor cura? —preguntó don Miguel, sentándose en un sillón y haciendo ocupar el sofá al señor Sánchez.

—No señor, otra cosa.

—¿De qué se trata?

—Se lo diré sin rodeos. Se trata de que usted y el señor don Pedro se reconcilien.

Puso don Miguel cara de vinagre al oír estas palabras.

—Déjese de eso, señor —repuso—; eso no vale la pena.

—¡Cómo no ha de valer la pena, señor don Miguel! Me tiene muy afligido saber que ustedes, que han sido tan buenos amigos, estén ahora peleados.

—La culpa es de mi compadre.

—Acabo de hablar con él; tiene buena disposición para reconciliarse.

—Eso no significa nada. No me hace falta que esté contento. Lo que me interesa es que no se apropie mis terrenos.

—Precisamente eso le iba a decir a usted. No puedo fallar quién tenga razón de los dos. Lo mejor es que no se hable palabra de derechos.

—No; eso es imposible, porque la cuestión es precisamente de derechos.

—Lo que usted desea es agregar al Chopo el Monte de los Pericos, ¿no es cierto?

—Sí señor, porque así debe ser.

—Pues bien, don Pedro está conforme.

—¿Conforme? —preguntó don Miguel amostazado.

—Sí señor, conviene en dejarle a usted ese terreno.

—¿En qué términos?

—Como usted guste. Se lo dará a usted por su precio actual, según avalúo o por el precio de costo.

—¡Sólo eso faltaba! —exclamó Díaz como la púrpura.

—O por menos, señor don Miguel —apresuró a decir el párroco, creyendo que el precio le parecía excesivo.

—¡Es imposible! —rugió don Miguel—. Mi compadre se burla de mí. ¡Venderme lo mío! ¡Regalarme lo mío! Bien digo: lo que quiere es buscarme la condición para que acabemos mal; y puede ser que se salga con la suya.

—Pero, ¿por qué señor don Miguel? —preguntó el cura consternado—; si es precisamente lo contrario, si le deja el terreno...

—Lo que tiene, es ser un buen hipócrita, y ha querido parecer generoso a los ojos de usted. En realidad, la propuesta que me hace, es un insulto. Por tal la tomo. Siento mucho que se haya valido de conducto tan respetable.

—No señor, eso no; me consta que no ha tenido tal intención. Pues, ¿qué es lo que reclama usted? ¿No es el terreno?

—Ya se lo dije hace un rato. No es el terreno sino el derecho. Le volteo la oferta al revés. Dígale que me ponga una carta diciéndome. "Compadre, reconozco que el Monte de los Pericos, pertenece al Chopo", y se lo dejo, se lo doy. Lo que defiendo es mi dignidad de hombre, porque no sufro que nadie me atropelle. Como mi compadre se cree pico largo y de talento, se figura que puede jugar conmigo, porque me considera muy bestia. No soy tanto como lo supone. Ya lo veremos.

—Pero, señor don Miguel, ¿cómo quiere usted que escriba esa carta? Eso no se le puede exigir.

—Pues que no la escriba, peor para él. Yo no le ruego con la paz. Seguiremos peleando, y veremos quién pierde.

—Piense usted en la familia. Estas cuestiones la harán sufrir mucho.

—Pues que sufra; demasiado he sufrido yo por ella. ¡Voy a quedar en evidencia porque no lloren las mujeres!

—¿Y Ramona, señor don Miguel?

—¿Qué tiene Ramona?

—Que, como usted sabe, quiere a Gonzalo.

—Ya le dije anoche que es preciso terminar esa muchachada. Es un disparate. Jamás he de consentir en que se case con él. Primero pasan sobre mi cuerpo. Si me desobedece, ya veré lo que hago para darme a respetar.

—Señor don Miguel, por todos los santos del cielo —murmuró el párroco con voz suplicante.

—Déjeme, déjeme, señor cura.

—Si de algo pueden servir mis ruegos...

—Vamos doblando la hoja; hablemos de otra cosa.

—Si no he venido más que a esto... dispénseme, no quiero salir desairado.

—Mire, señor don Atanasio —dijo Díaz con sequedad—, ocúpese de sus cosas de iglesia...

El pobre cura sintió el golpe en toda su fuerza. Lo que le decía don Miguel era ni más ni menos: no tome usted cartas en lo que no le importa. Agolpósele al rostro la sangre, y sintió que se sofocaba. Se lo tenía merecido por andar tomando a pechos negocios ajenos; pero Dios le era testigo de que no lo había hecho por espíritu de fisga o intrusión.

—Tiene usted razón, señor don Miguel —dijo con humildad—; tiene usted razón, pero dispénseme: lo hice con intención buena.

—Lo comprendo —repuso Díaz desarmado al ver su actitud—, lo comprendo; sólo que hay cosas que no tienen remedio.

—Así es que me vuelvo a Citala.

—No, señor, ahora se queda a comer conmigo.

—No puedo, tengo necesidad de ir a la iglesia; dejé muchos quehaceres pendientes.

—Lo que soy yo, no lo dejo ir.

—Ya será otra ocasión, señor don Miguel.

Don Miguel insistió deseoso de dulcificar el efecto de sus palabras descorteses; pero no se dejó ablandar el señor Sánchez, en parte obligado por el deber y en parte instigado por su justo resentimiento. Hubiera dado prueba de poca delicadeza si, después del bochorno sufrido, se hubiese quedado a recibir la hospitalidad del dueño de la casa. No lo hacía por soberbia, sino por decoro.

—¡Qué hemos de hacer! —concluyó Díaz después de un reñido diálogo—. Puesto que no quiere usted aceptar ¡qué hemos de hacer!

—Otra vez, señor don Miguel, recibiré la honra; por hoy me retiro. Mil gracias por la fineza.

Diciendo esto se levantó, se despidió de Díaz, y, metiéndose en el coche, emprendió su camino lleno de tristeza.

XI

Cuando los mozos de don Miguel, puestos en libertad por el presidente del municipio, volvieron al Chopo, fueron objeto de las burlas y chascarrillos de los demás rancheros.

—Hombre ¿dizque los sorprendieron dormidos? —les preguntaban unos.

—¿De qué les sirvieron las armas y los caballos? ¡Pa entregar todo por parejo! —decían otros.

Estas y otras zumbas por el estilo, los traían airados y discursivos. Uno de ellos, sobre todo, Pánfilo Vargas, no podía tener un momento de tranquilidad asediado por aquellas bromas, y martirizado por sus propios rencores. Siempre había sido *muy hombre,* desde pequeño, y había sostenido su reputación de tal, contra viento y marea. Era la primera vez que hacía papel desairado en un lance de armas, y no podía resolverse a olvidarlo. Recordaba, sin cesar, con ira desbordada, la manera brutal con que Roque Torres, sirviente de don Pedro, le había tratado en el Monte: parecíale que le estaba atando las manos todavía por detrás de la espalda, y repetía mentalmente aquellas palabras que le dijo él, Pánfilo, ciego por la indignación.

—"Apriétele más, amigo, que al cabo algún día nos hemos de ver y sabrá quen soy".

Sentía en las muñecas la ignominia de las ligaduras, y, a tal punto llegaba su preocupación, que se las examinaba con frecuencia, a ver si todavía conservaban la huella de las cuerdas.

Callado, cejijunto y siniestro anduvo algunos días. Sus compañeros acabaron de exasperarle diciéndole:

—¡Cuán *juido* te dejó la amarrada del otro día! Ya no tienes valor ni an siquera pa hablar.

La situación era insoportable. Resuelto a tomar venganza, solía decir en medio de su exaltación.

—Yo no me quedo con ésta, más que me lleven los diablos.

96

—¿Pos qué vas a tomar el Monte? Necesitas llevar artillería, porque está muy bien cuidado —le decían.

—¡A mí qué me importa el Monte!

—¡Pos qué queres pues!

—Tomar mi desquite.

—¿Del dueño del Palmar?

—No, de Roque, que me amarró las manos y me trincó con todas sus ganas. Lo que es Roque me la paga.

Y no se le quitaba del pensamiento aquella idea, de que Roque se la había de pagar.

Supo un día que el tal estaba de guarnición en el Monte, en compañía de otros sirvientes de don Pedro. Ruiz les había hecho construir unos jacales debajo de la arboleda, y las familias de los mozos habían acudido a aquel sitio para acompañarlos; y había acabado por formarse una ranchería en aquel sitio, la cual aún subsiste después de pasados los acontecimientos que relatamos.

Tuvo don Pedro por conveniente mandar a Roque Torres a aquel punto, por la confianza que le inspiraba, pues sabía que era bravo, vigilante y fidelísimo; y no faltó quien revelase a Pánfilo la vecindad de su *reval*, como ya le llamaban a Roque. Esta noticia lo irritó más, y habiendo madurado sus planes, y sin decir nada a persona alguna, salió una madrugada de su casa, armado de pistola y machete, y montando en un buen caballo, que parecía tan impaciente como él por armar camorra.

Llegó temprano al lindero del Monte, y vio desde el otro lado del arroyo, las chozas de sus guardianes. Pensó de pronto hacer repentina irrupción en aquella colonia, provocándolos a todos y retándolos a combate; pero le contuvo la reflexión de que podía ser burlado nuevamente, cogido, desmontado, desarmado y agarrotado. ¿Cómo, pues, hacer saber a Roque que lo esperaba? ¡Si casualmente saliese por aquel rumbo y lo mirase! Le haría una seña, y cuando se le aproximase, le diría cuántas eran cinco. Así transcurrieron varias horas. Salió el sol, subió al cielo lentamente, y llegó casi el cenit. Desesperaba ya de su suerte, cuando vio llegar corriendo al arroyo, a un chico que perseguía un gallo prófugo. Estúvose quedo para no alarmarlo, y cuando lo vio cerca, díjole con la mayor naturalidad:

—Oyes, José ¿qué no has visto po ay a Roque?

—Sí, siñor, ay está.

—Dile que lo he menester.

—Está güeno —contestó el chico llevándose el ave que había acabado de capturar.

Pánfilo lo oyó gritar entrando en la ranchería:

—¡Don Roque! ¡Don Roque! ¡Aquí lo precuran!

—¿Quén es? —dijo una voz.

—Un siñor —contestó el chico—. Está del otro lado del arroyo.

Momentos después apareció Roque caminando a pie en aquella dirección.

—Amigo —díjole Pánfilo saliendo de su escondite—, yo soy quen lo precura.

—Buenos días le dé Dios, amigo don Pánfilo —contestó Roque— ¿Pa qué soy güeno?

—Tenemos que arreglanos de cuentas. ¿Tan presto se le ha olvidado?

—¿De qué cuentas?

—De las pendientes.

—No tengo con usté ningunas cuentas.

—¡Adiós! ¿Luego ya no se acuerda de la amarrada que me dio en el Monte, cuando llegó *en bola* con don Pedro y sus sirvientes?

—Sí me acuerdo; pero eso nada quere dicir.

—Pa usté será; lo que es pa mí si quijo dicir muncho. ¡Cómo que todavía no se me quitan las señales del mecate con que me amarró! —Y mostró a Roque ambas muñecas.

—Pos dispénseme, amigo; el que es mandado no es culpado. Ya vido como el amo don Pedro me dio esas órdenes.

—Sí, pero usté me trincó con munchas ganas; se conoce que me quijo mortificar al de veras. Usté siempre me ha tenido idea.

—Ni por pienso; nunca se la he tenido.

—Por eso le dije: "apriétele más, amigo, que al cabo algún día nos hemos de ver y sabrá quén soy".

—Pero yo no le hice aprecio, porque los hombres, cuando están dados, pueden dicir lo que queran.

—Y ahora se lo repito de hombre a hombre. He venido a cumplile lo prometido.

—Por eso, pues, ¿qué es lo que quere?

—Lo que quero es que nos rajemos el alma, aquí, a lo solo.

—Pero hombre, amigo, ¿pa qué son esas cosas? Lo que pasó voló ¡dispénseme!

—¡Que le dispense su señora madre! Lo que soy yo no lo dispenso.

—Lo que vengo viendo es que es usté muy faltoso, y que le gusta encajarse cuando lo tratan con política.

—Lo trato como debo, pa quitale lo sordo.

—A mí naiden me mienta a mi señora madre.

—Pos yo seré el primero, y no sólo a ella, sino a su padre, y a sus agüelos y a toda su parentela.

—¡Lo que tiene usté es que es muy desgraciado!

—¡Muy hombre es lo que tengo!

—¡Qué hombre ha de ser; es puro collón!

—¡Collón será usté jijo...!

Y quedaron frente a frente, mirándose ambos de hito en hito. A medida que se hacía más vivo el diálogo, aproximábanse el uno al otro, hasta ponerse casi juntos. Al oír Roque la última frase de Pánfilo, no pudo contenerse, y se precipitó sobre él. Con la mano siniestra procuró asir la brida del caballo, mientras con la derecha se apoderó de la culata de la pistola que pendiente del cinto llevaba el contrincante; pero ya éste había sospechado la agresión. Levantó la rienda, e hincando espuelas al caballo, hízolo salir disparado. El bruto atropelló a Roque y lo derribó; pero se levantó en el acto el ranchero, y cuando Pánfilo arrendó el caballo para volver sobre él, estaba ya a buena distancia por el cauce del arroyo. Enfurecido Pánfilo echó mano a la pistola.

—Está güeno, amigo —objetó Roque con sangre fría—, así se encajará con los desarmados.

—¿Pos quén le manda andar desaprevenido?

—Si tantas ganas tiene de que nos matemos ¡cómo no me aspera mientras traigo mi trunfo!

—Lo que quere es irse a *cansar* con los otros.

—Miente. Lo que quero es ir y volver pa quitale lo hablador.

—Vaya, pues, y no se tarde, porque si no, me meto entre sus compañeros, y le doy una cintareada delante de ellos.

—Es usté muy argüendero y se lo voy a probar.

—Nomás no haga escándalo. Es necesario que sea hombre siquera una vez en su vida.

—Amigo, ¿pa qué son tantas palabras? Parece vieja en lo chismoso.

—Vaya y güelva pronto, jijo...

Pasó Roque el arroyo y se metió en la ranchería. Transcurrió un rato y no volvía. Pánfilo comenzó a creer que no acudiría a la cita porque tuviese miedo; pero a poco oyó un silbido hacia abajo de la ladera y vio a Roque a caballo, golpeándose el pecho con arrogancia, como diciéndole:

—¡Aquí me tiene a sus órdenes!

Al verlo, voló Pánfilo a su encuentro.

—Hora sí —dijo Roque—, aquí me tiene pa servile y dale gusto en cuanto se le ofrezca.

—Pos ya sabe lo que se me ofrece, que nos demos una buena agarrada.

—Me parece que estamos bien aquí; naiden nos mira.

—Pos entonces haga ganas —exclamó el impetuoso Pánfilo, sacando el revólver.

—Óigame —observó Roque sacando también el suyo—; si de veras tiene ganas de que nos matemos, no sea tan escandaloso. Meta la pistola y saque el machete.

—Yo haré lo que me dé la gana ¿le tiene miedo al trueno?

—Usté es el que ha de querer hacer ruido pa que nos oigan y vengan a desapartarnos. Si no nos acertamos a los primeros plomazos, ya no hubo nada, porque viene la gente y nos separa. ¿Eso es lo que quere?

—Puede que tenga razón —repuso Pánfilo—. Pos entonces no hay que perder tiempo. ¡A lo que venimos, venimos!

Sacaron los machetes, apostrofáronse, enderezaron los caballos de frente, y se lanzaron el uno contra el otro, descargándose golpes redoblados, y buscando medio de herirse. En el silencio del campo, y en lo escondido de la hondonada, no se oía más que el choque de los aceros y el furioso resoplar de los brutos. Varias veces se apartaban los combatientes obligados por los quiebros y saltos de las cabalgaduras; pero pronto las reducían a la obediencia. Aproximábanse tanto a ocasiones, que no podían hacer uso de la hoja de las espadas, y se golpeaban rudamente con las empuñaduras. Lo inútil de la lucha los exaltaba; los caballos jadeantes, espumantes y cubiertos de sudor, parecían fieras.

Exasperado Pánfilo, inclinó la cabeza para cubrir el rostro con el ancho sombrero, y dirigiendo la punta del machete al pecho de Roque, aflojó la rienda e hincó espuelas al caballo. No tuvo tiempo Roque para apartar el suyo; pero con la agilidad que da el instinto de la propia conservación, y sin saber como, echó el busto rápidamente al lado opuesto, y pasó el arma sin herirle, aunque desgarrándole la camisa y la chaqueta. Y como había levantado la diestra maquinalmente, dejóla caer sobre la cabeza de Pánfilo, en el momento en que éste pasaba como una exhalación junto a él. El golpe fue rudo y estuvo a punto de derribar a Vargas; Roque creyó que le había hendido el cráneo.

Pero traía Pánfilo el pañuelo colorado de grandes dimensiones y una gruesa caja de cigarros dentro del sombrero. Sobre aquel cojín cayó el filo del arma, y se amortiguó el golpe; a no ser por esto, allí quedara muerto el vehemente ranchero. No salió ileso con todo. Al lado izquierdo de la cabeza, sobre la oreja, penetró el filo produciéndole una larga herida, que le cubrió el rostro de sangre.

—¡Ya lo ve, amigo —exclamó Roque al verle—; pa eso quería que nos diéramos una agarrada!

—Todavía falta —respondió el herido con voz ronca—; todavía no estoy dado.

—¡Pos qué más quere!

—Lo que quero es que me acabe de matar. An tengo juerzas pa seguir la trifulca. Hora lo verá como todavía le sirvo.

Y bajando del caballo, recogió el sombrero, desdobló el ancho pañuelo y se lo ató fuertemente a la cabeza, formando un nudo con las puntas sobre la frente. Así no lo cegaba la sangre.

—Ahora vamos a comenzar otra vez —dijo Pánfilo montando a caballo de nuevo.

—No, amigo, yo no peleo con los hombres imposibilitados.

—Eso no le importe; yo sé lo que hago. Estoy juerte y puedo dale gusto.

—Lo que soy yo, ya no peleo.

—¿De modo que está juido y se cansa?

—No, sino que le tengo lástima.

—¡A mí naiden me tiene lástima! —gritó Pánfilo.

Y sin más, echóse a escape sobre Roque con el machete enarbolado. Así tan sólo se vio éste obligado a reanudar el combate, aunque con poca voluntad, y proponiéndose ya no atacar, sino defenderse únicamente. Pero la cosa iba de veras. Un machetazo de Pánfilo le mutiló el ala del sombrero; otro le rompió la teja de la silla. Hubo un instante en que el compasivo Roque se reputó perdido. Trozada una de las riendas, su caballo ya sin gobierno, dióse a girar sobre sí mismo, sujeto sólo por la otra rienda. Pánfilo, ciego de furor y sin atender a nada, arremetió no obstante con gran furia.

Comprendió entonces Roque que la disyuntiva era ésta: morir o matar. Respondió, pues, al ataque, con mandobles furiosos, aunque desordenados, en medio de los remolinos de la bestia espantada. Pánfilo intentaba acercársele, pero negábase su cabalgadura, y no era poderoso a vencer su resistencia. En medio de la refriega, recibió aquélla una cuchillada en el hocico. Pero se obstinó Pánfilo a tal punto y hundió tan hondamente las espuelas en los ijares de la bestia, que al fin, exasperada, lanzóse ésta hacia adelante de un bote, arremetiendo contra Roque y su caballo. El choque fue rudo: jinetes y animales cayeron por tierra en revuelta pugna y confusión. Caídos, siguieron ofendiéndose los combatientes con los pies, con las manos, con la empuñadura de los machetes y pronto estuvieron en pie, estropeados, cubiertos de polvo, descoloridos, horribles. No parecían hombres, sino bestias feroces.

Los caballos abandonados a sí mismos, emprendieron la fuga luego que pudieron levantarse. Corrieron desbocados por la ladera, haciendo un ruido espantoso con los cueros de las sillas, que sacudían sobre los lomos, y con los estribos que azotaban contra los troncos de los árboles. Pronto desaparecieron en lo más enmarañado del bosque. Oyóse por algunos momentos el rumor de su fuga; pero muy luego se desvaneció en la distancia, y todo quedó silencioso.

La lucha no podía prolongarse; los combatientes estaban agotados. Apenas podían moverse; pero no querían rendirse, pues aunque les faltaban las fuerzas, sobrábales el coraje.

El azar resolvió la contienda. Levantó Roque el brazo para descargar un machetazo a Pánfilo en la cabeza, y éste acudió rápidamente a la parada, para defender el cráneo; mas no alcanzando a parar con la hoja, hízolo con la empuñadura. Y el arma pesadísima de su antagonista dio de filo sobre sus dedos menores. Con esto cayeron al suelo tanto la espada como los dedos tronchados; tinta en sangre aquélla, éstos lívidos y convulsos.

—¡Hora sí estoy dado! —clamó el herido con voz dolorida.

—Se lo dije, amigo —repuso Roque—. ¿Qué necesidá había de todo esto?

—Cosa de la mala suerte, amigo: como pude ganar, pude perder —objetó Pánfilo—. Usté me ha redotado a lo hombre: no dirá que no.

—¡Cómo lo he de negar! La verdá tiene usté muncho corazón. Déjeme amarrarle la mano con el paño, a ver si se le contiene la sangre.

Diciendo esto, envolvió Roque la mano del herido con su enorme pañuelo.

—¿Pa onde quere que lo lleve? —preguntó—. Usté no puede caminar solo.

—Váyase y déjeme; no sea que lo pongan preso —repuso Pánfilo.

—Más que me suman en la cárcel, no lo he de dejar.

—Pos entonces, ayúdeme a llegar hasta cerca del Chopo. Cuando estemos a una vista de la hacienda, se degüelve.

—Hasta onde quera, amigo; vamos caminando.

Y se pusieron en marcha. Pánfilo avanzaba penosamente; se quejaba y tenía sed. Deteníase con frecuencia para beber en los arroyos y Roque le daba el agua en el hueco de su mano.

—Amigo —le dijo—, me da grima velo tan mortificado.

—No le dé aflición: yo tengo la culpa, y no me canso.

—Más valía que no nos hubiéramos agarrado.

—¿Pa qué hablamos de eso? Hora ya no tiene remedio.

Llegó el herido a no poder caminar. Apoyado en el brazo de Roque adelantaba lentamente; al fin, fue menester cargar con él como si fuera un niño. Así llegaron a la vista del Chopo. Pánfilo no quiso que Roque le llevase más lejos.

—¡Que Dios se lo pague! —le dijo—. Déjeme en esa piedra y váyase de priesa, no lo vayan a agarrar.

—Másque me agarren ¿cómo se queda solo?

—A cada rato pasan po aquí los piones con sus mujeres; ellos me conducirán a mi casa. ¡Váyase!

—Güeno, amigo, pos usté lo quere, se hará; pero en antes necesito una cosa; si no, no me voy.

—¿Cuál?

—Que seamos güenos amigos pa lo de adelante.

—Con muncho placer; de aquí pa lo de adelante.

—¿No me guarda rencor y olvida los sucesos sucedidos?

—¿Por qué se lo había de guardar?

—Por lo que le jice.

—Jué a lo hombre; eso nada quere dicir.

—Entonces deme la mano güena.

—Aquí está —contestó el herido tendiéndole la izquierda calenturienta. Roque la estrechó con efusión.

—Dios quera que se alivie presto —murmuró.

—De la mano manca —agregó el herido procurando contraer la boca pálida y seca, con una triste sonrisa.

—¡Que se haga la voluntá de Dios! —repuso Roque condolido.

Oyóse en esto un silbido detrás de una cerca.

—Ya es hora de que se vaya, amigo —dijo Pánfilo—. ¿No ve que vienen?

Apenas podía hablar; estaba a punto de desmayarse.

Roque vacilaba.

—¿Cómo lo dejo? —decía.

—Váyase si quere que seamos amigos; si no, quédese.

—Entonces me retiro.

—Adiós, y corra muncho pa que no le den alcance.

—¡Adiós, pues!

Ya era tiempo. Apenas se alejó Roque, aparecieron varios peones, que salieron al camino saltando sobre los vallados. No tardaron en ver a Pánfilo.

—Amigo ¿qué tiene? —le preguntó uno de ellos.

—Estoy malo —contestó.

—Tiene muncha sangre —observó el otro—. Está herido.

—¿Quén lo golpió?

—Llévenme a mi casa, por amor de Dios —exclamó Pánfilo con acento lastimero.

—¿Quén fue el causante?

—No puedo dicilo, llévenme... —Y perdió el sentido.

Asustados, llamaron a sus compañeros con agudos silbidos. A poco se presentaron varios acudiendo de diferentes direcciones. Improvisaron unas parihuelas con ramas de árboles y frazadas; colocaron al herido en aquel lecho portátil, cargaron con él a cuestas, y así, formando cortejo, llegaron al Chopo en breve espacio.

Indescriptible fue la emoción que produjo en la ranchería ver a Pánfilo en aquel estado. De pronto le creyeron muerto. El curandero del lugar, ranchero tosco, pero habituado a ver heridos y muertos —resultado común de bodas y fandangos— declaró que no estaba más que desvanecido. Desvendándole la cabeza y la mano, le administró la primera curación, mientras a todo correr fueron a llamar al médico de Citala.

La mujer de Pánfilo no cesaba de dar gritos lastimeros.

—Bien me decía el corazón, que algo le había sucedido, dende que vide llegar el caballo solo a la juerza de la carrera.

—No tenga cuidado, asosiéguese —repuso el ranchero—. No está muerto ni se va a morir. Quedará manquito nada más.

—¡Anque sea manco lo quero —sollozó la pobre mujer—, es tan güeno conmigo y con sus hijos!

XII

Tan luego como don Miguel tuvo conocimiento del suceso, montó en cólera furioso. Para él no cabía duda que su compadre había mandado asesinar a Pánfilo por fiel y valiente. Su primer cuidado fue trasladarse a la cabecera del enfermo. El pobre hombre, a pesar de estar aletargado por la fiebre, y sufriendo horribles dolores, tuvo que someterse a un pesado interrogatorio, cuyo objeto era sacar en claro la delincuencia de Ruiz. Pánfilo se negó obstinadamente a autorizar esa consecuencia, y aun se encerró en absoluta reserva con respecto a su agresor.

—No quieres decirlo porque le tienes miedo a mi compadre —le replicó don Miguel—; no temas, yo te defiendo.

—No, amo, sino que eso no es verdá.

—Entonces ¿quién te pegó?

—Otro más hombre que yo.

—¿Un asesino?

—No, amo, a la güena; en un pleito como Dios manda.

—Te ha de haber provocado.

—No, amo, yo juí quen le buscó ruido.

—No es creíble; me engañas.

—Válgame Dios, amo, ¿qué no ve que me estoy muriendo? Dejaremos las aviriguaciones pa cuando sane.

—No, esto no ha de quedar así.

—Entonces acábeme de matar *diatiro;* es mejor que matarme a pausas.

—A mí nadie me quita de la cabeza que mi compadre don Pedro es quien te ha mandado matar.

—No, amo —replicó Pánfilo con impaciencia—. Por la gloria de mi madre, que eso no es verdá.

—Será lo que quieras; pero voy a dar parte a la autoridad para que lo prendan.

—Será una injusticia.

—Aunque sea; de aquí me voy para Citala.

—Vaya, pos entonces voy a decile la mera verdá; pero me ha de prometer que a naiden se la dice, ni ocurre al juzgado.

—Te lo prometo.

—¿A ley de hombre?

—A ley de hombre.

Tranquilo con la promesa, refirióle Pánfilo cuanto acababa de suceder, no omitiendo ninguna circunstancia, y echándose lealmente la culpa de todo.

—Hora que lo sabe su mercé, ya ve como nada tiene que ver con esto el amo don Pedro.

—Con todo ¡quién sabe que les habrá dicho mi compadre a sus mozos! Tal vez les haya dado instrucciones para que maten a los míos siempre que puedan.

—Se necesitaría ser *zaugrín* pa adivinalo.

—Un juez sería suficiente.

—Pero lo que es ahora, no va a hacer nada de eso su mercé, porque ya me lo prometió a ley de hombre.

—Bueno, lo que importa es que te tranquilices y duermas.

Cuando salió Díaz del jacal de Pánfilo, supo que un vaquero acababa de traer otro caballo aparecido sin jinete en un potrero lejano, y con la silla y el freno hechos pedazos. Luego comprendió don Miguel que era el de Roque, y se llenó de alegría pensando que aquel bruto podía ser una pieza de convicción para el proceso que meditaba. Dio orden de que lo pusiesen en el establo y lo desensillasen, guardando cuidadosamente los restos de la montura. En seguida, escribió una larga carta a don Santiago Méndez pintándole los sucesos con colores muy negros, y suplicándole viniese sin pérdida de tiempo acompañado de algunos soldados. No tardó en hacerlo el presidente municipal; llegó en coche, con escolta de gendarmes y tremendo ruido de sables. Y los dos personajes encerráronse misteriosamente en un aposento y hablaron solos durante largo rato.

Entretanto, realizábanse en el Palmar otros sucesos dignos de mención.

Estaba don Pedro en el corredor al caer la tarde, cuando se le presentó Roque a pie, casi descalzo, cubierto de polvo y con el traje desgarrado.

—¿Qué te pasa, hombre? —le preguntó don Pedro—. ¿Por qué te has venido del Monte?

—Amo, me ha sucedido una cosa. Acabo de dale de machetazos a Pánfilo Vargas.

—¡Cómo, hombre!

—Como se lo digo a su mercé.

—¿Quién es ese Pánfilo?

—Sirviente de don Miguel; uno de los que sosprendimos en el Monte aquella tarde. ¿Sabe cuál? El que me amenazó porque lo amarré por mandado de su mercé, y luego su mercé le dio una regañada.

—Ya me acuerdo; ¿pero cómo pasó eso?

—Nada, amo, que ya su sino lo arrempujaba a este jierro de cuentas. Estaba yo en desta mañana en el Monte muy quitado de la pena, cuando me mandó llamar con un muchachito pa provocarme y echarme la grande.

—Pero ¡qué! ¿lo mataste?

—No, amo, nomás le dí un machetazo en la cabeza, como po aquí ansina, salva la parte —y se señaló uno de los parietales— y le moché estos tres dedos —y mostró los correspondientes de la mano derecha—, Dios me guarde.

—¿Y qué fue de él? ¿dónde está?

—Lo llevé hasta cerca del Chopo, y me vine a la juerza de la carrera.

—Y ¿el caballo?

—Nos cayimos todos en la trifulca, y a Pánfilo y a mí se nos jueron los pencos.

—Has hecho muy mal.

—¿Pos qué quería mi amo que jiciera?

—No hacerle aprecio.

—¡Si su mercé lo hubiera visto! No era cosa de podelo aguantar. Parecía que había comido yerba.

—Mereces un castigo; ya te arreglaré las cuentas.

—Lo que guste su mercé; si lo estima convincente, haga de mí lo que quera.

Aun hablaba Roque, cuando llegó un vaquero a galope, y se detuvo delante del corredor, quitándose el ancho sombrero.

—Amo —le dijo— ay viene don Miguel con el presidente del ayuntamiento y soldados.

—¿Para acá? —interrogó don Pedro con incredulidad.

—Sí, amo, viene por el camino del Chopo.

—¿Tú lo viste?

—Sí, yo mesmo. Estaba en la puerta de los Ocotes, cuando pasaron por el camino. No me miraron, porque me tapaban los árboles; ansina es que los pude reconocer perfectamente. Aluego me jice a un lado, y cortando camino, me vine corriendo pa poner en autos a su mercé.

En aquel momento apareció a poca distancia el grupo formado por el coche de Méndez y su escolta. Ocurriósele a Ruiz que aquella visita podría tener conexión con la riña de la mañana, y volviéndose a Roque le dijo:

—Anda, escóndete a mi recámara, y no salgas hasta que te hable.

No fue necesario repetirle la orden; en el acto se entró por el patio y ganó las habitaciones el sirviente. Apenas tuvo tiempo; luego llegó el Presidente Municipal con su séquito. Antes de apearse, habló con el jefe de la escolta, quien probablemente dio orden a los soldados de que cercaran la casa, pues se dividieron éstos en dos alas, por uno y otro lado de la finca.

—¿Qué sucede, señor don Santiago? —dijo don Pedro saludándole.

—Nada, amigo don Pedro ando cumpliendo deberes del oficio.

—¿Con que cumpliendo deberes del oficio? —continuó don Pedro.

—Sí, señor, ni más ni menos.

—¿En esta casa?

—Precisamente.

—Pase, pues, señor don Santiago.

Aceptó Méndez la invitación, y pasaron al despacho. Don Miguel se quedó afuera.

—Señor don Pedro, dispénseme, me han dicho que aquí tiene usted escondido a un malhechor —comenzó don Santiago.

—Pues lo han engañado; en mi casa no hay malhechores.

—Se lo voy a decir con franqueza. Esta mañana, uno de los sirvientes de usted, llamado Roque, estuvo a punto de asesinar a Pánfilo, mozo de don Miguel, su compadre... Lo ha dejado manco y mal herido... ¡Quién sabe si no la cuente!

—Han de haber reñido y ha de haber perdido Pánfilo. Roque es muy hombre; pero no asesino.

—Eso ya se verá. Lo que quiero es que me entregue usted a Roque.

—Ha de andar muy lejos, si es cierto lo que le atribuyen —contestó Ruiz con sangre fría—. ¿Qué había de haber venido a hacer por acá?

—A dar a usted parte del suceso.

—Señor don Santiago, a mí no me gustan las medias palabras. ¿Quiere usted decir que yo mandé matar a Pánfilo?

El cobarde Méndez se intimidó al verse interrogado de aquella manera.

—¡Dios me libre! —exclamó compungido—. ¿De dónde pudo usted sacar tal idea?

—Me pareció que eso me daba usted a entender.

—No señor, de ninguna manera. Lo que sucede es que vengo a ver si prendo al asesino.

—Y mi compadre, ¿qué anda haciendo con usted?

—Vino a acompañarme.

—¡Como son ustedes tan buenos amigos, ha de haber aprovechado la ocasión para manifestar que dispone de la autoridad!

—No, sino que lo invité para que viniese a darse una paseada.

—Lo que soy yo, señor don Santiago, no le temo a nadie, porque tengo mi pecho sano. A usted lo respeto por ser quien es; pero no le tengo miedo, la pura verdad.

—Con razón —repuso Méndez picado por aquella manifestación de no ser temido—; tiene usted razón, si no valgo nada.

—No señor, sí vale usted; es la autoridad. Lo que digo es que para ejercerla contra mí, necesitaría usted que le diese motivo, y yo no lo doy; si lo diera, sí le temería.

—Comprendo la idea... Conque, volviendo a lo que decíamos ¿me hace usted el favor de entregarme a Roque?

—No lo tengo en mi poder.

—En tal caso, usted me permitirá que lo busque yo mismo. Como se me ha dado aviso de que está aquí, necesito registrar la casa.

—Haga usted lo que guste —repuso don Pedro contrariado—, no lo puedo impedir; pero me dará usted la orden escrita. Ya usted ve, no se puede catear una casa, según la ley, sin orden escrita de la autoridad.

—¿Para qué es eso de escribir, señor don Pedro? Doy la orden verbal, usted la oye y santas pascuas.

—Eso no, señor, ha de ser escrita.

—¿Y si no la escribo?

—No dejo registrar mi casa.

—Me haré respetar, traigo soldados.

—Yo también tengo gente, señor don Santiago. No lo resisto a usted, sino que hago uso de un derecho.

—Como usted quiera; nada me cuesta dar unas plumadas.

Se sentó a la mesa, y escribió la orden dirigida al jefe de la escolta. Entretanto salió Ruiz a la puerta y habló en voz baja con un mozo:

—Anda luego a mi cuarto y le dices a Roque que se esconda donde pueda, porque lo van a buscar y los soldados han rodeado la casa.

En seguida volvió a entrar.

—Aquí tiene usted la orden —díjole Méndez alargándole el papel que acababa de escribir.

—Perfectamente. Ahora puede usted hacer lo que guste.

—Con su permiso, voy a llamar a mis compañeros.

—Un momento, señor don Santiago. Llame usted a la policía; pero no a los extraños, porque a ellos no les permito la entrada.

—No comprendo.

—Hablando francamente, mi compadre ha venido para hacerme pasar un mal rato, y quiere tener el gusto de allanar mi domicilio. A eso no me presto.

—Es mi compañero y viene conmigo ¿qué tiene de particular?

—Señor don Santiago, yo mando en mi casa. Usted entra porque es la autoridad; él, no. Se lo prevengo para que evitemos disgustos.

—Como le parezca. No vale la pena que discutamos.

Diciendo esto, se acercó Méndez al grupo de los suyos, y habló con don Miguel en voz baja. Como Díaz replicaba con vehemencia, el diálogo se prolongó buen espacio. Al fin volvió el presidente del ayuntamiento en compañía de un oficial y algunos soldados.

Hízose el registro con toda minuciosidad; detrás de las puertas, debajo de las camas y dentro de los roperos. La servidumbre veía con azoro aquel procedimiento, creyendo en su ignorancia que don Miguel había *ganado* y venía a prender al amo, y que se los iban a llevar a todos en *bola*. Mas fueron inútiles las pesquisas, porque no fue habido Roque ni en los departamentos, ni en los patios, ni en los corrales, ni en las azoteas, ni en parte alguna de la casa. Los gendarmes de fuera dieron testimonio de que nadie había saltado las bardas para salir al campo. Prolongóse mucho la diligencia, porque don Santiago no quería convencerse de que no había olfateado bien la presa. Al fin hubo de darse por vencido.

—¿Ya ve usted, señor don Santiago, como lo han engañado?

—Es verdad, parece que no hay nada… nada del asesino.

—Dispénseme ¿por qué se empeña en llamar asesino a Roque?

—¿Y usted por qué se empeña en que no lo es?

—Porque no me consta que lo sea.

—Ni a mí que no lo sea.

—En ese caso, llámelo como guste, menos así.

—Usted está un poco exaltado, señor don Pedro.

—Lo que acaba usted de hacer conmigo no es tan placentero que pueda darme gusto.

—No le hallo nada de malo.

—Así se dice cuando la lleva uno de activa. ¡Yá lo viera en mi lugar!

Salió Méndez al corredor, se despidió de don Pedro, y se volvió al coche. Al montar, se le acercó don Miguel y le dijo algunas palabras que lo hicieron retroceder y volver a donde estaba don Pedro.

—Un momento —le dijo—. ¡A ver el caballo! ¡el que trajimos del Chopo! —gritó dirigiéndose a los soldados.

Se acercó luego un gendarme tirando por el ronzal del caballo de Roque:

—¿Conoce usted este caballo? —le preguntó a Ruiz el presidente.

Una ojeada bastó a don Pedro para saber de qué se trataba.

—Sí, señor, es mío; ni necesidad había de preguntármelo ¿no le ve el fierro del Palmar?

—¿Quién montaba este caballo?

—Eso sí que no lo sé.

—¿No es el de Roque, su mozo?

—No le digo a usted ni que sí ni que no, porque los caporales cambian caballos con frecuencia.

—¿Y el sarape? —insistió Méndez, haciendo que lo desataran de las correas con que iba sujeto a la silla.

—¡Cómo quiere que conozca sarapes!

—No adelantamos nada —repuso el presidente enfadado—. Vámonos.

—Dispénseme; este caballo se queda, porque es mío.

—No, señor, no se puede quedar.

—¿Ha cometido algún delito? —interrogó Ruiz con sorna.

—Llegó corriendo al Chopo, sin jinete, y seguro es el que montaba el asesi..., Roque. Lo necesito para entregarlo al juez, a ver qué se saca de aquí. Ya lo reclamará usted a su tiempo.

—Usted manda; haga lo que quiera.

No hubo ya remedio; el presidente municipal y su cortejo emprendieron la retirada, sin haber logrado ventaja alguna de su visita al Palmar.

Pasado un rato, entró don Pedro en la casa, para buscar a Roque. Hallólo en el patio, en el momento de salir del pozo, donde había estado oculto y con el agua hasta la cintura.

—¡Qué bueno estuvo eso! —dijo Ruiz riendo. ¿Cómo se te fue a ocurrir tal idea?

—Las tortugas andan con juego, amo —repuso Roque silenciosamente.

—Ahora lo que importa es que cambies ropa y te vayas. Creo que estarás bien en el ranchito de la Barranca. Quédate allí escondido unos días. Te mandaré decir lo que suceda.

—Está bien, amo, lo que mande su mercé.

Hízose todo como lo ordenó don Pedro, y pocos momentos después salió Roque de la hacienda con ropa seca y rumbo a la sierra.

Pero el suspicaz don Miguel no había quitado el dedo del renglón. A poco andar convenció a Méndez de que Roque debía estar en la hacienda, y de que era conveniente dejar espías y algunos soldados para que lo prendieran. Nunca falta quien se preste en tales casos a desempeñar oficios ruines. Entre los mismos peones de la finca, hallaron Méndez y Díaz gente de esa. Cinco soldados quedaron ocultos en una casita, y el presidente y su amigo continuaron la marcha para Citala.

Envuelto en la frazada estaba un espía frente al jardín de la hacienda, cuando salió Roque confiado, creyéndose libre de toda persecución. Reconociólo el espía y envió luego un recado a los gendarmes para que acudieran sin pérdida de momento; y él se fue siguiendo a Roque, de modo de no perderlo de vista ni infundirle sospechas.

Comenzaba el caporal a subir por la vereda de la loma, cuando oyó galope próximo de caballos, y ruido de sables. Volvió la cabeza y vio que venían cerca los soldados. No tuvo tiempo para correr ni para ocultarse; y siguió caminando sin darse por entendido, con la esperanza de que no lo conociesen. Pero no fue así, porque ya estaban advertidos de quién era. Así que, cuando lo alcanzaron, venían ya con los sables en la mano.

—¡Alto ay! —gritó el que iba adelante.

Como Roque se hizo el sordo, aplicóle rudo cintarazo, diciéndole:

—¿No oye, amigo? ¡Alto ay!

—¿De qué me pega? —protestó el caporal entre medroso e indignado.

—¡Camine por ay! —le dijeron los gendarmes.

En vano lo resistió. Los soldados lo hicieron tomar a viva fuerza el camino de Citala.

Sonaban las diez en el reloj del pueblo, cuando, cansado y magullado, entró Roque en el calabozo, y se cerraron tras él las pesadas puertas del húmedo y pestilente recinto.

XIII

Los domingos y días de fiesta había dos misas en Citala, una que decía el ministro y otra el cura; rezada la primera, cantada la segunda. A la rezada acudía la gente trabajadora de las haciendas y ranchos inmediatos; y aunque se decía a las cuatro de la mañana, era concurridísima. A las tres, todavía de noche, comenzaban a voltear las campanas de la iglesia, dando repiques y entrando en variadas combinaciones de ritmos y armonías. Sonaba primero la mayor, luego la pequeña, y al último las dos juntas; y no cesaba el estrépito hasta el momento mismo en que se presentaba en el altar mayor el sacerdote, con el cáliz en una mano y el bonete en la otra, acompañado del monaguillo, a quien agobiaba el peso del misal. Para asistir los rancheros al santo sacrificio a hora tan temprana, necesitaban salir de sus casas a la media noche; venían a caballo vestidos con ropas limpias y zapatos nuevos, y acompañados por sus esposas e hijas, a quienes traían en la silla, en tanto que ellos caminaban a la grupa. Aquella misa se celebraba a la luz rojiza de los cirios, en el misterio de las sombras, y con acompañamiento de coros incesantes de toses. A la madrugada casi no hay quien no tosa en la iglesia; una tos da la señal para la explosión de otras muchas, sin duda porque el recogimiento y compostura que deben reinar en el templo, exacerban el deseo de hacer ruido, o bien porque el fresco viento matinal es propenso a resfriar los pulmones. La voz del oficiante, rezando en latín, oíase clara y distinta en el presbiterio, y tanto la oscuridad reinante, como el aspecto de intimidad que tomaba la iglesia, a aquellas horas, despertaban el recuerdo de las ceremonias de los primeros cristianos en las catacumbas, donde reinaba eterna noche escasamente iluminada por el débil fulgor de las lámparas.

La segunda misa correspondía al párroco, y se decía a las nueve. Era cantada, con sermón, y se prolongaba en sumo grado, acompañada con toda la pompa de un ceremonial complicadísimo. Conocíase que el buen cura se empeñaba en alargarla cuanto le era posible, sin duda para que los feligreses comprendiesen la distancia que mediaba entre la dicha por un simple ministro y la celebrada por el jefe del curato; o bien para herir la imaginación del concurso con la ostentación de tantos actos, incidentes y transformaciones. Antes de comenzar el santo sacrificio, revestíase el cura con capa de tisú, y, acompañado por el monaguillo, que llevaba en la mano el acetre, recorría la iglesia de alto a bajo, sacudiendo el hisopo a diestra y siniestra, y distribuyendo frescos asperges de agua bendita en las manos y narices de los circunstantes. En seguida, despojándose de la capa a la vista del pueblo, en el altar mayor, lucía por un momento la sutil alba adornada de calados y labores finísimas, y el pintoresco cíngaro de borlas y vivos colores; y allí también, con santa confianza, poníase la casulla recamada de oro y plata, introduciendo la tonsurada cabeza por el agujero central que divide las dos colgantes y sueltas mitades. Luego decía la misa con toda calma, sin darse prisa. A la epístola, sentábase en un viejo sillón de brazos, colocado a un lado del altar, y el notario del curato leía con voz gangosa y llena de sonsonete, las amonestaciones de matrimonios pendientes. Poco se comprendía de lo que hablaba el viejecillo regordete encargado de aquel ministerio, porque parecía hacer cuanto podía por no darse a entender; pero era oído con religioso silencio por el concurso. Las niñas núbiles ponían especial atención a la lectura, para darse cuenta de cómo andaba el mundo amoroso, y cuáles de sus conocidas o amigas estaban en vísperas de casarse. Luego continuaba la misa, y antes del credo, subía el párroco al púlpito, y enderezaba una plática doctrinal a los circunstantes, no oratoria ni pedantesca, sino llana y sencilla, respirando caridad y unción en todas sus partes. Concluida la plática, volvía al altar mayor y continuaba la misa. Antes de terminarla, administraba la comunión a los fieles, y después del último evangelio, rezaba numerosas oraciones coreadas por el pueblo devoto, de rodillas al borde del altar. De esta manera solía durar la misa mayor, entre dos y media y tres horas. Cuando salían los fieles, estaban sonando o al sonar las campanadas de las doce.

Doña Paz y Ramona asistían a ella, tanto porque se decía a una hora más cómoda que la primera, como porque era la más elegante y aristocrática. A ella concurrían también las familias encopetadas de Citala. Los principales y más gravedosos personajes luciendo vestidos domingueros, afeitados y con camisa limpia, tenían acceso al presbiterio. Las damas, engalanadas con sus ropas de cristianar, sentábanse en el cuerpo de la iglesia en el desnudo suelo, luciendo en las manos *Ordinarios* de misa, dignos de su nombre por la ruindad literaria de su texto. Los pisaverdes del pueblo situábanse en lugares estratégicos para dominar los puntos donde se hallaban las muchachas bonitas, y hablaban, charlaban y volvían la cabeza constantemente de un lado a otro, como si asistiesen a un espectáculo profano. A la hora del *Sanctus* y de la bendición, permanecían en pie llenos de fiereza en medio de la multitud arrodillada, para dársela de despreocupados y de guapos, con admiración de las niñas casquivanas y con escándalo de las viejas. El sacristán aparecía en las postrimerías de la misa con un platillo niquelado en la mano, pidiendo limosna para el culto, y hacía buena cosecha de monedas de cobre. Los ricos no daban nada o casi nada, en tanto que los pobres labriegos y las mujeres de enaguas y rebozo depositaban en la bandeja el humilde tributo de su devoción, deducido del escaso salario de la semana, ganado a costa de un trabajo abrumador. El Profeta de Galilea, presente en el trono elevado de la cruz, veía desde el altar aquellas ofrendas, con la mirada enternecida con que distinguió el óbolo de la viuda en el templo de Jerusalem.

Gonzalo asistía, por de contado, a esa misma misa, entre otras razones, porque iba a ella Ramona. Es verdad que la piadosa niña jamás lo miraba en la iglesia; pero también es cierto que él, por su parte, no la perdía de vista ni un momento, y obsevaba todo lo que ella hacía: dar vueltas a las hojas del *Lavalle,* persignarse y hasta mover los labios murmurando oraciones. Esto le bastaba para sentirse feliz, pues no había cosa que hiciera la joven, por pequeña que fuese, que no le pareciese encantadora. La nunca debilitada atención que ella prestaba a las largas y complicadas ceremonias de la misa, producían en el espíritu de Gonzalo una admiración respetuosa; y al verla arrodillada la mayor parte del tiempo, grave el semblante y con los ojos fijos en el altar, en actitud de catecúmena, sentía crecer y purificarse su ternura hacia ella.

Como de costumbre, el domingo a que nos referimos, concurrieron a la misa del señor cura, Doña Paz, Ramona y Gonzalo. Mostró la joven esa mañana nuevos y desconocidos arranques de devoción, pues además de permanecer de rodillas durante la misa, rezó con los ojos nublados por lágrimas apenas contenidas. Doña Paz dio muestras de igual arrebato religioso, con edificación de la gente y Gonzalo se unió por instinto a los votos de la madre y de la hija. No podían comunicarse sus pensamientos; pero aquellos tres corazones latían al unísono, vibrando con los mismos dolores y las mismas esperanzas.

Concluido el santo sacrificio, esperó Gonzalo en el atrio de la parroquia, la salida de su tía y de su prima. Aparecieron en la puerta del templo cuando ya se había marchado toda la gente, sin duda porque habían querido rezar algunas oraciones finales y evitar las miradas de los curiosos. Al pasar junto a Gonzalo, detuviéronse a saludarlo.

—Tengo que hablarte —díjole Ramona por lo bajo—; pero no en casa, para que papá no te vea. Ve a visitar a Chole, y allí nos esperas.

—Voy corriendo; yo también quiero decirte muchas cosas. ¿Cómo han estado ustedes? —prosiguió dirigiéndose a la señora.

—¿Cómo quieres que estemos? —contestó Doña Paz—. Aflijidísimas con lo que pasa.

—Yo, muriéndome —agregó Ramona pensativa.

—No es posible que ustedes se figuren cómo he pasado todos estos días —alternó el joven.

—Pero no hay que hablar mucho; si nos viera juntos, Miguel, de seguro ardía Troya. Hasta luego, Gonzalo —concluyó doña Paz.

—Hasta luego tía.

En dos por tres llegó el joven a la casa de Chole, evitando pasar por el frente de la de don Miguel. Acababa Chole de volver de la iglesia, acompañada de su tía doña Carmen. Esta buena señora, que estaba hecha una miseria por los años, parecía más vieja y encorvada de lo necesario, al lado de su sobrina, fresca, robusta y de garboso y rumboso porte.

No era Chole bonita, pues tenía el cutis trigueño, y algo gruesos los labios; pero sí festiva, ruidosa y llena de donaire. No había tristeza donde ella se encontraba. Hablaba mucho, de prisa y en altas voces; reía a cada momento y con carcajadas tan sonoras y alegres, que convidaba a corearla a cuantos la rodeaban. Ingeniosa y burlona, ponía a todo el mundo como nuevo; pero eso no quitaba que se pasaran muy buenos ratos a su lado, oyendo las inflexiones regocijadas de su voz, y la cascada cristalina de su risa. El padre de Chole era un viejo humildísimo. Tenía un tendajo en el sucio portal del pueblo, y vendía pan, leche, ultramarinos, ropa y zapatos. Apenas podía hacer los gastos de su casa; pero como adoraba a su hija, no omitía sacrificio para vestirla con elegancia, según el uso de Citala, y para darle una educación de señorita rica. Así es que Chole no solamente sabía leer, escribir y contar, sino también un poco de gramática, y de ortografía, y aun algo de música. El organista de la parroquia dábale lecciones, y ella estudiaba todo el día en el ronco y desafinado piano que le había comprado su padre. Al sonar el pobre instrumento, tenía más ruido de palos que de cuerdas; pero Chole hablaba de él y lo miraba como si fuera de tres pedales y de la fábrica Steinway. Con acompañamiento de aquella carraca, cantaba *Las Golondrinas, La Paloma* y otras canciones populares, que la embelesaban.

La muchacha, en el fondo, no era mala, sino ligera y vanidosa. Descontenta con su posición, soñaba riquezas, y habíasele metido en la cabeza hacer un matrimonio ventajoso. Era aquella la única puerta por donde se imaginaba poder salir de la modestísima situación en que vivía, y conquistar otra más desahogada.

—Buenos días, doña Carmen; buenos días, Chole —dijo Gonzalo entrando en la sala sin ceremonia.

—Muy buenos se los dé Dios a usted, señor don Gonzalo —dijo la tía con voz desdentada.

—¡Vaya una sorpresa! —gritó Chole—. ¿A qué se debe el prodigio?

—Hacía tiempo que no las visitaba, y dije: "ahora será bueno llegar a ver a Chole y a su tía".

—Mil gracias; creíamos que ya usted se había olvidado de que vivíamos. Siéntese.

—Usted Chole, continúe en la ventana; no quiero incomodarla.

—Bueno, en ese caso, acerque usted su silla; así podremos ver la calle y conversar al mismo tiempo.

—Perfectamente. ¿No anda por allí el tenedor de libros?

—¿Quién es ese señor?

—Por Dios, Chole, Esteban. ¿No lo conoce?

—Sí, ya caigo: el muchacho chaparro, comido de viruelas y feísimo, que me sigue por todas partes.

—No sea usted cruel; el pobrete la quiere a rabiar.

—Es muy chocante.

—Dice que usted no lo ve mal.

—¡Cómo le había de hacer caso a esa figura!

—Yo le digo a Cholita —interrumpió la tía—, que si no quiere a ese mozo, se lo dé a conocer, en lugar de hacerlo consentir en otra cosa.

—Yo no lo hago consentir en nada.

—¿Para qué lo niegas? Bien que te estás en la ventana cuando pasa, y lo saludas afablemente y le sonríes a hurtadillas.

—¡No faltaba más, sino que cerrara la ventana porque anduviera él por aquí, o hiciera la grosería de negarle el saludo!

—Hija, la verdad es que coqueteas con él… un poquito.

—Tía, no digas esas cosas delante de Gonzalo. ¿Qué se va a figurar de mí? ¡Que soy una loca!

—Ni por mal pensamiento —repuso riendo Gonzalo—; todo lo contrario...

—¿Y usted? —le preguntó Chole— ¿en grande con Ramona, como siempre, eh?

—Sí, no ha habido cambio, bendito sea Dios.

—Pero ¿por qué no se casan de una vez? Ya fastidian con ese noviazgo tan eterno.

—Lo más pronto posible.

—No sea que le vayan a arrebatar la prenda —dijo Chole riendo.

—No hay cuidado —repuso el joven con satisfacción.

—Es que por allí andan ciertos rumores...

—¿De qué?

—De que don Miguel no quiere a usted ya para yerno.

—¿Eso se dice? —preguntó Gonzalo sobresaltado.

—Todos lo repiten en Citala... —Interrumpió Chole la frase, y mirando a la calle prosiguió—: ya caigo por qué ha venido usted a visitarnos. ¿Cuánto apostamos a que doña Paz y Ramona se dirigen también para acá?

—Podrá ser ¿no se visitan ustedes?

—Sí ¡pero mire qué coincidencia!

En esto llegaron a la ventana madre e hija, y se detuvieron a saludarla.

—Pasen un momento —les dijo Chole—, *aquí está Gonzalo.*

—Sí, pasaremos —repuso doña Paz sin darse por entendida de la indirecta—, venimos a visitarlas.

Entraron y tomaron asiento en el estrado. Gonzalo se colocó junto a Ramona.

—Entrecierra la ventana —le dijo Ramona por lo bajo—. No sea que pase papá y nos vea.

—Con permiso de ustedes —dijo Gonzalo en voz alta—, voy a cerrar un poco esta ventana, porque la vislumbre es muy viva.

—Está usted en su casa —repuso la tía.

—¿Cómo podríamos hablar sin que nos oyesen? —preguntó Ramona a Gonzalo cuando éste se hubo sentado de nuevo.

—Ya verás de qué manera —repuso el joven—. Chole —continuó en alta voz— ¿no me hace usted el favor de cantarnos alguna de sus hermosas canciones?

—¿Qué quiere usted que le cante? No sé nada nuevo.

—No importa; lo que usted guste.

—Ya le habrá enfadado mi repertorio.

—Nada de eso; a nadie le enfada lo bueno.

—Sí, ya sé que soy una Patti...

—Tiene usted muy buena voz.

—Gracias por el *cumplimiento.* Pero, en fin, no soy de las que se hacen rogar. Cantaré lo que sepa, y como pueda.

—Va usted a darnos un buen rato.

—Sí, porque van a poder hablar a sus anchas, mientras doy suelta a mis gallos —contestó acercándose a los jóvenes con una pieza de música en la mano y en tono recatado.

—Cantas muy bien, Chole —replicó Ramona acortada.

Sentóse al piano la morena sin decir más, hizo un registro en el teclado, que contestó con un ruido semejante al de las escobas que barren el empedrado, y levantó luego el fortísimo acento, cantando:

> Aben Ahmet, al partir de Granada,
> su corazón desgarrado sintió...

Doña Paz trabó conversación con doña Carmen, hablando de cosas de iglesia, del sermón acabado de oír, del circular del próximo día de la Asunción y de otras del mismo jaez, con lo que se olvidaron de cuanto pasaba en derredor. Entretanto Ramona y Gonzalo se comunicaban sus penas. Trataron de lo mucho que sufrían sin hablarse, de la imperiosa necesidad que sentían de verse, de cuanto pensaban el uno en el otro, de lo que soñaban, de lo que se querían, del afán que sentían por unirse para siempre; y suspiraban, y se veían con ojos tiernos y puros, y se conmovían en medio del diálogo cambiándoles a cada paso los colores del rostro.

Chole, por su parte, no daba paz a la mano, ni a la garganta. Cantaba sin cesar una y otra canción, y concluido su repertorio, lo comenzaba de nuevo; pero sin fatigarse, ni enfadarse, pues era tan afecta a aquel ejercicio y tenía la laringe tan resistente, que duraba las mañanas y las tardes enteras recorriendo y volviendo a recorrer las piezas que sabía, con monótono acompañamiento de los palos de su clave.

—Antes de que venga a sentarse Chole —dijo Ramona—, voy a decirte lo más interesante. Papá está más enojado que nunca con mi tío. Dice que hay ya sangre de por medio, y que no es posible que esto termine bien, porque tu papá mandó asesinar a Pánfilo Vargas, uno de los sirvientes mejores del Chopo.

—¡Tú dirás si había de ser capaz de eso mi papá! Sucedió que Pánfilo riñó con Roque Torres, caporal de la hacienda, y resultó herido.

—Por supuesto; pero el caso es que papá está muy irritado. Roque cayó preso ¿ya lo sabes?

—No lo sabía; creía que se había escapado.

—Desgraciadamente no; ¡pobre hombre!

—¿Y cómo sigue el herido?

—Aliviado. Se lo trajeron del Chopo, y ya está mejor. Dice él que tiene *encarnamiento de perro,* y que si otro fuera el que hubiera recibido esas heridas, tal vez se hubiera muerto.

—Me alegro mucho ¡si vieras cuánto me ha preocupado el incidente!

—También a mí, y la mayor fatalidad es que hayan peleado en estas circunstancias, porque papá se exalta más cada día y no cesa de repetir que primero lo matan que permitir que nos casemos.

—Es una enorme injusticia. Ni tú ni yo tenemos que ver con esas cosas. Papá, por el contrario, me anima cuando me ve triste, diciéndome que no me aflija, que todo ha de quedar en nada, porque son locuras de mi tío don Miguel, y que al fin nos hemos de casar porque Dios nos ha creado al uno para el otro.

—¿De modo que todavía me quiere?

—Lo mismo que siempre. Nada menos anoche me dijo con los ojos húmedos: "Pobre de Monchita ¡cómo habrá sufrido! No se me quita del pensamiento; ni tampoco Paz, mi pobre prima. Ellas son las que cargan con las consecuencias de nuestras necedades".

—¡Cuánto se lo agradezco! Dile que se lo agradezco con todo mi corazón, y que le suplico ponga todo cuanto esté de su parte para que no siga adelante el enojo. Que se acuerde de mí siempre que esté muy irritado...

—Mucho le sirve pensar en ustedes y en mí para contenerse, estoy seguro, porque nos quiere de veras a todos.

—Oye, todavía me falta decirte una cosa —prosiguió Ramona con timidez—: la más importante. Pero ¿me prometes no enojarte?

—¿Es cosa tuya o de mi tío?

—No, mía no, de papá.

—Entonces ¿por qué me he de enojar? Lo único que sería capaz de irritarme sería que no me quisieras, o que faltaras de algún modo al cariño que me tienes.

—Eso no ha de suceder nunca. Pues bien, papá me hizo saber anoche, que la persona que le gustaba para que se casase conmigo era... era... pero no te enojes... era... Luis Medina.

No se atrevió la pobre niña a ver a Gonzalo después de esto; bajó los ojos y guardó silencio atemorizada como si fuese a caerse el mundo. Gonzalo sintió una sacudida eléctrica. Casi no le sorprendió la revelación. La tenía en el pensamiento, la presentía. Cuando Ramona vacilaba para pronunciar aquel nombre, habíasele venido a los labios a él, casi lo había murmurado. Por eso fue mayor su cólera. Sintió que un arrebato ciego lo embargaba, y que iba a desatarse en inventivas contra su tío. Pero ¿por qué afligir a Ramona con aquel desahogo brutal? Nada lo autorizaba para aumentar las penas de su amada, profiriendo injurias contra don Miguel. Ella lo quería y jamás obsequiaría tales indicaciones. Era ingenua y se lo contaba todo; esto probaba su lealtad y su decisión. Pero el joven no podía hablar, porque la indignación le tenía embargada la voz.

—¿Qué dices de eso? —murmuró Ramona después de un rato, alarmada por su silencio.

—¿Qué dices tú? Es lo que conviene saber.

—Que ni ahora ni nunca; que o soy tu esposa, o no me caso con nadie. Eso es lo que digo.

—Tengo confianza en ti; pero, la verdad, no hallo buena la conducta de mi tío. ¿Qué le he hecho para que así me aborrezca? ¿Por qué me quiere destrozar el corazón? ¿Por qué se empeña en labrar mi desgracia?... —Diciendo, esto, el pobre mozo, sentía que las lágrimas se le venían a los ojos, y casi no podía hablar. Pero tú me quieres ¿no es verdad? —prosiguió—. En tí no han de hacer mella esas indicaciones, aunque vengan de su boca, porque me quieres, me quieres; ¡me lo has dicho mil veces!

—Con todo el corazón, bien lo sabes; así es que no debes apenarte por ese motivo. He querido hablarte de esto para que estuvieras al tanto de todo, y no te cogiera de sorpresa cualquier chisme que llegase a tu oído.

—Te lo agradezco. Aunque me duela saber ciertas cosas, nunca me ocultes nada.

—Nunca: ni tú a mí.

—Te lo prometo.

—¿Cuándo volvemos a vernos?

—Cuando gustes.

—¿Dónde?

—Aquí ¿te parece?

—Me parece bien.

En aquellos momentos, habiendo recorrido Chole todo el ciclo de sus canciones, había vuelto otra vez sobre *Las Golondrinas* y cantaba con voz poderosísima:

> Mansión de amor, celestial paraíso,
> voy a partir a lejanas regiones...

Concluyó y vino a sentarse al estrado.

—Perfectamente —díjole Gonzalo—; ha hecho usted grandes progresos desde la última vez que la oí.

—Sobre todo, me he hecho más útil —repuso la joven.

—Util, ¿por qué?

—Porque sirvo —dijo riendo estrepitosamente— ...para distraer la atención y hacer mucho ruido. Siempre que quieran oírme, vengan. Mucho gusto tendré en cantarles todo el día.

—Mil gracias, Chole —dijo Ramona, roja como la grana.

Doña Paz y Gonzalo diéronle también las gracias, y éste agregó que aceptaba el favor, y que, de vez en cuando, siempre que sus ocupaciones se lo permitiesen, vendría con gran placer a oír sus hermosas canciones.

A poco despidiéronse doña Paz y Ramona. Gonzalo siguió su ejemplo después de algún rato. Chole salió a dejarlo hasta la puerta, y al despedirse le dijo:

—De veras, Gonzalo, está mi casa a su disposición para siempre que quiera usted hablar con Ramona.

—La verdad, Chole, se lo agradezco mucho, y aceptaré su favor en caso ofrecido. Es cierto que mi tío ha dado en no quererme, como se dice en el pueblo, y que ya no visito su casa. No podemos hablar Ramona y yo por la ventana, porque no lo consiente mi tía; así es que estamos casi incomunicados. ¿Conque nos hace usted el favor?

—Sí, siempre que quieran. Y los dejaré solos para que hablen a sus anchas.

—¡Que Dios se lo pague!

Con esto se alejó Gonzalo, en tanto que Chole permanecía un rato en el umbral del zaguán, esperando que pasase Esteban. Venía el buen chico vestido de gala y echando chispas de puro limpio, aunque cojeando un poco y con una mano en cabestrillo. Pasó junto a la puerta y saludó a Chole con timidez quitándose el sombrero. La joven le contestó con graciosa sonrisa, y lo siguió con la vista, diciendo para sí:

—¡Qué feo está! ¡Y con ese golpe en la cara! ¿Qué le habrá pasado al infeliz? Y lanzó un suspiro prolongado.

XIV

—No —dijo don Miguel cerrando los puños y golpeando con ellos los brazos del sillón en que estaba sentado—. Lo que soy yo no me dejo jugar el dedo en la boca. ¡No faltaba más! He de recobrar mi terreno y he de hacer que sea fusilado el asesino de mi mozo, y castigado su instigador o cómplice. Cuando las cosas no llegaban a mayores, pudo haber acomodamiento; lo que es hoy... después de la sangre derramada, de ninguna manera.

—Tiene usted razón —repuso don Santiago Méndez meciéndose en el sillón austriaco—; comprendo lo que le pasa. Lo mismo haría yo en su lugar. Solo que insisto en aconsejar a usted que no pierda la cabeza, y haga únicamente lo más oportuno, lo que le dé mejores resultados.

—Y ya ve como, siguiendo sus indicaciones, he citado al señor licenciado para que conferenciemos los tres sobre el asunto.

El licenciado se inclinó dando las gracias.

El abogado don Crisanto Jaramillo era un hombre de edad indefinible, entre los treinta y cinco y los cincuenta años, afeitado de toda la cara, anguloso, de nariz puntiaguda y boca hundida, parecía una celestina; pero carecía de arrugas, tenía color subido en los pómulos y, sobre todo, ojos brillantes y vivos como dos ascuas. Su fisonomía era la de un zorro astuto y burlón, capaz de jugarle una mala pasada al Santo Padre; y la reputación que disfrutaba —si es que disfrute puede haber en lo malo— correspondía plenamente a la impresión que producía la vista de su persona. Aunque vivía en Citala, era abogado esencialmente trashumante, *de la legua,* como decía riendo, pues hacía constantes viajes por motivo de negocios, tanto a la capital, como a otros puntos del Estado. Muy lejos estaba de ser adocenado; tenía, por el contrario, una penetración rara y una rapidez intelectual nada común; pero no sabía gran cosa de jurisprudencia. Jactábase de no tener libros, y, en efecto, su biblioteca se componía de algunos Códigos y del calendario del año. Su bufete y su librero estaban desmantelados y desnudos, y

126

chasqueaban a los clientes, que esperaban verlos viniéndose abajo con el peso de los infolios. Jaramillo decía que para qué quería libros, que no servían para nada; que los pleitos eran juegos de azar en que ganaba el que tenía mejor suerte, y no la razón o la ley de su parte; y que él, que nunca estudiaba ni leía, les había sacado el pie adelante varias veces a los abogados más encopetados de la capital; lo que demostraba que era inútil quemarse las pestañas leyendo cosas fastidiosas. En cambio, si no cultivaba las letras, era fortísimo en todo linaje de tretas. Conocía a maravilla las zancadillas del procedimiento, y las manejaba con habilidad suma. Para eso de acusar rebeldías, dar por nulo un recurso por falta de papel timbrado, articular posiciones capciosas y enredar a los testigos con repreguntas, no tenía precio, era una potencia. Y llegado el caso, presentaba testigos mercenarios, amaestrados por él mismo para que dijesen lo que convenía, cambiaba palabritas en los expedientes, y se atraía la buena voluntad de magistrados, jueces y actuarios, por medio de convites, obsequios y finezas. Sabiéndose por donde quiera que era capaz de todo había acabado por hacerse temible, porque como decían los cándidos del pueblo, era un *alacrán con alas, de muchisísimas campanillas.*

Don Miguel Díaz, más y más exaltado a cada instante por el curso que iban tomando los acontecimientos, había procurado aquella reunión, con el objeto de resolver de una vez lo que debiera hacer para sobreponerse a don Pedro en todo y por todo. El presidente del municipio se había prestado de buena voluntad a que la junta se verificase en su casa: por eso la encontramos instalada en aquella sala, cerca del medio día, a raíz de los sucesos descritos, y con toda la solemnidad consiguiente a la importancia de los miembros que la formaban.

—El señor licenciado no ha dicho nada todavía —observó don Santiago.

—¿Qué opina usted, señor licenciado? —preguntó Díaz volviéndose a él con el respeto de un niño al maestro de escuela.

—He estado oyendo a ustedes para formarme idea del caso. Tenemos que Pánfilo está herido, que Roque, su agresor, está preso y que éste ha sido aprehendido en el Palmar. Bien... son antecedentes de importancia. ¿Qué es lo que convendría hacer? —Caviló un poco, hizo una pausa y continuó luego: —Bueno fuera poner en relación estas tres cosas, y demostrar que Ruiz es coautor del asesinato frustrado. Para esto pueden servirnos los dos mozos, herido y heridor.

—¿De qué modo? —interrogó Méndez con marcado interés.

—Sonsacándoles confesiones sobre ese hecho capital. Si llegan a decir: el uno, que estuvo a punto de ser asesinado, y el otro que fue pagado por don Pedro para tal objeto, quedará expedito el camino para que los jueces... hagan justicia.

—Y no cabe duda que esa ha de ser la verdad. Usted todo lo adivina. ¡Qué talento tan claro! —exclamó don Miguel en un rapto de sincera admiración—. A mí nadie me quita de la cabeza que todo ha de haber pasado de ese modo.

—¿Les agrada a ustedes la idea?

—Me parece excelente —dijo Díaz.

Don Santiago movió la cabeza en señal de aprobación.

—En tal caso —prosiguió Jaramillo—, pongámosla por obra, sin pérdida de tiempo. Vamos a hablar con esos rancheros, a ver qué dicen.

—Les advierto —dijo don Miguel—, que Pánfilo no quiere confesar nada; a mí me dijo a duras penas, que Roque había sido su heridor.

—Veremos, veremos —repuso Jaramillo con suficiencia.

—Sí —observó don Santiago—, no es lo mismo que usted le interrogue, que el que le haga preguntas el señor licenciado.

—¡Ya se ve!, —repuso humildemente don Miguel.

Trasladáronse luego los tres personajes a la casa donde se hallaba el enfermo. Encontráronlo en pie, paseando a lo largo del cuarto, con la cabeza y las manos vendadas.

—¿Cómo te va, hombre? —díjole Díaz imperiosamente al entrar.

—Buenos días, señor amo —repuso Pánfilo con humildad—. Pasen a tomar asiento.

—¿Cómo va la salud?

—Güeno ya, señor amo. Dentro de dos o tres días creo que podré volver a mi trabajo.

—No, hombre, no tan pronto.

—Pos lo que soy yo, me siento como si tal cosa.

—Aquí tienes al señor presidente del ayuntamiento y al señor licenciado Jaramillo, que quieren hablarte.

—A las órdenes de sus mercedes —repuso Pánfilo dirigiéndose a aquéllos.

—El señor don Santiago y yo —dijo Jaramillo—, hemos creído conveniente tener una entrevista con usted. Él, porque se lo exige su deber; yo, porque soy el apoderado del señor don Miguel, patrón de usted.

—Aquí me tienen los dos pa lo que gusten mandarme.

—Don Santiago debió haber remitido a usted y a su agresor a la capital desde hace tiempo, para que se les instruyese la causa respectiva; pero como usted estaba muy enfermo y débil, ha querido guardarle la consideración de esperar a que se alivie.

—Muncho que se lo agradezco —respondió con gravedad el enfermo.

—Pero ha llegado el caso de tomar una determinación, y a eso venimos ahora. Ignórase a punto fijo cómo han pasado los acontecimientos que dieron por resultado las heridas de usted; pero se supone con fundamento, que fue usted víctima de un ataque repentino, de una sorpresa, y que estuvo en inminente peligro de ser asesinado.

—No, señor amo —interrumpió Pánfilo—, andan jerradas las gentes en eso.

—Se tiene bastantes datos —prosiguió el licenciado Jaramillo sin darse por entendido de la interrupción—, para suponer que Roque Torres, mozo de don Pedro Ruiz, ha sido el malhechor.

—No hay nada de eso, señor licenciado.

—Torres huyó el mismo día del crimen, y llegó a pie y desgarrado al Palmar, según lo refieren testigos presenciales; se escondió en la casa de don Pedro cuando lo buscó la policía; y después, luego que creyó que nadie lo observaba, salió disfrazado con dirección al cerro, como lo sostienen los gendarmes que lo prendieron. Además de esto, existe en poder de la autoridad un caballo, que se supone pertenecerle. Sobran personas que afirman haber visto la mañana de ese día a Roque Torres, salir del Monte de los Pericos y bajar para el Chopo, montado en ese mismo caballo. Tanto su bestia como la de usted llegaron corriendo y sin jinete a la hacienda del señor don Miguel, casi a la misma hora; además, la de usted está herida y la de Torres tiene señales de machetazos en la cabeza y teja de la silla... Todo esto demuestra que Torres ha sido el asesino.

—No, señor amo —repitió Pánfilo—, nada de eso es cierto, todas son afiguraciones.

—¡Cómo han de ser suposiciones, si está usted herido!

—Herido sí estoy; pero ni han querido asesinarme, ni tampoco ha sido Roque mi heridor.

—En tal caso ¿quién fue? Alguien ha de haber sido.

—Eso sí. Jué otro más hombre que yo; no jué Roque.

—Diga usted su nombre.

—No lo conozco. Era un transiunte. Lo jallé que pasaba por un portillo después de haber rompido la cerca; lo reconvine, me faltó, nos dimos una agarrada y me tocó la de malas. El hombre se jué después, y ha de estar muy lejos.

—Eso no es verdad —objetó Méndez—; se le conoce a usted en la cara que anda inventando historias. Repare en que está delante de la autoridad, y que tiene el deber de decir las cosas tales como han pasado.

—Ansina pasaron, señor don Santiago.

—No, no pasaron de ese modo —saltó don Miguel, que había oído el diálogo con marcada impaciencia.

Pánfilo lo miró intensamente.

—¿Me sostendrás a mí que pasaron de esa manera?

—A su mercé y a todo el mundo —repuso el herido con aplomo.

—Pues no, señores —replicó Díaz con viveza—, lo que está diciendo éste, no es la verdad. El mismo día que cayó herido, me confesó que Roque Torres había sido quien lo había agredido...

Al oír esto lanzó Pánfilo a don Miguel una mirada de sorpresa, mezclada de cólera y de desprecio. Parecía decirle en ella: "Amo, yo lo creiba más hombrecito. Usted falta a su promesa dando a saber el nombre de Roque; su mercé me dio palabra de que quedaría pa entre los dos, y no la sabe cumplir. ¡Qué lástima de barbas!". Tales fueron, en efecto, los pensamientos que cruzaron por la mente de Vargas en aquellos momentos.

—¿Ya ve usted —saltó don Santiago revistiendo de gran solemnidad la entonación de su voz—, como engañaba a la autoridad?

—Yo no la engaño.

—¿No ha oído usted lo que afirma el señor don Miguel?

—Sí, señor don Santiago.

—¿Y qué dice usted de eso?

—Que eso es lo que dice el amo; no lo que digo yo.

—¿Te atreverías a negarlo? —vociferó don Miguel.

—Usted es mi amo y le tengo respeuto; pero lo cierto es...

—¿Qué? ¿qué cosa? —dijo Díaz en el colmo de la exaltación.

—Que en eso falta a la verdá su mercé, porque yo no le he dicho nada.

—¡Bribón! ¡canalla! —gritó Díaz echando chispas por los ojos—, tú eres quien falta a la verdad. No, señores —prosiguió volviéndose a Méndez y a Jaramillo—. Miente éste como un bellaco, porque él me confesó que Roque lo había herido, aunque haciéndome prometer que no lo diría...

—Ya ven sus güenas mercedes —objetó Pánfilo trémulo de emoción—, que mi amo está trascuerdo en eso, porque si se hubiera comprometido a no decir el nombre de Roque, nunca lo hubiera dicho, porque los hombres saben cumplir su palabra. Yo soy probe, y cuando la doy, sé sostenela.

—¡Deslenguado! —dijo Díaz fuera de sí de rabia—; no eres tú quien ha de darme lecciones.

—Yo no digo eso, sino que no ha de ser verdá lo que dice su mercé, porque para esto sería menester que su mercé no supiera cumplir su palabra.

Jaramillo y don Santiago se indignaron contra Pánfilo.

—No tenga cuidado, señor don Miguel —díjole Méndez—; entre éste y usted, no hay que vacilar: él es el que miente.

—¡Porque soy probe! —protestó el mozo lívido.

—Lo que tiene usted —díjole Jaramillo con autoridad—, es ser muy terco y muy osado. Queríamos guardarle consideraciones creyendo que las merecía; pero supuesto que no sabe agradecerlas, le vamos a decir las cosas claras. Los tres que estamos presentes, sabemos que Roque Torres lo atacó a usted con alevosía. Usted tiene la obligación de confesarlo. Si lo confiesa, se le seguirá tratando bien, y se le dará una buena recompensa. Cien pesos, un caballo y una yunta de bueyes... ¿No es cierto don Miguel?

—Se le darán porque usted quiere, no por él, que no merece más que una buena entrada de cintarazos —repuso éste.

—Yo no pido nada —protestó Pánfilo—; nada le pido al amo.

—Si no lo confiesa —prosiguió el licenciado—, será usted entregado a la justicia, irá a la prisión, y se pudrirá en la cárcel, porque no saldrá usted de allí en muchos años. Resuelva lo que le acomode.

—Señor licenciado, mejor me voy a la cárcel.

—Está bien —dijo Díaz levantándose—, no hay para qué seguir hablando con este estúpido. Tiene la cabeza más dura que una piedra. Supuesto que no quieres decir la verdad —prosiguió dirigiéndose al mozo—, nada tienes que esperar de mí; te abandono a tu suerte.

Lástima del dinero que he gastado en tu curación, en las medicinas y en tu familia. Nada sabes agradecer.

—Amo, se lo agradezco muncho; pero no puedo decir una cosa por otra.

—Arreglados: tú no puedes decir una cosa por otra, y yo no puedo seguir gastando mi dinero.

—Muy suyo su dinero, señor amo.

—Vámonos —dijo don Santiago.

—¡Qué se haga la voluntad de Dios! —exclamó el herido por toda respuesta.

Salieron Méndez, Díaz y Jaramillo hechos unas furias de la casa del honrado Pánfilo, y, después de breve conciliábulo, se dirigieron a la cárcel, y entraron en el oscuro calabozo donde Torres gemía recluso. Hiciéronle también a él un interrogatorio largo y capcioso, con la esperanza de que confesase siquiera que había sido el agresor de Pánfilo; pero Torres, siguiendo la costumbre de todo ranchero, que profesa la máxima de que más vale ser mártir que confesor, se aferró en una negativa absoluta, sosteniendo que no había visto a Pánfilo en todo aquel día en que resultó herido; que nunca había tenido disgustos con él y que no sabía nada de lo que se le preguntaba. Este nuevo chasco puso el colmo a la irritación de los visitantes, particularmente a la de don Miguel. A la salida del calabozo llamó don Santiago al alcaide de la cárcel.

—Es preciso —le dijo— poner a este preso a hacer la limpieza. Dé orden al capataz de que le sacuda el polvo. Es un bribón que merece castigo y escarmiento.

Y, en efecto, a renglón seguido, fue puesta una escoba en las manos de Roque, para que barriese la inmunda prisión; y por cualquier pretexto, por tardanza, por poca habilidad o porque se pusiese a descansar el capataz, otro preso le administraba recios azotes con una gruesa, flexible y derecha vara de membrillo que blandía en su mano, doblemente cruel, de esclavo y de verdugo.

Pánfilo Vargas fue también conducido a prisión, sin miramiento de ningún género, y toda protección quedó retirada a su familia.

—A mí no me importa que Vargas sea mozo de don Miguel Díaz —exclamaba con tono altivo en los corros el presidente municipal; aquí en Citala, el que la hace la paga. ¡En el ejercicio de mis atribuciones, no tengo amigos, ni hago distinción entre pobres y ricos!

El vecindario de Citala vio en aquella conducta una prueba concluyente de la imparcialidad, de la honradez, de la admirable justificación que presidían a todos los actos de don Santiago Méndez; en tanto que Figueroa y sus parciales, que esperaban hallar en el presidente municipal una punible complacencia en favor del herido, por ser sirviente de un potentado, quedaron chasqueados y corridos ante aquel noble rasgo, y guardaron el más riguroso silencio, no pudiendo hablar ni mal ni bien del odiado antagonista. ¡Así es como los grandes caracteres acaban por darse a conocer y a respetar en la sociedad donde florecen!

XV

Entretanto, determinóse don Miguel, cediendo a las indicaciones de Jaramillo y de Méndez, a apelar a los recursos judiciales. Sentía Díaz gran repugnancia hacia los pleitos, sin saber por qué. A fuer de ranchero, veía en ellos algo oscuro, desconocido y enmarañado, que le infundía espanto y hacía que se le pusiesen los pelos de punta. No tenía idea de lo que fuesen las contiendas jurídicas, ni le pasaba por las mientes el modo de seguir los juicios; ni se imaginaba cómo se compaginaría un expediente. Los fallos eran para su limitada inteligencia misteriosas decisiones, no sujetas a regla, omnipotentes, capaces de mudar el color de la piel de los litigantes. Inspirábanle los jueces, actuarios y escribientes, pueril respeto. Siempre que encontraba al paso alguno de esos personajes, rendíale el tributo de su más alta consideración, queriendo granjearse su amistad a todo trance para desarmarle e impedir que le hiciera daño, pues creía que la gente de Curia podía perjudicar hasta con la vista, como los *jettatori*. Llevaba tan lejos su preocupación, que el papel, la pluma y la tinta le infundían terror supersticioso; frecuentemente se le oía decir que les tenía más miedo a las plumas que a las espadas, y que preferiría caer de cabeza en un pozo, a tener algo que ver con los tinteros.

Por esta razón habíase resistido obstinadamente a entrar en el litigio con don Pedro Ruiz, a pesar de la ciega confianza que le inspiraba Jaramillo; pues creía más llano y fácil hacerse justicia por su propia mano que apelar a una demanda. A obrar según su propio dictamen, habría levantado un ejército en el Chopo, y caído sobre la guarnición del Monte de los Pericos llevándolo todo a sangre y fuego; pero ni don Santiago ni Jaramillo se lo habían permitido, haciéndole ver que con medidas de esa naturaleza, echaría a perder su causa, y comprometería inútilmente al buen amigo, que llevaba en la mano las riendas del gobierno del pueblo.

—¿Qué remedio tiene, pues, la situación, con mil diantres? —decía rugiendo como fiera enjaulada.

—Uno muy sencillo —replicábanle sus valedores y amigos—: seguir el camino que marca la ley, y ocurrir a los tribunales en demanda de justicia.

—Les tengo más miedo a los *fueces* —no podía decir jueces— que a los toros puntales.

—No tiene usted razón —respondióle Jaramillo—, porque no son tan temibles como usted se lo figura, y, además, yo seré quien tenga que habérmelas con ellos.

—¿Y si perdemos *por parejo?*

—No tenga usted cuidado; yo no pierdo pleitos. Si tuviese la menor sospecha de que pudiera suceder tal cosa ¿cómo lo había de aconsejar que diera este paso?

—¿De modo, señor licenciado, que usted me asegura que ganamos?

—Se lo garantizo, señor don Miguel.

—Siendo así, no hay más que meterle al negocio para que pronto concluya.

—Por supuesto que habrá que gastar algún dinero en el juicio; de otra manera sería inútil emprenderlo.

—Ya lo sé, señor licenciado. Sobre eso no tiene que decirme ni una palabra. Estoy dispuesto a gastar hasta el último centavo de mi fortuna, por tal que mi compadre no se ría de mí.

—¿De suerte que me autoriza para hacer, los desembolsos que crea convenientes?

—Está usted autorizado para hacer cuantos sean necesarios.

—En ese caso todo marchará a las mil maravillas. Ya verá usted, señor don Miguel, qué sorpresa va a llevar don Pedro.

—Señor licenciado, óigame bien: si consigue que le quitemos a mi compadre el Monte, le prometo regalarle cinco mil pesos.

—No es para tanto... Quedaré satisfecho con servirle y con defender la justicia.

A consecuencia de esta plática, salió Jaramillo de Citala, armado del poder de don Miguel, de los títulos del Chopo, de un lío de billetes de Banco, y de buenas cartas de recomendación y crédito para la ciudad.

El licenciado no veía en la discordia de Ruiz y Díaz más que una ocasión preciosísima para ganar dinero. Era el primero en comprender que maldita la razón que pudiera tener su cliente, y bien sabía que, siguiendo las cosas su camino natural, debía ser derrotado don Miguel;

pero, en primer lugar, teníale sin cuidado tal desenlace, porque no se interesaba poco ni mucho por la causa de su poderdante, sino por ganar plata, y, en segundo, había elaborado ya sus planes respecto a ese punto, a fin de suplir, por medio de la astucia, lo que de fortaleza jurídica le faltaba.

Había en la ciudad, entre todos los jueces rectos y probos que honraban la administración de justicia, uno de reputación dudosa, de quien se contaban por lo bajo hechos vergonzosos, no averiguados, pero admitidos por el público sin vacilación. Llamábase don Enrique Camposorio. Hijo de una familia rica, había recibido en Europa la educación ʼprimaria y secundaria. Trastornos sobrevenidos en la fortuna de su padre, obligáronlo a regresar al país, próximo a la edad de veinte años, y se había dedicado al estudio de la jurisprudencia para poder ganarse la vida. Como no era inteligente ni aplicado, hizo una carrera poco lucida, obteniendo calificaciones ínfimas en sus exámenes, pero pasando siempre adelante, hasta que el día menos pensado se encontró con el título de abogado, que le confirió por mayoría de votos el jurado respectivo. Nada le importó a Camposorio lo de la mayoría. Los estudios, y mucho más los hechos en la República, inspirábanle inmenso desdén; y no veía en la profesión de abogado sino un *modus vivendi,* a manera de la carpintería o la sastrería, según decía riendo.

No trajo don Enrique de allende el océano conocimientos sobresalientes, ni maneras distinguidas, ni hábito de trabajar, ni cosa alguna de las que se aprecian en toda sociedad bien ordenada; sino superficiales nociones sobre muchas cosas, modales audaces e impertinentes y, sobre todo, un afán de placeres nunca disimulado ni satisfecho.

Lo más lamentable de todo fue que, en el naufragio de sus principos, no se salvaron ni el respeto a sus padres, ni el amor a la patria: todo fue devorado por el abismo. Halló a su padre muy avanzado en años, achacoso y cansado del mundo. Su madre, piadosísima señora, pasaba los días en las iglesias oyendo misas, y rezando rosarios y novenas. Enrique no sentía compasión por su anciano padre, ni respeto por su madre, amargábales a ambos todos los instantes de su vida con altercados, exigencias y disipaciones. Cuanto había quedado en la familia después del fracaso de los negocios: muebles, vajillas, telas y joyas, fuélo malgastando en placeres y calaveradas, sin ponerse a considerar que iba haciendo todos los días más triste y penosa la pobreza de su casa. Y era imposible para sus padres corregirlo o moderar sus ímpetus, porque no era sumiso, ni cariñoso, ni agradecido; sino antes bien, desobediente e insensible. Apenas llegaba a sus oídos alguna reconvención o algún tímido consejo, montaba en cólera, vociferaba con impertinencia y amenazaba con irse de la tierra abandonándola para siempre; o bien con levantarse la tapa de los sesos, porque aquella vida tan ruin y desventurada era insoportable para él. Temerosos los ancianos de que su rigor ocasionase una desgracia irreparable, y alentados por la esperanza de reconquistar el afecto de su hijo por medio de la dulzura, habían acabado por doblar la cabeza y por someterse a su despotismo; de suerte que el mozo era quien mandaba en su casa, y ellos quienes se afligían, rogaban y apelaban a la prudencia. Enrique, pues, no hacía aprecio de sus clases; jugaba, bebía, trasnochaba y ponía por obra cuanto le daba la gana, sin el menor asomo de disimulo ni de respeto al bien parecer. Débiles fueron los ancianos al resignar su autoridad en las manos desalentadas del joven; pero eran respetables hasta en esto, porque su debilidad no provenía de la cobardía del corazón, sino de la compasión que les inspiraba su ingrato hijo. Estaban persuadidos de que, si obraban con rigor, acabaría el mancebo por poner mano airada en sus canas, o por entregarse totalmente al desenfreno, abandonando la carrera y sentando plaza de vago. Y, en efecto, merced a su prudencia, y a pesar de tan calamitoso modo de vivir como tenía Enrique, realizóse el prodigio de que el mal estudiante viese coronados su ignorancia y su menosprecio al estudio con el título de licenciado en leyes, para defensa de ellas y de la justicia.

Uno de los rasgos distintivos de aquel europeo nostálgico, era el profundo desprecio con que veía a su patria y todo lo que en ella alentaba o se movía. Para él no había más que París, la encantadora capital de Francia, foco resplandeciente de la civilización, centro encantado de delicias. Saliendo de París, nada valía nada; ni Londres, la ciudad negra, estirada y confusa; ni San Petersburgo, ridícula parodia de la capital francesa; ni Berlín, ni Viena, ni Roma, ni Nueva York, ni emporio alguno de la moderna cultura. Por lo que hace a México, era a sus ojos un país bárbaro y atrasado, donde no se podía vivir. Sólo risa le merecían todas nuestras cosas. Comedia de Offenbach antojábasele nuestro gobierno; tierra africana nuestro suelo; sociedad de cafres nuestra población. En los caminos, renegaba de las piedras, charcos y baches que encontraba; de la mala construcción de las vías férreas y de la atroz calidad de los trenes y locomotoras. En las ciudades, se mofaba de los edificios públicos; hacía chascarrillos sobre las habitaciones de los particulares; y se desternillaba de risa en los teatros y paseos, tildándolos de cursis. No valía, en su concepto, la pena de gastar aquí ni un duro, porque en este país no se tenía la menor idea de lo que eran no sólo el lujo ni el arte, pero ni aun siquiera el *confort*. Lamentaba haber nacido mexicano, y vociferaba que el día menos pensado cambiaría de nacionalidad, adoptando cualquiera otra, aun cuando fuese la turca —sin duda por su amor a las turcas—, porque México era el último país del mundo.

Por de contado que cuanto decía eran sandeces, absurdos o maldades, que hubieran debido sublevar la indignación de los que lo rodeaban; desgraciadamente no sucedía así, pues, aunque parezca inverosímil, encontraba, no sólo tolerancia en su auditorio, sino regocijada atención e insensato aplauso. Explotando, sin saberlo, la rica veta de la estupidez general, que juzga de espíritu superior a todo el que se ríe de los demás y los persigue con el azote de su ironía, logró adquirir reputación de ingenioso, talentudo y cultísimo. Sus dichos, aprendidos de memoria, pasaban de boca en boca, coreados por risas imbéciles, y llegó a ser titulado hombre de *bons mots,* cuando no debió adquirir más notoriedad que la de la impertinencia y la estulticia.

Pronto fallecieron sus padres, doblegados más que por los achaques, por las pesadumbres que les daba. Y bien hicieron en salir de la dificultad por esa ancha puerta, por donde, a la vez, se pasa de este mundo al otro; porque el trance en que se hallaban no tenía más salida que esa. Poco se le dio a don Enrique de aquella inmensa pérdida; antes sintióse más libre, después de ella, para hacer lo que le viniese en antojo, sin oír quejas, recriminaciones ni llantos. Incapaz de ganarse una fortuna por medio del trabajo, propúsose casarse con alguna rica heredera, de las muchas que en la capital había; y no tardó en hacer su elección poniendo los ojos en una joven fea, pero buena, huérfana y dueña de un caudal considerable.

Aquella infeliz había sido objeto de pocos galanteos, pues en la capital no había por aquel entonces traficantes de amor, de los que hoy se estilan, y los jóvenes se casaban por inclinación y no por cálculo; así es que, a causa de sus pocos atractivos, había tenido escasos aficionados, y los que le habían dicho su atrevido pensamiento, habían sido gente de poca importancia, insignificante y dejada de la mano de Dios. Fácilmente se comprenderá, dados estos antecedentes, que las pretensiones de Camposorio hayan hecho tremendo estrago en aquel corazón sensible y solitario, acostumbrado a llorar propias desdichas y ajenos triunfos, enmedio de la oscuridad y del olvido. Puso ella en estos amores toda la fuerza de su vida, todo el vigor de su alma, y no amó, sino adoró desde aquel punto y hora al afortunado aventurero; en tanto que éste se mofaba con punible desvergüenza de sus amores y de su fealdad, haciendo reír a sus compañeros a costa de ella ¡tan buena, y que lo quería tanto! Y no tenía el perverso embarazo en proclamar en las cantinas y en las orgías, en medio de las copas y del desorden, que no iba a casarse con aquella desgraciada, sino con su capital, porque no estaba prendado de ella, sino de sus pesos.

Llegaron a oídos de la joven tales rumores, pero no quiso darles crédito, ni aun tuvo ánimo para inquirir lo que en ellos pudiese haber de verdad, temerosa de que se desvaneciese su dicha; así es que el cinismo de Camposorio no tuvo tasa ni correctivo, y no hacía más el tal, que burlarse de ella y de su inocente confianza. Inútiles fueron cuantos esfuerzos hicieron los parientes próximos de la joven para hacerla desistir de su empeño; pronosticáronle cuanto le había de suceder; pintáronle al vivo el negro cuadro de su vida futura al lado de aquel libertino, y la conjuraron por Dios y por sus santos, a que tuviese piedad de sí misma, y no se entregase a un martirio tan horrendo como el que sería su existencia al lado de aquel hombre. Pero ella contestó que lo amaba de tal modo, que todo lo sufriría por su amor, conceptuándose dichosa hasta en ser atormentada por él, pues aun la misma muerte recibiría sonriente de su mano. La fantasía poetiza la desgracia buscada, juzgándola blanda y dulce en lejana perspectiva; pero cuando llega y clava en el pecho sus agudos harpones, encuéntrasela mil veces más cruel y dura de como se la había supuesto; abátense las fuerzas del espíritu, y deplórase inútilmente haberla abrazado. Tal aconteció a la mal aconsejada doncella. Juró eterno amor ante los altares a aquel hombre fementido que no la quería, ni se preocupaba en lo más mínimo por su dicha; y allí mismo comenzaron a correr sus lágrimas, porque no tardó el esposo en ejercer su odioso despotismo. Así pasó ella la luna de miel enmedio de la soledad, porque el infiel esposo poco paraba en sus hogares. Llorando hallaba la mañana a la joven desposada, y así la sorprendía el crepúsculo vespertino; por lo que comprendió bien pronto que Camposorio no la amaba, y vio que se realizaba con cruel exactitud cuanto le habían pronosticado sus deudos; pero ¡qué remedio! Amábalo ella con todo el corazón y se sentía dichosísima con verlo y hablarle los breves instantes que él le consagraba. Ni aun tenía el triste consuelo de quejarse, porque montaba en cólera don Enrique tan pronto como ella le dirigía tímidas reconvenciones o daba libre curso a sus lágrimas; y de tal suerte había acabado la víctima por dejarse imponer el bárbaro yugo, que concluyó por no soltar una queja, ni llorar delante de su esposo.

No se desentendió éste de sus proyectos financieros después de casado. Habíase enlazado con aquella mujer fea por amor a su dinero, y tenía que disfrutarlo. Ya que ella había adquirido un esposo tan guapo y distinguido, como nunca lo hubiera soñado, fuerza era que pagase su dicha con lo único que podía comprarla, con su caudal. Porque si no lo hacía de este modo ¿qué derecho podía alegar para tenerlo a su lado? Dominado por estos pensamientos bajos y miserables, dióse a derrochar la fortuna de su consorte con tanta prisa como si le pesara que la tuviese. Era bastante grande para proporcionarle vida regalada y holganza de potentado, con sus solas rentas; pero él no era hombre para someterse a reglas, y le fastidiaba pensar que pudiera limitar sus dispendios. Así es que tiraba el dinero a manos llenas, de una manera estúpida, que causaba indignación a cuantos lo veían. No había vicio que no profesara. Rendía adoración fervorosa a Baco, sin desdeñar a Birján; en tanto que Venus y Cupido le traían a todas horas desvelado. Estos tres cultos eran como otras tantas compuertas levantadas a la fortuna de su esposa, para que se escurriese; y, en efecto, se fue rápidamente por ellas, dejando en seco los cofres y cajas fuertes antes bien henchidos. La mísera esposa, por conquistar un momento de paz o algún halago fugitivo, dábale cuanto le pedía, firmábale todos los documentos que le presentaba, y se contentaba con pedir al Todopoderoso remediase aquella situación, ya que a ella le era imposible el hacerlo. Apenas obtenido el dinero, lanzábase Camposorio a los centros del vicio, donde lo esperaban sus cómplices, y presto lo derrochaba en banquetes, apuestas y bajas tenoriles conquistas. Habríale durado algún tiempo la riqueza, si al menos no hubiera jugado; pero era tahur rabiosísimo, y que no hallaba atmósfera respirable sino en los garitos. Allí dejaba los miles de pesos un día y otro con gran regocijo de los demás tahures, de quien era solicitado y adulado por su estúpida prodigalidad. Hacía gala de no afectarse por sus enormes pérdidas; y, en efecto, cuando se presentaba la carta adversa y veía desaparecer los montones de dinero que tenía delante, para ir a recrear el corazón de otros más afortunados, no se observaba una sola contracción en su rostro; no se ponía pálido, ni parecía sentir emoción alguna. Tal circunstancia le dio gran celebridad en los garitos, donde se hablaba mucho de su admirable sangre fría y de su caballerosidad en el juego. No faltaba, con todo, chusco que se mofara de ellas, diciendo que provenían de que jugaba la que no era suyo; pero la generalidad lo admiraba, y él, halagado por fama tan ruin, se tornaba día a día más estoico ante los azares del tapete verde, como si el dinero no se acabase, o como si fuese una cosa detestable, cuya fuga debiese causar complacencia.

Cuando la fortuna comenzó a decaer de un modo alarmante, sacó la esposa fuerzas de flaqueza, pensando en el porvenir de sus hijos, y no fue ya tan sumisa para darle dinero, y se negaba de vez en cuando a suscribir algunos documentos. ¡Nunca lo hubiera hecho! Entonces comenzaron para ella las penas mayores, las terribles y afrentosas, porque él no se paraba en medios para hurtarle el bolsillo, y era tan miserable, que le decía en su propia cara que era fea, que se había casado con ella sólo por su dinero, y que necesitaba sus doblones para conquistarse el amor de mujeres hermosas, que lo consolasen de su unión con ella. Y lloraba sin consuelo la pobre mujer, pero tenía la debilidad de hacer cuanto él le pedía, después de altercados largos y vergonzosos; y cuando no cedía a las amenazas, tenía que ceder a la violencia, porque aquel infame levantaba sobre ella la mano, y solía dejarla maltrecha y llena de contusiones.

Y sucedió al fin lo que tenía que suceder. Concluyó el caudal de la esposa, y se quedaron él, ella y los hijos destituidos de todo recurso, y en el más completo abandono. La iniquidad de Camposorio no conoció ya límites en aquella situación. Exasperado por sus privaciones y despechado por el menosprecio general, abrumábalo el peso de la familia, e irritábale la indisolubilidad de los vínculos que a ella lo ataban; y, furioso, y titulándose víctima de aquellos seres débiles que tanto lo amaban, extremaba para con ellos sus injusticias y maldades. Al fin, la pobre esposa, con el corazón destrozado, porque no podía dejar de amar a su marido, pero temerosa por la suerte de su tierna prole, determinó separarse de don Enrique, después de maduro examen, apoyada por un tío respetable y compasivo. Propúsole, pues, su separación voluntaria, uno de tantos días en que él levantaba la voz y la mano para maltratarla. Y aceptó Camposorio de mil amores la propuesta, aunque poniendo algunas condiciones, a saber: que había de vivir cada cual como pudiera; que ella había de cargar con los hijos, y que jamás le pediría dinero por ningún motivo. Obtenida respuesta satisfactoria, formalizóse el divorcio, y aquella pobre mujer, que nunca tuvo energía para defenderse cuando se trató de ella sola, halló la suficiente en su amor de madre para defender a su descendencia. Hízose, pues, la separación, con todos los trámites y los requisitos legales, quedándose la esposa con los hijos, según pacto expreso contenido en el convenio, y Camposorio recobró la perdida libertad, sacudiendo el pesadísimo yugo de los deberes. Y desde aquel día fue otro hombre, y comenzó a cobrar un poco de amor al trabajo, sin duda porque sabía de antemano, que él solo disfrutaría sus productos.

Aunque se reía de las leyes mexicanas y de nuestros gobiernos, hízose político para medrar pronto y con poco esfuerzo. Firmó postulaciones, organizó clubs e hizo multitud de farsas populacheras, que le granjearon la reputación de partidario activo y fidelísimo. Con esto logró una curul en la Cámara de Diputados de México, a donde trasladó sus reales y sus disipaciones, en calidad de hombre libre, pues maldito lo que le importaban su mujer y sus hijos, a quienes no escribía nunca. Mas fue tan relajada su conducta en la Capital, que no creyó prudente su partido sostenerlo en el Congreso, y, concluido su mandato, vióse obligado a volver a su ciudad más que de prisa. Pero, cosa asombrosa, los mismos próceres de la política que no juzgaron decoroso que aquel perdido perteneciese a la Representación Nacional, cargáronlo de cartas de recomendación para el gobernador del Estado, a fin de que le diese algún empleo. Y el gobernador, estimando aquellas cartas como órdenes sobreentendidas, se apresuró a complacer a los próceres, proporcionando a su recomendado un buen puesto; y, como por aquellos días vacase un juzgado en la capital misma, dióselo en propiedad. ¿Qué cosa más natural ni lógica que emplear a un abogado en la administración de la justicia; ni qué más debido que dar una colocación honrosa al amigo de personajes tan encumbrados? Y así fue como don Enrique Camposorio vino a desempeñar un cargo judicial, con grande admiración de los profanos, que no lo creían listo para nada; pero ¡qué va a saber el vulgo de lo que se combina y decide en las elevadas esferas del poder!

En obsequio de la verdad, debe decirse que, desde el momento en que se vio colocado en aquella delicada situación, supo moderar sus ímpetus libertinos, y, si no fue mejor que antes, porque subsistían en él los gérmenes pecaminosos de antaño, al menos lo parecía. Acaso bebía por las noches, y trasnochaba en garitos vergonzantes, jugando *paco monstruo, poker y baccará* en lugar de albures; acaso se consagraba al amor con multiplicadas reservas, a fin de que nadie lo supiese; lo cierto es que no llevaba ya la vida escandalosa de otras épocas, y tenía mayor asiento, seriedad y compostura. Desgraciadamente, como lo decíamos, al principio de este bosquejo, había venido un nuevo rumor, acaso más grave y deshonroso que los anteriores, a empañar su reputación: el de hacer inclinar la justicia hacia el platillo que los litigantes supiesen cargar con mayor peso de oro o plata. Nunca se había visto semejante cosa en aquella ciudad de costumbres patriarcales, donde se conservaba la prístina sencillez de tiempos mejores —a trueque de las fealdades y deficiencias inseparables de poblaciones de escasa importancia—; así es que Camposorio había adquirido una notoriedad inaudita y desventurada. Pero estos rumores, ya fuera porque no hubiesen llegado a tener comprobación hasta entonces, ya porque no hubiesen podido subir a las serenas cimas donde se ufanaban los grandes del Estado, no habían sido parte para conmover la sólida y ancha base de su situación, asentada sobre las benévolas recomendaciones de sus protectores de México.

A este respetable funcionario fue a quien se dirigió don Crisanto Jaramillo, tan luego como desembarcó del tren y sentó la planta en la capital del Estado. A fuer de prudente, no quiso presentarle su primer escrito sino después de haber explorado su ánimo con suma habilidad. Parecióle oportuno, para ello, invitarlo a comer al famoso *Restaurant Parisiense,* donde se servían suculentos manjares y vinos deliciosos. Camposorio y Jaramillo eran amigos viejos y habían sido compañeros en más de una aventura. Aunque no podían llamarse íntimos, se conocían, y, sobre todo, se entendían a maravilla. Nunca se supo lo que hablaron aquellos famosos abogados en el banquete que celebraron por vía de preámbulo judicial; lo único que consta, por la cuenta que les formó la administradora del establecimiento, que vigilaba el servicio y llevaba las cuentas desde elevado escritorio, es que la comida costó cincuenta duros, y que se vaciaron durante ella varias botellas de Chateau Iquem, Burdeos, Borgoña y Champaña, amén de aperitivos previos y de repetidas copitas de *pousse café* servidas al fin de la fiesta. Rojos del rostro, aunque no de vergüenza, sino por la excitación inseparable de la *bonne chère,* salieron ambos amigos del gabinete reservado que ocuparon, próxima ya la caída de la tarde, con ricos habanos en la boca y ramitos de flores coquetamente prendidos a la solapa de la levita.

A los pocos días de esa francachela, presentó Jaramillo su famoso escrito al juzgado de Camposorio, pidiendo el deslinde y apeo de la hacienda del Chopo, propiedad de don Miguel Díaz, de quien era apoderado, por haberse borrado las mojoneras que la separaban de las demás fincas inmediatas, y haber caído en indecisión sus límites verdaderos. Designábanse, por supuesto, en el escrito a los propietarios colindantes, y entre ellos, a don Pedro Ruiz, por el lado del Palmar, pidiendo fuesen citados para la práctica de la diligencia. Hízolo todo don Enrique, como se le pedía, por ser ajustado a las prescripciones del Código, y expidió exhortos a diferentes alcaldes para que practicasen las citas. Así fue como llegó a conocimiento de don Pedro el nuevo giro que habían tomado las cosas. Nada sabía de todo eso, hasta que el alcalde de Citala le notificó que tal día, a tal hora, esperase en los linderos del Palmar al Juez de la capital, que iría a practicar el deslinde del Chopo.

No era don Pedro hombre de arredrarse por el majestuoso aparato de los tribunales; así es que, no sólo no se inmutó al ser notificado, sino que más bien se alegró pensando que por aquel camino llegarían a tener las cosas un resultado más pronto y conveniente. No pudiendo salir de la hacienda por estar terminando la zafra, envió a Gonzalo a la ciudad para que hablase con su apoderado el licenciado Muñoz, y lo trajese consigo para que le prestase el auxilio de su ciencia y respetabilidad el día del deslinde. Y así fue como partió el joven obedeciendo las órdenes de su padre, y habló con el letrado acerca del asunto.

El señor don Gregorio Muñoz era hombre de más de sesenta años, alto, grueso y de aspecto imponente. Blanco, rubicundo y de cara ancha, parecía más bien que persona de los tiempos actuales, retrato animado de algún difunto personaje de los años de treinta o cuarenta. Tal vez producía esta impresión, porque usaba el corte de barba llamado en el país *polaca,* que consiste en dejar crecer nada más aquella debajo de la quijada inferior; y porque llevaba cuellos rectos y durísimos, ceñidos por incontables vueltas de una larga corbata, que parecía estrangularlo. No cambiaba jamás el corte de sus trajes. Vestía de negro. Usaba largas levitas de ancha solapa, abotonadas hasta la barba; sombrero de seda, de forma anticuada, y botas de charol. Tomaba rapé y ofrecíalo cortésmente a todas las personas que se le acercaban, sacando del bolsillo la caja de oro, a la que, antes de abrirla, daba algunos golpecitos para hacer que se despegase el polvo que solía adherirse a la tapa.

Era gran memorista el señor don Gregorio. Sabíase de corrido casi todos los Códigos, y numerosísimas leyes antiguas, inclusas las romanas, y todas las reglas de Derecho. Ostentaba una biblioteca riquísima.

En amplia sala rodeada de anaqueles de nogal, tenía distribuidos los libros, en perfecto orden de formación, semejantes a numeroso ejército distribuido en divisiones, batallones y escuadrones. Entre ellos figuraba un buen número de infolios en pergamino o de viejísima pasta, en cuyos lomos se leían con letra casi borrada los nombres de Parladorio, Covarrubias, Acevedo, Suárez y otros respetables expositores del antiguo Derecho. En realidad, aunque el señor Muñoz se había consagrado con todo el ardor que le era peculiar al estudio de los Códigos, y los conocía al dedillo, porque no los dejaba casi de la mano, no sentía hacia ellos la ternura que le inspiraban los antiguos españoles, desde el *Fuero Juzgo* hasta las *Ordenanzas de Bilbao,* a través de las *Partidas* y de ambas *Recopilaciones.* Siempre que podía, en una discusión, dirigir el curso del debate hacia esas viejas fuentes de nuestra legislación, ¡cómo se espaciaba hablando de sus *preceptos sapientísimos, honra imperecedera de España y de nuestra raza!*

Decían los mal intencionados que el señor Muñoz tenía más memoria que talento, y que, una vez puesto a la obra en la dirección de los negocios, no descollaba tanto en la táctica forense o en la profundidad de los razonamientos, como en las citas, alusiones y noticias bibliográficas de que salpicaba sus escritos; pero estas críticas no pasaban de ser murmuraciones de malquerientes o respiraderos de baja envidia, pues personas constituídas en tan alta posición como ese letrado, ni dejan de conquistarse la mala voluntad de los que pierden los pleitos, ni de tener émulos rencorosos entre sus mismos compañeros. La verdad es que don Gregorio sobresalía en ambas cosas, en el talento y en la memoria, de suerte que era la desesperación de sus contrincantes. Pues si se trataba de traer a colación algún texto, no había quién lo superase en la exactitud de la cita, y si de deducir las consecuencias que se desprendiesen de algún hecho, o de explicar o comentar alguna disposición legislativa, la penetración, claridad y soberana lógica de su discurso, se sobreponían a los débiles esfuerzos de sus contradictores. Su único y positivo defecto consistía en ser un tanto campanudo y ampuloso.

Usaba dentro de su estudio larga bata de rica tela, ajustada a la cintura por banda adornada con borlas vistosas; llevaba en los pies zapatillas de colores vivos primorosamente bordadas; y no se quitaba de la cabeza durante sus largas horas de trabajo, el pesado gorro griego, cargado de labores de oro y plata. Hablaba con voz reposada, poniendo entre las palabras estudiadas interrupciones, acaso con el propósito de recrearse con el eco de su propia voz y con el giro correcto de las frases. Tenía un lenguaje pulcro y altisonante, que usaba siempre y a todas horas, sin distinguir lugares, personas ni situaciones. A los rancheros y a las pobres mujeres de los presos —a quienes solía servir por filantropía— hablábales del *estatuto personal o real y del fuero jurisdiccional,* y disertaba en su presencia acerca del *fundamento en que descansaba el derecho social de castigar* y de las *teorías de Lombroso.* Acalorándose en la peroración, saltaba hacia los estantes, tomaba los libros con mano febril, abríalos en el lugar requerido, y leía en voz alta pasajes enteros, en latín o español, para la más perfecta demostración de su tesis. De aquí era de donde se habían cogido sus adversarios para llamarlo cómico y pedante, y para reírse de él con harta frecuencia. Lo cierto es que, visto don Gregorio por la superficie, y atendiendo sólo a estas manifestaciones de su carácter, veníanle como de molde aquellos dictados; pero que, estudiándolo conforme a su modo de ser íntimo y al móvil de sus acciones, no había justicia en tildarlo de tal suerte, pues si gustaba de exhibirse y empleaba grande aparato en su casa y persona, tambien es cierto que lo hacía sin segunda intención y sin darse cuenta de ello, sino siguiendo la corriente de su inclinación natural. Aquellos ricos, abundantes y pintorescos desbordamientos de su ser eran la expansión espontánea de su esencia íntima; pues había nacido, a la par que honrado, inteligente y laborioso, solemne y teatral desde que vino a este mundo, por arcanos e impenetrables designios de la rica y variada naturaleza. Echábase de ver en todo su propensión ingénita a exteriorizarse. Al marchar, andaba con los pies vueltos hacia afuera, como para mostrarlos en toda su longitud; agitaba los brazos en torno para ocupar el mayor espacio posible; y braceaba con las manos abiertas y extendidas, para enseñar a derecha e izquierda, y a cada movimiento, las palmas amplias y sonrosadas. Igual observación podía hacerse cuando hablaba. Gesticulaba con la boca de un modo exagerado, ora levantándola como si fuese a imprimir un ósculo en el aire, ora alargándola hasta donde lo permitía su notable flexibilidad, y dejando al descubierto dientes, colmillos y muelas, incluso la última y más recóndita, conocida por del juicio. Su estilo iba de acuerdo con estas manifestaciones materiales de su modo de ser; era desleído, altisonante, sembrado de preguntas, respuestas y admiraciones, esmaltado por constantes superlativos, y distribuido en períodos largos, ricos y numerosos.

Aquel imponente conjunto de méritos reales y ostentaciones características; aquel gran aparato de cualidades y defectos internos y externos, hacían de don Gregorio el hombre más importante de la ciudad, sin que pudiese decidirse si su universal aceptación y extensísima fama estribasen en su memoria o en su talento, en su gorro o en sus pantuflas, pues en realidad dependía de todas aquellas cosas reunidas: inteligencia, memoria, sabiduría, honradez, gorro griego, bata de cachemira y zapatillas bordadas. La imaginación humana se deja imponer por las perspectivas aparatosas, por las voces campanudas y por las *mises en scène* esplendorosas. Basta que un personaje se exhiba cubierto de relumbrones, grande, enfático, imperioso, viendo a la humanidad de alto a bajo, como proclamando que vale mucho, y que no hay quien le llegue al calcañar, para que la mayoría de las gentes caiga de rodillas llena de admiración y de reverencia. ¡No depende de otra cosa la aureola triunfal que rodea muchas frentes soberbias!

En el caso actual —repito— abundaba lo bueno y aun lo óptimo en aquel Papiniano, porque el licenciado Muñoz era persona de verdadera y grande importancia. Pero es inconcuso que si hubiese sido menos alto, o menos grueso, o hubiese hablado con voz menos campanuda, o no hubiese tomado repé, o se hubiese despojado de su gorro, bata y zapatillas, no hubiera sido reconocido tan pronto ni tan generalmente como un hombre excepcional, de aquellos que, como dicen los discursos panegíricos, vienen de tarde en tarde al palenque de la vida.

En la esencia y forma complejas que hemos descrito, era don Gregorio, por aquellos días en que fue a solicitar sus servicios nuestro amigo Gonzalo, una verdadera potencia en la ciudad, el hombre de confianza de los capitalistas, el albacea de las testamentarías ricas y el síndico de los concursos cuantiosos; el apoderado elegante y decorativo de toda persona que se estimaba y se exhibía.

Don Pedro Ruiz era su cliente antiguo. Fue uno de los primeros en reconocer sus prendas relevantes, aun antes de que la corriente de la opinión se arremolinase en su torno, como onda lisonjera de blando murmullo. En realidad, había entre cliente y apoderado, algo más que las relaciones meramente oficiales engendradas por el convenio de mandato; existían vínculos de aprecio mutuo y de verdadera amistad, en cuanto era compatible con la grandiosa manera de ser de don Gregorio.

Escuchó el licenciado Muñoz el relato de Gonzalo atentamente, y tan luego como concluyó, repuso:

—Eso no vale nada. Son enredos de Jaramillo. Dígale a su señor padre que no se preocupe por esa simpleza, y que para nada me necesita. Puede defenderse a sí mismo, con sólo mostrar sus títulos de propiedad, que están en toda regla.

—Desea que nos haga usted favor de ir al Palmar, señor licenciado —repuso el mancebo.

—Hombre, la verdad, tengo mucho quehacer pendiente, y le sería ruinoso a mi amigo don Pedro llevarme, porque tendría que indemnizarme de las utilidades que dejase de percibir...

Faltábanos decir que el amor al dinero era otro rasgo distintivo de don Gregorio. Hacíase pagar muy bien sus trabajos; nunca cobraba de más, pero no perdonaba un solo peso de los que le daba el Arancel; todos los apuntaba y reducía a moneda contante y sonante.

—Por esa parte no hay dificultad. Mi padre está dispuesto a darle a usted lo que le pida.

—¿De suerte que a todo trance quiere que vaya?

—Sí, señor, a todo trance.

—En tal caso, no hay más remedio. Nos marcharemos cuando usted lo disponga.

—Mañana mismo, porque el juez llegará pasado mañana a los linderos del Palmar.

—Arreglados. Mañana emprenderemos la marcha.

Y en efecto, salieron al día siguiente por el tren ordinario, en carro de primera. Envolvió don Gregorio para el viaje, la majestuosa persona en una enorme hopalanda de lino, vulgo cubrepolvo; calzó las manos con guantes de cabritilla, y llevó sombreras y sacos, y un mozo elegante, que no tenía más objeto que darle mayor lustre y decoro. Acudió don Pedro a la *Estación Ruiz* a recibir a su apoderado, en lujoso carruaje, y lo condujo a su casa de Citala, a través de las calles de la población. La gente sencilla del pueblo acudía presurosa a puertas y ventanas, al oír el inusitado ruido del coche, y quedaba boquiabierta al columbrar en el interior del vehículo, la imponente y grave figura del señor licenciado. No tardó en extenderse el rumor de la llegada de tan ilustre personaje.

—¿Ya sabe usted? —se decía—, ¡ha llegado el señor licenciado Muñoz!

—Sí, señor, está en la casa de don Pedro Ruiz.

—Hombre, no puede ser.

148

—Vaya usted a verlo; el señor cura, el presidente municipal, don Agapito Medina, todo el mundo está yendo a saludarlo.

Y en efecto, todo se volvía visitas, cumplidos y besamanos en el caserón de don Pedro; en tanto que los ecos emocionados repetían por los ámbitos de Citala, que había llegado el licenciado Muñoz.

XVI

Como la cita judicial para el reconocimiento de linderos entre el Palmar y el Chopo, fijaba las nueve de la mañana del siguiente día, fue preciso que don Pedro, el licenciado Muñoz, Gonzalo, don Simón Oceguera, Esteban, Smith y los demás sirvientes que los acompañaban estuviesen en pie antes de la salida del sol. Ruiz desempeñó el ministerio de despertarlos a todos, pues estuvo despabilado desde la media noche, por no haberlo dejado dormir su temperamento nervioso y la inminencia de acto tan solemne y trascendental.

Al señor licenciado Muñoz fue reservada la mejor mula; la más alta y hermosa, la de paso más blando y ligero. El respetable letrado cubrió la cabeza con un sombrero de jipi-japa de finísimo tejido y de anchas alas, envolvió al cuello gran pañuelo blanco de suave lino, resguardó los ojos con antiparras azules para evitar el aire, el polvo y el reflejo del sol, y se puso a la cabeza de la comitiva, como valiente general al frente de un ejército.

Comenzaba a clarear la mañana cuando el grupo se puso en marcha. Tomó por una calle sinuosa y descendente; cruzó el arroyo pedregoso que lame los cimientos de las últimas casas, lugar balneario de quejumbrosos cerdos, que acuden a su mermada corriente para refrescar el grueso e irritado vientre y para lavar los ásperos pelos cubiertos de cieno. En seguida comenzaron a caminar por la falda de la loma, siguiendo una vereda de ascenso tan suave que casi no se echaba de ver.

El Oriente mostrábase cárdeno y brillante. Largas nubes azuladas llenaban el horizonte de rayas paralelas orladas de luz, que dividían el cielo medio iluminado, en alternadas franjas brillantes y oscuras. La claridad cambiante del confín iba creciendo en intensidad y en extensión a cada instante, como hoguera atizada con inmenso combustible, al otro lado de los cerros. Los objetos medio velados por el crepúsculo, íbanse esclareciendo poco a poco; un fresco céfiro acariciaba con sus alas el rostro; y los pajaritos madrugadores, llenos de júbilo, hacían por todas partes deliciosa y alegre algarabía.

Tornóse más pronunciada la pendiente poco a poco, a medida que avanzaba la comitiva. Fuése impregnando gradualmente la atmósfera de aromas agrestes; vertía en el aire la salvia su suave esencia; el cacahuite de anchas hojas fatigaba el olfato con su olor penetrante. Por todas partes, al pie de los vallados de piedra, a la orilla de los fosos, crecía el tepopote de hojas finísimas y tupidas. Las varas de San Francisco, de color morado, erguíanse aquí y allá sobre la hierba; la barbudilla extendía su ramaje profuso costeando la vereda; las hiedras desplegaban sus vistosas y delicadas corolas, como finas copas alzadas al cielo para recibir el rocío; las níveas flores de San Juan ostentábanse en artísticos ramos formados por la mano de la naturaleza; y por todas partes, bordando el verde tapiz con vistosísimas labores, lucían las estrellitas blancas su belleza casta y purísima. Más arriba comenzaron los robles de anchas y duras hojas a destacarse sobre el terreno, primero como centinelas avanzados, luego como tiradores dispersos, y al fin como ejército apiñado y numeroso. Vinieron después los encinos de finas hojas a mezclarse con ellos; el madroño nudoso de rojos peciolos, apareció en zona más elevada; el lustroso ciruelo, que se viste sólo en la estación de las lluvias, extendió por la ladera su verde copa cargada de tiernos frutos; el fino palosanto, de pulida forma y hojitas pequeñísimas, alternó sobriamente con los otros árboles, como aristócrata entre villanos; y ya en lo más encumbrado de la montaña, levantaron los pinos sus copas verdes de follaje erizado, saturando el ambiente de bienhechora esencia, que ensanchaba el pecho y lo llenaba de infinito bienestar.

Al fin, después de varias horas de marcha, llegaron los jinetes al punto de la cita; esto es, al Arroyo de los Pinos, lindero entre el Palmar y el Chopo, a la orilla del Monte de los Pericos.

No era más este monte, que una caprichosa protuberancia de la sierra; una especie de giba elevada en el lomo gigantesco de la larga montaña de cumbre casi horizontal, que cerraba el confín, vista desde el valle, a modo de muralla. En realidad, mucho distaba aquel cerro de estar aislado, según la ilusión óptica de los que lo miraban desde abajo, así como de ser el más elevado de la serranía. Detrás de él, elevábanse otros más altos, y a la espalda de ellos, mirábase asomar la cabeza de otros y otros más elevados, que se sucedían a lo lejos, como en propagación infinita, por la extensión de la cordillera y por la inmensidad del cielo.

Era graciosa la forma de aquel monte casi esférico. Visto a distancia, como estaba tan poblado de árboles, tenía cierta apariencia de cabeza de negro cubierta de pelo crespo y oscuro. Como don Pedro había prohibido por muchos años cortar leña en aquel sitio, y aun ahora que comenzaba a explotarlo, hacíalo de modo que no se destruyese el bosque —con el propósito de conservarlo siempre hermoso y tupido— presentaba un aspecto delicioso por la profusión de los árboles, y por esa majestad peculiar a los sitios agrestes, donde la vegetación de hierbas y de plantas, hace lugar a otra más grande, severa y rumorosa.

Habían alcanzado gran desarrollo las frondas; estrechábanse y confundíanse en varios puntos, como si no hubiese en el cielo bastante espacio para que pudieran extenderse a sus anchas. El sol cayendo sobre su tupido follaje, no podía penetrarlo, como si fuese la compacta techumbre de un vasto templo, y sólo a trechos lograba deslizarse hasta el suelo por pequeños intersticios, dibujando cintas y franjas de oro sobre el tapiz agreste. Aquellos enormes y verdes penachos sacudidos por el viento, constante en las alturas, formaban un rumor grave y confuso, que infundía recogimiento y respeto en el ánimo. Sobre la superficie del monte extendíase sonora alfombra de hojas secas que, desprendidas de las ramas y holladas por los caballos, gemían querellosas al sentirse resquebrajadas. Estribaba principalmente la singularidad del sitio en ser abrigadero perenne de innumerables pericos, circunstancia que le había valido el pintoresco nombre que llevaba. La proximidad de la Barranca Honda, fecunda cuna de esos ruidosos volátiles, daba origen a la aglomeración de ellos en lugar tan repuesto y ameno. Apenas traspasado el lindero del monte, y antes de llegar a él, percibíase el gárrulo coro de aquellas aves, que volaban de rama en rama poblando el aire de sus voces estridentes. Oíaseles y veíaseles revolar por todas partes. Subían en bandadas de la Barranca a posarse en las frondas, o bajaban en gran número a ella, haciendo estrépito atronador con el movimiento de sus pesadas alas. Parecían conversar entre sí constantemente lanzando gritos ásperos y destemplados; y, según el acomodo, encanto y absoluto sosiego con que se habían posesionado de aquella cima, no parecía sino que la naturaleza se la había otorgado en propiedad irrevocable.

La ranchería formada por orden de don Pedro junto al arroyo, no había ahuyentado a estos pájaros, porque el amo había prohibido que se les cazase, y nadie se había atrevido a inquietarlos. Tan grande era el encanto que producía aquella naturaleza fresca y exuberante, que los jinetes, al llegar a ese punto final de la expedición, exclamaron que aquel sitio era delicioso, y que ni aun imaginado pudiera ser más bello.

Apeáronse en la ranchería para tomar el desayuno. Mozos de a pie, mandados con provisiones, habían llevado chocolate, café, leche y pan en grandes cestos. La equitación durante tan larga y penosa marcha, unida a la madrugada y al aire puro y vivificante de la montaña, habían despertado el apetito de los que formaban el grupo. Nadie quiso entrar en las chozas; prefirieron tomar la colación tendidos por el suelo, a la sombra del tupido follaje. El licenciado Muñoz fue el único que declaró no poder adoptar aquella postura bucólica, por tener torpes las piernas y duras las articulaciones; así es que se le proveyó de una mesita apercibida para tal objeto, y de una silla de tule para que pudiese sentarse. Colocada de modo tan superior enmedio del paisaje, disonaba la figura del abogado; porque mientras todo en Muñoz era artificio y estudio, en su torno, arriba y abajo, por donde quiera, reinaban incontrastables y francas las leyes de la naturaleza. Esto no impidió que don Gregorio tomase una buena taza de espumoso chocolate, hecho en una hoguera improvisada con ramas secas, dos grandes vasos de leche y una canasta de pan.

—¡Caramba! —dijo—, si pudiera llevar esta vida un par de meses, me pondría muy bien.

—Dirá usted mejor, señor licenciado —contestó don Pedro—. No conozco persona más bien conservada que usted. Está usted fuerte y derecho, y tiene toda la dentadura…

—De veras —repuso don Gregerio satisfecho—, y todavía no me salen las canas.

Gonzalo y Oceguera se dirigieron una mirada de inteligencia, y estuvieron a punto de reírse. Era público y notorio que el señor Muñoz se teñía el pelo y la barba, que en realidad, tenían ya el color de la nieve. Y no era difícil, por cierto, averiguar la verdad del hecho, pues saltaba a la vista que tan grave persona se entregaba en cuerpo y alma al uso del cosmético y de las negras tinturas. A las veces, cuando por motivo de sus constantes ocupaciones no podía teñirse con la frecuencia debida, descubríase la raíz de plata de su polaca y cabellera, lo que era contra natura, porque las canas se forman precisamente del modo opuesto, comenzando, como los volcanes, por la nieve de la punta. Y no era esto lo peor, sino que, recientemente hecha la operación de la pintura, solía mostrar rastros de ella el señor licenciado en el cuello, en las orejas y en el entrecejo, dándole aspecto de hombre desaseado; y en las uñas y puntas de los dedos, que tenían la disculpa de haberse manchado con la tinta de la pluma de escribir. Al cabo de algunos días de realizada la manipulación, iban tomando pelo y barba todos los matices del espectro solar. Por lo pronto, cuando el nitrato de plata acababa de requemar las blancas hebras, aparecían éstas tan negras como la noche. Lentamente iba rebajando la cerrazón del color, y barba y pelo se tornaban sucesivamente pardos, café, oscuros, rojos, violáceos, y aun en ciertas ocasiones, verdes y amarillos. Con asombro mirábase algunas veces al estirado jurisconsulto, a más de ceñido por luenga levita abotonada hasta el cuello, coronado por imponente sombrero de copa y con bastón de borlas y puño de oro en la mano, ostentando una cabellera tornasolada, que cambiaba de matiz según la posición del espectador, cual si fuese de concha nácar; y sentíase una grande hilaridad distribuida en el sistema nervioso, ante aquel espectáculo. Porque no hay nada más divertido en este mundo, que el contraste de lo solemne con lo ridículo.

Por fortuna vino a evitar la explosión de una carcajada general, la noticia dada por uno de los vaqueros en los siguientes términos:

—Ay viene el *fuez,* señor amo.

—¿Dónde? —preguntó Ruiz levantándose.

—Lo vide del otro lado del arroyo: viene muncha gente con él.

—Llega en punto de las nueve —dijo don Gregorio consultando el gran cronómetro suizo, que llevaba metido en una bolsita de gamuza.

Ladraron los perros de los jacales, dando indicio de que se acercaba la cabalgata; hubo movimiento inusitado en la ranchería; salieron las mujeres a las puertas de las chozas; y los mozos, un poco emocionados por la proximidad del enemigo, permanecieron apartados, dirigiendo los ojos al punto por donde tenía éste que presentarse. Al fin apareció Jaramillo guiando la expedición. Venía radiante de júbilo, hecho un ranchero; con pesado sombrero afelpado, de gruesas toquillas y complicados adornos, y armas de pecho peludísimas y nuevas. Montaba un caballo matalón, al que levantaba las riendas para que tomase aspecto de bucéfalo. Había en su rostro limpio y anguloso, una sonrisa que podía ser benévola o burlona.

Se dirigió, antes de todo, al licenciado Muñoz, a quien saludó con fingido respeto; luego les dio la mano a don Pedro, a Gonzalo y a Oceguera, como si no fuese el *deus ex machina* del enredo, risueño y con mucho aplomo. Tras él venía el juez en buen caballo y silla inglesa, con polainas, sombrero de corcho, guantes, acicates y latiguillo. Blanco y sonrosado, de barba corrida y recortada en punta al extremo del rostro, luciendo limpia y cuidada dentadura, tenía en verdad don Enrique Camposorio un aspecto cultísimo; parecía un parisiense salido de los bulevares para dar un paseo por país conquistado.

—*Bon jour* —dijo dirigiéndose a don Gregorio y levantando el sombrero dos o tres pulgadas sobre la cabeza. Acostumbraba mezclar palabras francesas en la conversación a cada paso, y tenía a gala cometer el mayor número posible de galicismos. Luego saludó a los demás circunstantes.

Don Miguel apareció a la postre, sobre los lomos de alto y poderoso alazán, hecho un brazo de mar por el lujo de la silla, freno, espuelas, traje y sombrero; con la gran barba partida en dos mitades, a la Maximiliano, dejando flotar sobre un hombro y otro las puntas rizadas y sedosas. Contentóse con tocarse el sombrero, saludando a los presentes, desde a distancia.

Venía también en el grupo don Santiago Méndez, sólo por respirar el aire del campo, según decía, y deseoso de ver si intervenía en la diferencia de Ruiz y Díaz en obsequio de la paz. A fuer de político, llegó hecho unas mieles, manifestando al licenciado Muñoz la más alta consideración, abrazando a don Pedro, y chanceándose con Gonzalo y Oceguera.

Era formidable el cortejo de mozos armados que acompañaban a don Miguel; semejaba una partida de revolucionarios, más que muchedumbre de sirvientes pacíficos. Llegaron haciendo gran ruido, y detuviéronse a corta distancia, mirando a los de la ranchería con ojos de perdonavidas. Estos, a su vez, les lanzaban miradas hostiles.

Aun no concluían las salutaciones cuando aparecieron don Agapito Medina y su hijo Luis. Habían sido invitados por don Miguel, y acudían a presenciar el gran acontecimiento que tenía conmovidos y como en suspenso a los hacendados de los alrededores.

Luis se aproximó a Gonzalo para estrecharle la mano.

—No creas —le dijo—, que mi padre y yo venimos como partidarios de don Miguel; no traemos más objeto que ver el Monte y pasar el día en compañía de ustedes.

—Lo comprendo —repuso el joven—, pues a ustedes no les interesa esta cuestión ni poco ni mucho.

—De manera que no vayas a llevar a mal verme en el grupo de los enemigos.

—No tengas cuidado; además de que aquí no hay enemigos, porque a mi mismo tío no lo veo como a tal. Si en mi mano estuviera, acabaría luego la diferencia.

Y siguieron conversando ambos jóvenes en la mejor armonía.

En esto oyóse la voz de Jaramillo:

—Está bien, señores, basta de besamanos; a lo que venimos, venimos. Vamos al lindero del Palmar —y espoleó su pesada cabalgadura hacia el centro del Monte.

—Aquí está el lindero —dijo don Pedro extendiendo la mano sobre el arroyo.

—No, señor —replicó don Miguel con violencia—, éste no es, está al otro lado del Monte.

—La línea es ésta —insistió Ruiz—. Va por el Arroyo de los Pinos, que es ése que ven ustedes allí abajo; el que acaban de pasar. El Arroyo nace al pie del picacho del cerro Colorado y termina en la Barranca Honda, por donde corre el río Covianes.

—La misma tonada de siempre —vociferó don Miguel aproximando el caballo y manoteando—; es el pretexto que alega para apoderarse de este terreno.

—Poco a poco, compadre, yo no me apodero de cosa alguna; usted es quien trata de arrebatarme mi propiedad.

—En eso me ofende.

—Usted es el que me ofende a mí...

Ambos compadres tenían la sangre subida al rostro y se miraban con ojos flamígeros. Los circunstantes los oían altercar, con la aprensión de que el desagrado pasase a cosas mayores, en tanto que Camposorio sonreía encantado con la disputa. En su interior burlábase de aquellos rancheros salvajes, que eran capaces de sacarse las entrañas por un palmo de tierra.

—¡Orden, señores, orden! —dijo sin dejar de sonreír.

—El señor me provoca —objetó Díaz.

—No hago más que responder a sus groserías —repuso Ruiz.

—Como quiera que sea, conviene que no hablen ustedes sino cuando se les pregunte algo —ordenó el juez con voz soberana—. Para eso traen sus abogados. Déjenles la palabra a los señores Muñoz y Jaramillo.

—Negocio arreglado —dijo don Pedro—; lo único que sostengo es que ésta es la línea divisoria. Aquí el señor don Gregorio me hará el favor de ocuparse de la cuestión de leyes.

—Conque —prosiguió Jaramillo—, nada tenemos que hacer aquí, vamos a la línea.

—Esta es —dijo Muñoz, señalando al arroyo—; ésta es la línea.

—No —insistió el primero—, la línea está más adelante. En marcha, señores, estamos perdiendo el tiempo. Y estimulando el caballo con las espuelas, adelantó algunos pasos. El grupo de don Miguel se puso en movimiento.

—Espere usted, señor juez —dijo Muñoz.

—Luego conversaremos, señor licenciado; ahora vamos al lindero —repuso Camposorio.

—¿No ha oído usted hemos dicho que éste es?

—No sé si será.

—Los testigos que le presentamos en la ciudad, lo declaran.

—Pero la parte contraria ha presentado otros testigos que dicen cosa diversa.

—¿De manera que usted decide que no es ésta la línea?

—No decide nada —saltó Jaramillo viendo al juez en apuros—, sino que no puede detener la diligencia. Nosotros la hemos pedido y tiene que llevarse a efecto.

—Sí señor; pero sin atropellar a nadie.

—A nadie se atropella, señor licenciado —repuso Jaramillo con tono zumbón—. El Código prescribe terminantemente que no deje de practicarse el deslinde, a pesar de las observaciones de las partes. Usted lo sabe mejor que yo.

—La información testimonial que hemos rendido, debiera evitar esta invasión de propiedad ajena, porque es muy clara y proviene de testigos numerosos, idóneos y conocedores de los hechos.

—Y yo le digo, señor —repuso el juez impaciente—, que don Miguel ha presentado también testigos, que declaran ser el lindero entre ambas fincas, el Arroyo de los Laureles, que baja... ¿de dónde? —preguntó volviéndose a Jaramillo.

—De las Cuchillas —repuso éste señalando un punto hacia adelante.

—Muy bien —dijo Ruiz con tono burlón—, eso me coje también el Robledal, que está más abajo. Siguiendo así las cosas, resultará que hasta la casa de la hacienda queda fuera del lindero.

—¡Quién sabe si hasta eso no sea suyo! —exclamó don Miguel soltando una bronca y antipática carcajada.

—Orden, señores —repitió el juez—. No tienen ustedes para qué tomar parte en la discusión, estando aquí sus apoderados. Si vuelven a emprender un nuevo altercado, tendré que hacerme respetar.

—No tenga cuidado —dijo don Miguel—, ya no diré nada, aunque me queme.

Don Pedro se contentó con lanzar una mirada furiosa a su compadre.

—Con permiso de usted, señor Muñoz, pasamos adelante —agregó Camposorio—; puede usted venir para continuar haciendo sus observaciones.

—No —dijo don Gregorio—; el juzgado no puede pasar adelante. El Monte es propiedad de don Pedro Ruiz, como lo demuestra la escritura que presentó. Léala usted, señor juez. —Y se la dio a Camposorio.

Leyóla el funcionario de mala gana, y, aunque vio que era terminante, y demostraba plenamente la tesis sostenida por Muñoz, dijo, cuando hubo concluido, volviéndose a éste:

—¡Y bien! ¿qué tenemos con eso?

—Que no puede usted pasar adelante, porque el Código se lo prohibe. Cuando en el acto de la diligencia alguno de los interesados presenta un instrumento público que demuestra ser quien lo exhibe dueño del terreno, se interrumpirá la diligencia, dice el artículo...

—A ver la ley.

—Aquí la tiene usted, éste es el artículo...

Camposorio vacilaba, pues el punto era clarísimo, y terminante el texto que se le ponía ante los ojos. Viendo su perplejidad, acercósele Jaramillo y hablóle por lo bajo, mientras fingía buscar nuevos textos en el libro.

—¿Qué resuelve usted? —preguntó don Gregorio exasperado y con voz estentórea.

—El caso es difícil; necesito meditarlo. No se puede resolver de un momento a otro.

—Nada; está previsto por la ley. ¿La obedece usted o no?

—No creo que deba hacerlo...

—¿No cree usted que deba obedecerla?

—Para no lastimar los intereses de nadie —concluyó el juez después de un rato de meditación—, haré lo siguiente: tomaré en consideración lo que usted me dice, y haré que se practique el deslinde en este punto...

—Perfectamente.

—Pero una vez concluido, pasaremos a la otra línea, y practicaremos el que indica el señor licenciado Jaramillo.

—Y yo protestaré contra semejante medida —exclamó Muñoz—, porque será no sólo ilegal, sino atentatoria.

—Poco a poco, señor licenciado —objetó Camposorio irónicamente—; no hay que descompasarse ni que perder los estribos.

Pero no hubo remedio; quedó resuelto que así había de hacerse, y fueron inútiles las discusiones de don Gregorio acerca del respeto debido a la propiedad, a la ley y a los instrumentos públicos. Todo estuvo muy bien dicho, y los circunstantes no pudieron menos de aplaudir la ciencia y la elocuencia del letrado; pero como no hay peor sordo que el que no quiere oír, y como Camposorio había ido a cumplir el capricho de don Miguel, manifestóse inflexible, y, con el imperio que le daba su posición, sostuvo el acuerdo.

Apeáronse los jinetes mientras se practicaba el primer deslinde y recibiéronse las declaraciones de los testigos de identidad, que dejaron perfectamente establecido cuáles eran el Arroyo de los Pinos, el Picacho del cerro Colorado y la Barranca Honda. Los peritos, a pesar de que no había línea alguna que trazar, supuesto que estaba constituida y marcada por un lindero natural tan notorio e imborrable como aquel arroyo, por indicación de Jaramillo, que procuraba hacer el cuento largo, armaron los teodolitos, niveláronlos y apuntaron el anteojo hacia el picacho del cerro Colorado. Era digno, en verdad, de ser visto y admirado aquel hermoso apéndice. A distancia parecía de medianas dimensiones; ya que en aquel sitio y aun a la simple vista, destacábase imponente en la altura. Observado con el anteojo, revelábase tan grande y gigantesco, como nunca lo hubieran sospechado los habitantes del valle, a quienes se les figuraba simple roca, elevada y desnuda sobre la cima. En realidad, era una montaña sobre otra: Peleón sobre Osa. Predilecto de las nubes, mirábase frecuentemente envuelto en ellas, como en manto real de armiño; otras veces las atravesaba triunfante, y destacándose sobre la blanca línea horizontal, parecía ofrenda presentada a los cielos en inmensa salvilla de plata. En aquellos instantes proyectábase enhiesto en el espacio, sin bruma ni nube que le velase, y se manifestaba tan grande, imponente y abrupto, que inspiraba tanto deleite como pasmo. Los circunstantes acudieron por turno a poner la pupila en el anteojo para gozar el encanto de tan espléndido cuadro.

Entretanto que trabajaban los peritos, echóse la comitiva a descansar sobre el verde tapiz, a la sombra movible de la arboleda, enmedio de una atmósfera saturada de emanaciones bucólicas y de gritos de loros y rumores del céfiro. Los caballos atados a los árboles, y libres del incómodo freno, inclinaban gozosos la cabeza pastando la hierba apetitosa, y sacudían la crin y la cola en señal de regocijo. Los jinetes, con las piernas cruzadas hacia delante al estilo turco, sentían más o menos la belleza del paisaje; y ninguno la vio con indiferencia, ni aun el mismo parisiense Camposorio. A poco aparecieron las botellas de coñac, que pasaron de mano en mano; y la gran diligencia judicial, que amenazó ser tan fastidiosa, convirtióse en ruidoso y alegre festejo. Entabláronse animadas conversaciones, refiriéndose anécdotas, historias e historietas, y entonáronse algunas cancioncillas por los rancheros que tenían buena voz, con alborotado acompañamiento de pericos. Sólo don Pedro mantúvose apartado del grupo, grave y taciturno. Los licenciados se reunieron para hablar de cosas del oficio, olvidando por un momento que eran suizos destinados a defender causas diversas. Y así se pasó el rato en grata conversación y compañía.

Cerca de las doce, don Miguel, el juez y su comitiva despidiéronse para ir a comer al Chopo, quedando comprometidos a volver a aquel sitio a las tres de la tarde para continuar la diligencia. Don Pedro y su gente comieron en el Monte sobre el césped, excepto don Gregorio Muñoz, quien siguió disfrutando el privilegio de la silla y de la mesa. No por servirse los manjares en el humilde suelo, ni por hacer de comedor la cumbre de una montaña, fueron aquellos escasos, corrientes o de mala calidad; era hombre don Pedro que sabía hacer las cosas, y las había dispuesto tan bien y con tanta largueza, que, con sorpresa general, abundó en la comida lo mejor y más exquisito, no obstante parecer aquel sitio predestinado para la abstinencia del anacoreta. Mozos de a pie, que recordaban a los antiguos *tamemes* u hombres acémilas del tiempo de la conquista, habían subido por aquellos desfiladeros, cargados de grandes cestos donde vinieron los manjares, la loza, la cristalería, los manteles y las botellas. Así fue que, tendido el blanco lino sobre las hojas secas, y repartidos los platos y cubiertos, fue servido a la concurrencia un banquete en toda forma, al cual nada hizo falta, ni la sopa humeante, ni el asado suculento, ni las verduras, ni los postres, ni la tacita de café aromático; todo alternado con la indispensable copa de jerez al principio, el vino tinto en el medio y la champaña y el coñac para concluir. Los ecos del Monte de los Pericos resonaron azorados al oír el estampido de los tapones de la *Viuda Clicquot Ponsardin,* que parecía como fuego de fusiles abierto sobre aquellas vírgenes soledades.

Fue general la alegría, sin que nadie empero achispase. Sólo don Simón Oceguera y el licenciado Muñoz rnanifestáronse un tanto más entusiastas y comunicativos que de ordinario.

—Lo que soy yo —dijo Oceguera—, respondo con la cabeza de que don Miguel no gana la cuestión. Si acaso la ganara en lo judicial por enredos de su licenciado, ni yo ni los demás sirvientes del amo don Pedro habíamos de permitir el despojo. Lo impediríamos a lo hombre.

—¡A mí me encanta Oceguera! —exclamó Muñoz con rostro placentero.

—Favor que me hace su mercé.

—No, amigo, es justicia que usted se merece.

—Lo que importa es que no se deje ganar su mercé por ese licenciado Jaramillo, que tiene cara de bellaco; sería una vergüenza...

—Se hará cuanto se pueda, amigo —repuso don Gregorio apurando una copa.

—Con permiso de su mercé, voy a echar un brindis. ¿Me dispensa el atrevimiento?

—Hombre, haga lo que guste.

—Pos brindo porque a don Miguel se le quite lo testarudo y lo envidioso; porque este Monte no pertenezca nunca al Chopo, mas que nos *atirantemos* todos los habitantes del Palmar; porque el amo don Pedro gane todas las cuestiones que tiene con su compadre; y porque al licenciado Jaramillo se lo lleven los demonios.

—Amén —dijo el licenciado batiendo palmas.

—Ahora le toca a usté, señor licenciado —dijo don Simón.

—Sí, señor —apoyó Gonzalo—; si usted nos hace ese favor.

—¡El señor licenciado! ¡El señor licenciado! —gritaron Estebanito, Oceguera, y un coro de voces.

—Está bien, señores, con mucho gusto.

Don Gregorio sacó la caja de rapé, le dio los golpecitos de ordenanza con el índice de la mano derecha, la abrió y les ofreció un polvo a los circunstantes, sin duda con el propósito de ganar tiempo. Tomó por anticipo dos buenos sorbos de champaña, y en seguida se puso en pie, con la misma solemnidad con que lo hubiera hecho en un banquete oficial, o en la Cámara de Diputados de la Unión.

—*Grandísima y nobilísima* es —dijo—, la profesión del abogado, señores. Defender la justicia, sacar la espada en favor del débil, sostener el imperio de la ley, batallar en favor del orden y de la paz sociales... ¿qué puede haber más digno y glorioso en la labor humana? Por mí sé decir que me consagro al desempeño de la abogacía con inmenso orgullo, no como el mercenario que trabaja en favor de cualquier causa por ganarse el pan del sustento, sino como el sacerdote que ejerce su ministerio con devoción, recogimiento y respeto... —¡Bien! ¡Bien! —exclamó Oceguera—. Pero nunca abrazo la defensa de ninguna causa con mayor entusiasmo, que cuando se trata de la de un amigo *queridísimo,* como es para mí don Pedro Ruiz, mi viejo cliente. Para defender sus intereses, me parece pequeño todo esfuerzo... —Eso, eso —murmuró Oceguera—. Señores, nos encontramos en el Monte de los Pericos, que es el terreno disputado por don Miguel Díaz con mala fe *marcadísima.* En este sitio *bellísimo* declaro con toda la energía de que soy capaz: primero, que el pleito seguido por don Miguel es *injustísimo,* y segundo, que pondré de mi parte lo poco que soy. —¡Es usted mucho! —gritó Oceguera— lo poco que valgo... —¡Vale usted mucho! —observó el mismo—para impedir que se realice el despojo meditado por ese compadre inicuo, por ese colindante invasor y agresivo. Ustedes son testigos de mi juramento; lo digo en presencia de esta hermosa naturaleza, que ostenta sus galas en derredor nuestro, en presencia de esos árboles gigantescos que nos dan sombra, en presencia...

—De esos verdes pericos —concluyó Estebanito creyendo decir un chiste de buen gusto. Don Gregorio se volvió a él con ojos centelleantes. La concurrencia estuvo a punto de desternillarse de risa; pero dominó, aunque a duras penas, la hilaridad, y, después que Gonzalo hubo impuesto silencio con indignación al tenedor de libros, continuó sin desconcertarse y casi a gritos el gran orador:

—¡En presencia de esos pericos alborotados, que parecen escandalizarse de las pretensiones del invasor, y que no cesan en su lengua particular, de protestar contra su inaudito descaro, desde que lo vieran, no ha mucho, profanar con su osada planta esta tierra consagrada por el trabajo y defendida por el derecho!

Una tempestad de aplausos siguió a esas palabras grandilocuentes, a esa salida *habilísima,* a ese triunfo alcanzado por la elocuencia sobre el escollo de la ridiculez; aquella ridiculez creada por la necedad de un pobrete mal aconsejado, a quien probablemente habían trastornado un tanto el seso los humos de la champaña. Uno por uno fueron llegando los circunstantes a abrazar al insigne orador, quien recibió con grata efusión las manifestaciones de admiración y de entusiasmo que se le tributaron. Esteban llegó al último.

—Señor licenciado, quiero que me haga el favor de dispensarme.

—Amigo, usted ha querido jugarme una mala pasada.

—¡Dios me libre!, señor licenciado, no supe lo que dije...

—Puede usted creerle, señor don Gregorio —saltó don Pedro—; este pobre muchacho es inofensivo.

Echóle Muñoz una mirada escudriñadora examinándole de alto a bajo, y hallólo tan enclenque, encogido y bueno para nada, que se convenció de la verdad de lo que se le decía; así es que, soltando una carcajada, enlazó con sus brazos atléticos el talle desmedrado del tenedor de libros, diciéndole:

—¡Eh! hombre a estas alturas —e hizo signo con la mano, como de tomar una copa— todo es broma, y todos estamos de broma. Además, a la vista de los loros ¿a quién no se le antoja hablar como ellos, sin saber lo que se dice?

—¡Je! ¡je! mil gracias —repuso Estebanito medio penetrado de la intención de don Gregorio, y riendo con dificultad—, mil gracias.

En esto llegó la hora de continuar el trabajo, y recogiéronse los manteles y utensilios del servicio, y se apercibieron los caballeros para continuar la expedición. No tardaron en llegar el juez, don Miguel y demás personas que los acompañaban.

—Una palabra —dijo don Gregorio antes de que los grupos reunidos emprendieran la marcha—; a nombre de mi poderdante don Pedro Ruiz, protesto de la manera más solemne contra la invasión de su propiedad y contra el menosprecio del Código, y protesto asimismo hacer uso de todos los recursos legales para obtener una reparación plena.

—Con todo y eso —repuso el juez desdeñosamente— adelante, señores, no hay que perder tiempo. *¡Je en m'en fiche pas mal!*

—Está bien —repuso don Gregorio—; pero quiero que mi protesta conste en el acta.

No hubo remedio. Don Gregorio era tenaz como pocos, y obligó al secretario a apearse del caballo y a escribir la protesta bajo su dictado. Con ella concluyó el acta de la mañana, que aun no se cerraba, y fue suscrita por el juez, las partes, sus abogados, los peritos y el secretario.

Concluido el incidente, púsose en marcha el pelotón, y como a las cuatro de la tarde llegó al Arroyo de los Laureles, después de haber cruzado el hermoso bosque de añosos robles que se agrupa al pie del Monte de los Pericos, hacia el interior del Palmar. Allí se detuvo la comitiva, y sacó don Miguel de las cantinas una escritura muy vieja, que entregó a Jaramillo.

—Este es —dijo Jaramillo—, el legítimo lindero del Chopo con el Palmar. Así lo dice el título primordial de la hacienda: "Por el Norte —continuó leyendo— linda con un sitio llamado Palmar, y llega la línea hasta el arroyo que baja de un cerro Colorado, a la orilla de un monte tupido..." Ese es el monte señor juez —prosiguió tendiendo la mano hacia el próximo cerro— éste el arroyo, y el bosque tupido, el robledal que acabamos de pasar.

—El título del señor Díaz —objetó el licenciado Muñoz—, coincide perfectamente con el de mi poderdante. El arroyo de que en él se habla, es el de los Pinos; el cerro Colorado es el que vimos allá —todavía conserva su nombre—; y el monte tupido es el de los Pericos.

—No, señor juez, éste es el lindero, y éste el monte que aquí se menciona —objetó Jaramillo.

—¿Pero no ve usted, compañero, que ese no es el cerro Colorado, sino el de las Cuchillas?

—Así se le llama en el título.

—Pero ¡si nada tiene de colorado!

—Los antiguos eran unos bárbaros —repuso Jaramillo con desplante—; no entendían de colores ni de nada. Eran capaces de llamar negro a lo blanco.

—Eso no pasa de ser un chiste, compañero. Además, usted acaba de leer que la línea divisoria con el Palmar llega hasta la orilla de un monte tupido. Llega, compañero, llega, no pasa; por consiguiente, el bosque de que se trata es el de los Pericos, porque el Arroyo de los Pinos está precisamente al comenzar ese monte.

—Este arroyo está también en la orilla de un bosque, *¿n'est ce pas?* —objetó Camposorio.

—Sí, señor; pero no *al llegar al bosque,* sino *al concluir.*

—Eso no se expresa en la escritura —insistió Díaz.

—Es precisamente lo que se expresa.

—En fin —dijo el juez enfadado— veamos qué es lo que dicen los identificantes, y nos quitamos de historias.

Procedióse al examen de dichos testigos, y, aunque estaban preparados y aconsejados los de don Miguel, fueron desmentidos y derrotados por los de don Pedro. No, el cerro de las Cuchillas era uno, y el Colorado era otro; que lo preguntaran a quien quisieran, hasta los ciegos lo sabían. El cerro Colorado era el que estaba al otro lado del Monte de los Pericos, y solamente los *frasteros,* los que no conocían aquellos terrenos, podían decir otra cosa. Pero Camposorio fue inflexible. Su plan, dijo, era que se trazasen dos líneas divisorias y se practicasen dos deslindes, para aprobar después el que le pareciese más ajustado a los títulos. Había oído ya las razones de ambas partes y las declaraciones de los testigos de identidad, conocía el terreno, se había penetrado de la cuestión y podría resolver con acierto.

Tornaron, pues, los peritos a armar sus instrumentos y a nivelarlos, y toda la tarde se pasó en aquellas ocupaciones.

Entretanto Camposorio y Jaramillo no dejaban de menudear los tragos de coñac. Eran los mozos los cantineros que llevaban el repuesto de botellas; las destapaban y las ofrecían a los concurrentes, y, siguiendo el ejemplo de los amos, se habían achispado también, de suerte que tan candentes se hallaban los ánimos, que cualquier disputa habría bastado para producir una terrible y general conflagración.

Jaramillo, a pesar de su aturdimiento, lo comprendía, y como era hombre de poco ánimo, propúsose observar la mayor compostura posible, y desplegar su talento conciliador en aquellas circunstancias. Así que acercóse a los más importantes de los presentes y les habló con afabilidad, teniendo para cada cual una broma, una lisonja o un trago de coñac, según el caso.

—Vamos, don Pedro —dijo aproximándose a Ruiz— ¿por qué está usted tan retraído? Véngase por acá para que charlemos.

—No me gusta charlar —repuso Ruiz secamente.

—Hombre, no sea usted rencoroso; ya ve: los abogados vivimos de los pleitos.

—Sí, ya sé que vive usted de los pleitos.

—No sea malo, don Pedro —repuso Jaramillo riendo con bajeza. ¿No quiere echarse un trago de coñac?

—Nunca bebo.

No fue posible mover aquella roca; de suerte que tuvo que retirarse Jaramillo, aunque lleno de rencor por el desaire. No pudiendo vengarse directamente de Ruiz, cuyo aspecto severo y varonil le infundía temor, acercóse a Gonzalo y le llamó aparte. El joven, más abierto y espontáneo que su padre, y rebosando buena intención y afecto para todos, recibiólo con afabilidad.

—¿Un trago, don Gonzalo? Aquí donde no lo mira su papá.

—Está bien, señor licenciado, mil gracias —y apuró el joven un poco del contenido de la botella.

—Ya considero cómo estará de apenado por lo que pasa.

—Sí, señor, estoy muy afligido... entre la espada y la pared, como suele decirse.

—Por un lado su papá; por otro Ramoncita.

Gonzalo hizo con la cabeza señal de asentimiento.

—Tiene usted razón —prosiguió Jaramillo—. El caso es grave; Dios sabe qué resultado podrá tener este pleito para usted y para ella.

—Espero en Dios que ningunos malos, señor licenciado.

—Ojalá así sea. Pero, mire usted —dijo Jaramillo bajando la voz y como en tono confidencial—, es preciso que ande usted con mucho cuidado, porque su señor suegro tiene el propósito de impedir a toda costa que usted se case con su hija.

—Sí, ya lo sé; pero ella me quiere.

—Las mujeres son muy variables.

—Ramona es juiciosa y sincera.

—Sin embargo, no tenga usted mucha confianza. Obsérvela y esté prevenido para todo.

—Gracias por el consejo; tengo fe absoluta en su cariño.

—Bueno... De todas maneras, estimo conveniente ponerle a usted en autos. Aunque sea yo el apoderado de don Miguel, no los quiero mal a ustedes, ni a usted ni a su padre... a pesar de que él no me quiere. ¿Qué tiene que ver el ejercicio de la profesión con la estimación de las personas?...

—Y más a usted, que no me ha hecho nada...

—Mil gracias.

—Pues bien, sólo por esto se lo digo, aunque se enoje el señor Díaz... Ahora que comimos en el Chopo, observé algo que no me gustó... por usted, entre Ramoncita y Luis Medina.

Gonzalo sintió una angustia súbita, y se puso densamente pálido.

—Juntos estuvieron en la mesa, hablándose con mucho agrado y llenándose de consideraciones.

—Ramona es muy fina y bien educada...

166

—No; pero aquello fue demasiado. A todo el mundo le llamó la atención. Y como don Miguel no cesa de decir que Luis es quien le gusta para yerno, ella no puede ignorar que su conducta respecto de él debe ser muy precavida.

—La gente es maligna, señor licenciado; pero, ya le digo, tengo plena confianza.

—Vale más así —concluyó Jaramillo riendo—; pero le repito, es menester que vigile mucho, porque el joven Medina anda muy interesado, y a ella no le parece mal... En fin, usted sabe lo que hace. Para concluir, le suplico guarde reserva acerca de lo que le acabo de decir, porque si no, pensaría don Miguel que lo traicionaba.

—Pierda usted cuidado, a nadie le diré nada —repuso Gonzalo procurando, aunque en vano, dominar la emoción.

Jaramillo al despedirse del joven quedó satisfecho, pensando que lo había hecho pasar un mal rato.

—Ya tiene sarna que rascar por varios días —dijo para sí con fruición.

Gonzalo, entretanto, se entregaba a amarguísimas reflexiones, pues si bien descansaba plenamente en la rectitud del corazón de Ramona, no podía menos de alarmarse al oír amonestaciones como aquella; que, a fuer de enamorado, era profundamente celoso. Irritábale pensar que Ramona hubiese estado sentada a la mesa junto a Luis, que le hubiese dirigido la palabra, y que le hubiese sonreído, pues se le figuraba que aquellas cortesías le pertenecían a él solo, y que le habían sido sustraídas y robadas de una manera cruel y perversa. En su pronunciado egoísmo, hubiera querido que Ramona no tuviese ojos sino para él, ni voz sino para él; ser en torno suyo, la atmósfera que la envolviese y la luz que penetrase por sus pupilas, incendiándolas y cegándolas para que no viesen más que a él. Colérico y huraño, esquivó la compañía de Luis el resto de la tarde, y alejóse de su lado cuanto pudo, y como éste lo seguía a donde quiera que iba, al fin resolvió marcharse de aquel sitio, porque le era insoportable la vista de tan amable y cumplido joven.

Al pedir a don Pedro la venia para retirarse, determinaron éste y el licenciado Muñoz que todos debían marcharse, por no ser necesaria ya su presencia. Así que luego se despidieron del juez y de su comitiva, y se pusieron en camino para el Palmar.

Don Pedro iba mudo y sombrío. El licenciado Muñoz se mostraba indignado y ponía el grito en el cielo, afeando la crasa ignorancia, ridícula tontería y escandalosa mala intención de Jaramillo.

—Pero no hay cuidado —dijo—. Bien se guardará el juez de sancionar con su fallo semejante desatino. No se atreverá, don Pedro, no se atreverá.

La caravana tenía un aspecto melancólico. Los buenos rancheros creían que todo se había perdido, por el hecho de haber pasado el juez hasta el Arroyo de los Laureles y de haberse quedado don Miguel y los suyos haciendo lo que les había dado la gana en terrenos del Palmar. Así es que la marcha fue lenta, triste y silenciosa, como la de un ejército derrotado.

Gonzalo era el más cabizbajo de todos. Tal era su aspecto de cansancio y amargura, que lo notó su padre.

—¿Qué tienes hijo? —preguntóle con cariño acercando a él su mulita—. No te aflijas por lo que pasa... no vale la pena.

—Padrecito, me aflijo por eso y por otra cosa que me dijo el licenciado Jaramillo.

—¿Qué te dijo ese bellaco?

—Me dijo que Ramona recibe bien a Luis Medina; que hoy comieron él y ella sentados a la mesa en sillas contiguas, y que estuvieron hechos los dos un terrón de amores.

—¿Eso te dijo?

—Sí, eso, y que mi tío don Miguel le dice a todo el mundo que no ha de permitir me case con su hija, y que Luis es quien le agrada para yerno.

—A lo último nada objeto, porque mi compadre está loco. Pero ¿qué comparación hay entre Luis y tú? Eres más buen mozo, más inteligente, más bueno; en todo le superas.

—Lo crees así porque me quieres; pero la verdad es que él vale más que yo. Por eso estoy receloso.

—Ese licenciado Jaramillo es un malvado. No creas nada de lo que te diga.

—¿De modo que opinas no debo preocuparme?

—Te lo digo con toda sinceridad. Creo que no debes hacer aprecio de los chismes de ese tunante, y que Monchita no es capaz de engañarte.

Algo aliviado de sus penas sintióse Gonzalo con las palabras de su padre; sin embargo, no pudo dominar la tristeza durante todo el camino.

Comenzaba a oscurecer cuando llegó el grupo a la hacienda. Los campesinos habían regresado ya de los potreros; la ranchería estaba quieta y silenciosa. La lívida luz del sol poniente que hería al soslayo las paredes de adobe y los techos de zacate, teñía las casas de la cuadrilla con una tinta amarillenta parecida a la que proyectan los blandones mortuorios.

De las chozas agrupadas en torno de la casa principal, elevábase a esa hora, que era del *Angelus,* el orfeón ternísimo del *alabado,* entonado por los campesinos llenos de fe y de gratitud al Dios Omnipotente, al terminar el trabajo del día. Ese canto sencillo impregnado de amor, de ruego, y de esperanza, subía al cielo en medio de la callada naturaleza, como un eco imperfecto, pero hondo y sentido, del éxtasis del universo en aquellos instantes melancólicos.

XVII

Gonzalo, fiel al plan de conducta que se había propuesto seguir de acuerdo con Ramona, en tan críticas circunstancias, aunque se sentía profundamente lastimado y era de ánimo vehemente, no se dejó llevar de su primer arrebato, ni increpó a la joven con dureza, como se lo aconsejaba su resentimiento, sino que le escribió una carta ternísima, llena de amargas, pero dulces quejas, en la cual le refería su conversación con Jaramillo, y las mil penas y dolores que había sufrido desde aquel punto y hora. No se hizo esperar la respuesta; de ella son los siguientes párrafos, que darán a nuestros lectores clara idea de su tenor.

"Papá dispuso que mamá y yo fuésemos a la hacienda para hacer los honores de la casa, y se encargó de señalar la colocación de los huéspedes en la mesa. Desde luego me designó un asiento contiguo al de Luis; pero en cuanto advertí en aquel sitio el papelito con mi nombre que había dejado papá sobre la servilleta, lo tomé sin decir palabra y lo cambié por otro en lugar distante. Mas al llegar papá y conducir a Luis a su asiento, observó. la mudanza y restableció las cosas al estado que antes guardaban.

"¡Cuidado con desobedecerme! —me dijo llevándome aparte—. Quiero que te sientes en ese lugar, y tienes que hacerlo.

"No hubo más remedio que someterme a su voluntad. No es cierto que haya estado contenta, como te lo dijo ese señor. Me pareció triste y amarga la comida, porque no cesé de acordarme de ti, y de pensar que tal vez te irritarías contra mí, a pesar de no tener culpa de nada. Y lo revelé en el semblante muy a las claras. En cuanto a mi conducta en la mesa, me limité a observar las reglas de la buena crianza. Atendí a Luis lo mismo que a las demás personas que estaban cerca de mí, porque era mi deber, dado mi carácter de persona de la casa. Tan cierto es lo que te digo, que acabada la comida, me riñó papá segunda vez, por haber estado tan seria y mal humorada. Por lo que hace a Luis, si bien se manifestó comedido, me pareció preocupado y triste. No me dijo nada de particular, excepto preguntarme si te había visto hacía poco, a lo que le respondí que no te había vuelto a ver desde el domingo último.

"Ya ves como no has tenido razón para preocuparte. Lo que sucede es que ese señor licenciado es muy malo, y tiene el proyecto de meter la discordia entre nosotros, como la ha introducido entre nuestros padres. Pero confío en Dios que no ha de lograr su perverso propósito, sobre todo, si me tienes confianza y no te dejas llevar de las primeras nuevas, como me lo tienes prometido. Te quiero cada día más, y por nada en el mundo prescindiría de tu cariño, ni te pospondría a nadie. Eres para mí el primero de todos, vales más que todos. Junto a ti me parecen insignificantes los demás hombres. Confía en mí; no te pesará, porque el corazón me aconseja quererte más y más todos los días".

Con esta explicación quedó tranquilo Gonzalo, y persuadido de dos cosas: primero, de que Ramona era un ángel, y segundo, de que Jaramillo era un demonio. Buenas ganas le dieron de decírselo a él en su cara; pero, deseoso de no agriar los ánimos —sobre todo el de don Miguel, quien seguramente llegaría a tener conocimiento de la reconvención— resolvió guardar silencio por entonces, aunque proponiéndose decirle cuantas eran cinco al perverso letrado en la primera oportunidad que se le ofreciese, a fin de demostrarle que no era tan sencillo jugarle una mala pasada ni burlarse de él, como se lo había figurado.

A la vez que esto acaecía, don Agapito Medina celebraba una conferencia con su hijo, en la que tenía lugar el siguiente diálogo:

—Me parece que Ramona te gusta más de lo regular —dijo el primero.

Luis se puso colorado.

—Vamos, confiésalo; nada tiene de extraordinario…

—No lo puedo negar —repuso el joven confuso.

—Ni hay para qué. Es natural que pienses en tomar estado; tienes edad para ello. Por otra parte, esa chica es muy guapa y te conviene bajo todos conceptos.

—Lástima que esté próxima a casarse.

—¿Con quién, hombre?

—Con Gonzalo; es público y notorio.

—Dirás que lo estaba; eso pertenece a la historia.

—No, señor, creo que no.

—Estás mal informado. Mis noticias son más recientes que las tuyas. Esta mañana misma he tenido una larga conversación con don Miguel, quien me ha dicho en confianza, que esas relaciones están rotas. Parece ha logrado convencer a la hija de que sería absurdo continuar sus amores con ese joven, siendo que él y don Pedro están completamente desavenidos. No debe haberle querido gran cosa Ramona, cuando se ha dejado convencer tan fácilmente.

—¿Eso te dijo? —interrogó Luis radiante de júbilo.

—Eso mismo.

—Entonces ya me explico la razón de la tristeza de Gonzalo. Lo he observado cabizbajo y taciturno todo el día.

—Yo también reparé en ello. Todos los concurrentes al deslinde lo echaron de ver.

—Lo compadezco de veras, porque es excelente y lo quiero.

—Pero alégrate por ti, hombre, porque ha quedado el campo libre para que conquistes a esa princesa.

—Sí, señor, ahora no habrá inconveniente para que le manifieste mi inclinación. La verdad es que siempre se la he tenido.

—Bien te lo había echado de ver. Conque no hay que perder tiempo; no olvides que esa chica tiene su medio milloncejo.

—Eso no me seduce, padre. La quiero por ella y no por su fortuna. La querría lo mismo aun cuando fuese pobre.

—Serías muy capaz de cometer esa locura, porque así son los jóvenes. En tratándose de amoríos, no se preocupan por la cuestión pecuniaria. Es la mejor manera de no pasar de pericos perros.

—Padre, permíteme exponerte mi teoría sobre el matrimonio. Creo que es un asunto puramente de corazón, y que no debe mezclarse con ningún otro interés.

—Romanticismo, poesía...

—Mi teoría produce consecuencias en favor y en contra de los matrimonios con mujeres acomodadas... Hay algunos que, por dársela de delicados, no admiten casarse con ricas, aun cuando las amen; otros, por el contrario, se casan con las ricas, sólo porque lo son, y aun sin quererlas. En mi concepto, deben reprobarse ambos procederes. La regla es ésta: casarse por amor. ¿Tiene fortuna la mujer amada? No importa. ¿No la tiene? Tampoco importa. En queriéndola, hay que tomarla por esposa, tenga o no tenga dinero, porque la cuestión pecuniaria es extraña al amor, único elemento esencial del matrimonio.

—De cuanto dices, lo único que entiendo es que eres capaz de no hacerle ascos a Ramona, a pesar de ser rica —exclamó don Agapito soltando una alegre carcajada.

—Si quieres interpretarlo así...

—Bueno, como quiera que sea, el caso es que hoy por hoy, nos hallamos de acuerdo. No es menester meternos en honduras filosóficas. Conque ya te digo, es preciso no dormirse, porque hay muchos caballeros andantes que tienen a esa niña por señora de sus pensamientos.

—Falta que ella me acepte...

—Muchacho, no te hagas el modesto; bien sabes que tienes méritos, y que te los reconoce el bello sexo. Ya verás como al primer ataque se rinde la fortaleza. Así podrán tus hijos unir la Sauceda al Chopo, con lo que formarán una hacienda tan vasta y tan buena, que será la primera del Estado.

No contestó ya Luis a don Agapito, porque le pareció inútil. Su modo de ver las cosas difería mucho del de su padre; pero estando conforme con él en lo principal, no había para que entrar en discusión sobre cosas secundarias.

Desde aquel día observó el vecindario de Citala, que Luis Medina cortejaba abierta y francamente a Ramona, sujetándose al método acostumbrado en la población: esto es, siguiéndola a todas partes, oyendo la misma misa que ella, rondando su casa a pie y a caballo, y apostándose en la tienda de la esquina y en el zaguán de enfrente para atisbar una oportunidad de hablarle por la ventana. La gente se hacía lenguas comentando el suceso, y pronto se difundió la voz de que Luis estaba correspondido; de que Gonzalo andaba de capa caída; y de que ésta era la razón de que no apareciese el último por todo aquello. Tales rumores llegaron bien pronto a oídos del joven, quien se sintió lleno de angustia, porque su triste situación lo impulsaba a sacar de todo consecuencias funestas. Observaba que, desde el día en que Luis y Ramona habían comido en el Chopo, habían comenzado las manifestaciones desembozadas del amor de Luis hacia ella; y resucitaba en su memoria el recuerdo de las palabras de Jaramillo, de la mirada picaresca del letrado y de su irónica risa, cuando le habló de aquella comida infernal; y sufría terriblemente sintiendo en el pecho el aguijón de la duda y de los celos.

Afortunadamente pudo hablar por segunda vez con Ramona en la casa de Chole, y la excelente joven logró convencerlo de que no había motivo para tales alarmas, porque era ella la misma de siempre, y a él nomás lo quería. Pero si se calmaron sus temores con respecto a Ramona, aumentaron sus rencores contra Luis, pues veía en él al amigo desleal, al enemigo hipócrita que le tendía la mano para engañarlo y para herirle mejor el corazón. Su resentimiento iba recrudeciéndose poco a poco, y, aunque lo ocultaba cuidadosamente, tenía que estallar un día u otro.

Entre tanto que estos sucesos pasaban en Citala, el juez Camposorio, después de dos o tres días de estudio, había fallado el juicio de deslinde. Su sentencia, en resumen, contenía la aprobación de la línea defendida por don Miguel Díaz; lo que significaba la pérdida para Ruiz, del Robledal y del Monte de los Pericos. Así lo comunicó Jaramillo a su cliente desde la capital, en breve telegrama trasmitido por el alambre del ferrocarril. "Negocio ganado —decía el mensaje en estilo conciso—. Aprobada línea divisoria entre Chopo y Palmar por Arroyo Laureles. Felicítolo".

Inmenso fue el júbilo que sintió Díaz al recibir esta noticia. Casi perdió el seso. Salió por las calles mostrando el mensaje a todos sus amigos y conocidos, y diciendo que aquel resultado no tenía nada de extraordinario, porque era la expresión natural y genuina de la justicia.

—Bien se lo dije a mi compadre —vociferaba—, pero no quiso entender. Ahora está perfectamente demostrado que me tiene usurpado el terreno. Se las da de ladino; pero por más que lo sea, no puede jugar con los tribunales.

La sorpresa fue general, pues nadie aguardaba tal desenlace; pero, después del fallo, comenzaron algunos a dudar del buen derecho de don Pedro, pues es corriente en la vida, que el éxito incline la opinión de la generalidad, en favor o en pro de las causas.

Tan grande fue el regocijo de Díaz, que deliberó celebrar el suceso como nunca había festejado otro alguno: con un gran baile en su casa de Citala. Escribió pues, a Camposorio carta expresiva en la que, después de alabar su inteligencia, ciencia, prudencia y otras mil cosas acabadas en encia, —entre las cuales bien pudiera incluirse la palabra *imprudencia*—, le daba las gracias por la eficacia con que había desempeñado el encargo, y lo invitaba para que viniese al baile que iba a dar en su propia casa, en debida celebración de tan famosa victoria. Siendo don Enrique hombre alegre y amante como el que más, de esa especie y esparcimientos, apresuróse a pedir licencia al superior para separarse del Juzgado breves días y trasladóse al pueblo sin demora.

Esperábanlo don Miguel, el presidente del ayuntamiento y sus parciales, en la estación con músicas, carruajes y un lucido golpe de gente de a pie y a caballo; todos movidos principalmente por anhelo de diversión y de gresca, más bien que por la admiración o por el amor al alegre funcionario.

En carruaje descubierto hizo éste su entrada en el pueblo, acompañado de don Miguel y de don Santiago, ambos vestidos de gala. La casa de Díaz apareció adornada y empavesada como nave gallarda en día de ruidosa fiesta. No bien quedó instalado Camposorio en la vasta sala, llenóse ésta de visitantes, los cuales acudieron, más que por tener la dicha de estrecharle la mano, por gozar los acordes de la música —que sonaron todo el día en los corredores de la casa—, y los excelentes licores que se sirvieron.

Bien pronto supo don Pedro con tanta sorpresa como indignación lo que pasaba. Nunca había sospechado que las cosas tomaran ese rumbo, y, como solía decir, tenía entendido que si Pilatos mismo hubiese de fallar aquella causa, la hubiese fallado en su favor. La escandalosa manera con que se festejaba el suceso, heríalo todavía más, porque ponía al descubierto el deseo de su compadre de lastimarlo cruelmente, agregando el insulto a la iniquidad. Vino a endulzarle la pena, no obstante, una larga carta del licenciado Muñoz, en que le explicaba el por qué de aquella derrota. "No cabe duda —le decía—, que Camposorio ha sido cohechado por Jaramillo. Es un hecho público en esta ciudad. Háblase de él sin reserva en los tribunales; la sentencia ha causado verdadero escándalo. He pasado muy malos ratos por este negocio, pues no sólo me indigna que menosprecien los jueces la investidura *nobilísima* que el Estado les otorga, sino que, en este caso particular, me humilla ser vencido por un abogadillo de pueblo *ignorantísimo e insignificantísimo*. Amigo, no tenga cuidado, ni vaya usted a amilanarse. He interpuesto el recurso de apelación, y tengo la persuasión *firmísima* de que el S. Tribunal revocará ese fallo, que es un fárrago *estupidísimo e injustísimo*. Va mi buen nombre de por medio; al defender a usted, me defenderé a mí mismo. ¡Ya verá si andaré activo en la defensa!"

Fue para don Pedro como bálsamo consolador la lectura de esa misiva, que respiraba la ira y el despecho desbordados de un gran orgullo herido; pero no tuvo por conveniente ir a Citala por aquellos días, y prohibió severamente a cuantas personas lo rodeaban, le hablasen palabra, tanto acerca del negocio, como de los ruidosos festejos organizados por don Miguel.

Sintió Gonzalo el suceso con doble amargura, tanto por la derrota que sufría la causa de su padre, a quien tanto amaba, como por la provocación que para éste significaba el sarao que iba a efectuarse en la casa de don Miguel. En cuanto tuvo noticia del proyecto, ocurriósele que con tal motivo se le presentaría a Luis ocasión para acercarse a Ramona y asediarla con sus pretensiones. Tal idea le quemaba el cerebro y le hacía hervir la sangre, con los ardores de la cólera y de los celos. Con el propósito de evitarse el desagrado, escribió a Ramona diciéndole sabía que su padre iba a dar un baile en celebración de la sentencia dictada por Camposorio, lo que él mucho sentía por la mayor ofensa y provocación que implicaba contra el autor de sus días; pero que, supuesto que aquello no se podía evitar, ni tenía ella la culpa de lo que pasaba, se limitaba a rogarle no bailase con nadie la noche de la fiesta, ni menos con Luis Medina. Concluía diciéndole que, si le otorgaba esa gracia, lo dejaría contento y agradecido; pero que si desoía su ruego, interpretaría su conducta como una manifestación elocuente de su falta de afecto. Contestó a esto Ramona que mucho deploraba lo que estaba pasando, y que bien sabía él que era ella la primera en afligirse por la desavenencia de sus padres; pero que no perdía la confianza en que la Virgen le había de hacer el milagro de que, al fin de todo, y por más difícil que pareciese, se reconciliasen don Miguel y don Pedro. Que por lo que hacía al baile, no debía tener ningún cuidado, porque no bailaría con nadie, ni mucho menos con Luis; y que para esto no hubiera sido menester que Gonzalo se lo indicase, pues le bastaba comprender el desagrado con que él vería que lo hiciese, para evitarlo, pues no había cosa más grata para ella, que complacerlo en todos sus deseos. Le decía para terminar: "Recibe mi corazón, que es todo tuyo, y nomás tuyo".

Quedaron con esto un tanto apaciguados los recelos del mozo, y, a fin de no saber ni oír nada de la fiesta, pidió permiso a don Pedro para irse a pasar dos días con sus dos noches a una estancia de la hacienda, donde, dijo, se hacía necesaria su presencia.

—Sí, hijo —repuso Ruiz— y no sólo te lo permito, sino que yo también iré contigo. Comprendo que lo que quieres es alejarte cuanto más te sea posible del escándalo movido por mi compadre. Tienes razón. Yo también lo deseo, aunque a decir verdad, la cosa me parece más ridícula que injuriosa. Mi compadre debería reservar la fiesta para el fin del pleito, porque en el posible caso de que el Tribunal revoque la sentencia ¿en qué predicamento vendrá a quedar el autor del baile? En el de un insensato que ha cantado victoria antes de tiempo.

Así fue que padre e hijo en compañía, internáronse por los terrenos del Palmar hasta llegar a lejana estancia, donde pasaron dos días en sociedad afectuosa, comunicándose sus penas. Oía don Pedro las confidencias de su hijo con profundo dolor, casi con remordimiento, echándose en cara el ser la causa de lo que éste sufría, y proponiéndose aprovechar la primera coyuntura que se le presentase para poner término a aquella situación. Pero ¡qué coyuntura habría de presentarse, si de día en día iban enardeciéndose más y más los ánimos, y se hacía más empeñada y odiosa la lucha!

Sólo Estebanito, dominado por el deseo de ver a Chole, que le tenía sorbidos los cascos, pidió y obtuvo permiso para trasladarse a Citala y vislumbrar la fiesta desde lejos. ¡Quería gozar de la vista deliciosa y embriagadora de su amada, aun cuando fuese en brazos ajenos, inclusos los del odiado maestro de escuela!

XVIII

Llegó por fin el día del baile, tan esperado y suspirado por la juventud de Citala. Como ascua de oro lució en tal ocasión la casa de don Miguel, convertida en lugar de delicias nunca vistas en el pueblo. Fue trocado el patio en fantástico jardín lleno de farolillos venecianos que, suspensos de las ramas de los arbustos, semejaban flores de luz, abiertas en vegetación maravillosa. Dos corredores sirvieron de salones de baile, llenos de bujías y de espejos, de guirnaldas y de flores; y en los otros dos, trocados en salas de ambigú, fueron apercibidas mesas cargadas de exquisitos manjares traídos de la ciudad. Ostentaban orgullosamente aquellas mesas, hermosísimos centros Christofle de artística forma y argénteos reflejos; enormes jarrones de porcelana cargados de flores, y elevadísimas torres y fuentes de vistosos colores, obra meritísima de la confitería francesa. La música, venida también de la capital, fue colocada en un tablado, en un ángulo externo del patio. Era la más famosa y celebrada del Estado. Sus acentos arrobadores trastornaron el sentido de los citalenses, porque nunca habían resonado otros tan blandos como ellos en el recinto de la asombrada población.

Déjase entender que habían sido invitadas para concurrir al lucidísimo sarao, además de los vecinos más conspicuos del pueblo, muchas familias elegantes de la ciudad, de las cuales no pocas aceptaron la invitación y se trasladaron al pueblo con su lujo deslumbrador. Había en la reunión vestidos sencillos y hermosos, elegantes y cursis, como es de estilo en casos semejantes; pero el efecto general era magnífico. El pueblo de Citala gozaba fama de ser rico semillero de hembras robustas y hermosas; y a fe que demostró en aquella coyuntura, merecerla de justicia, pues donde quiera se miraban ojos luminosos como estrellas, mejillas sonrosadas bocas purpurinas y gargantas mórbidas y ebúrneas, dignas de diosas. ¿Qué importa que algunas de aquellas niñas graciosísimas estuviesen ataviadas con pobreza o con mal gusto, si sus encantos naturales se sobreponían a todo cuanto hubiera podido empañar sus fulgores, como las estrellas cintilan a través de las brumas del cielo?

Chole, mal contenta con su pobreza, había obligado a su débil padre a hacer un disparate y a comprarle ricas telas para su vestido de baile. Pero como recibía la *Moda Elegante* y se las daba de persona hábil y de gusto exquisito, ella misma se había confeccionado el traje, echando a perder el costoso género, por la extravagancia del corte y la pésima elección de los adornos. La de los colores, sobre todo, había dado margen a la murmuración de sus amigas y enemigas, quienes aseguraban no se había sabido a punto fijo en Citala lo que significaba la palabra *cursi*, sino hasta aquella noche en que había aparecido Chole ataviada de tan increíble manera. ¡Si no hubiera existido de antemano aquella palabra, hubiera sido preciso inventarla! A pesar de todo, como era tan garbosa la joven y tenía ojos tan habladores, risa tan franca y cuerpo tan donairoso, llevábase la atención del sexo masculino, poco entendido en achaques de modas femeninas, e inteligentísimo apreciador de las gracias del bello sexo. Así fue que, con despecho de muchas elegantes *pur sang*, arremolinábanse los galanes en torno de aquella andaluza irresistible, en solicitud de piezas, de conversación o de sonrisas.

Ramona, por el contrario, apareció vestida con sencillez extrema, pero sobria y de buen gusto. Era blanco su traje, cual correspondía a su juventud y a su inocencia; sin profusión de adornos, y con mangas un tanto largas, unidas a los níveos guantes que calzaban sus pequeñas manos y brazos aristocráticos. La delicadeza de su talle contrastaba artísticamente con la moderada robustez de su busto, lleno de donaire natural, de juventud y de vida. Llevaba cogido el pelo en un nudo alto, al estilo de las antiguas griegas, atravesado graciosamente por áurea flecha que le sustentaba. Entre el tesoro de sus cabellos de ébano, lucía una gardenia blanca, colocada con arte soberano, como estrella radiosa sobre la cabeza de un ángel. Su frente inmaculada, por la que nunca había cruzado un pensamiento malo, apareció medio velada por ricillos ondulantes que le prestaban mayor gracia y encanto. Los ojos grandes, dormidos, de pupilas inmensas, de extremidades rasgadas en forma de almendra, daban casi miedo cuando miraban; tanto por su irresistible belleza, que hacía palpitar el corazón, como por el fondo de candor virginal y de bondad infinita que atesoraban. La nariz delgada, fina y correcta, daba a su perfil, coronado por la alzada cabellera, corte clásico; hacía pensar en las vírgenes de Atenas esculpidas por el cincel de Fidias en los marmóreos frontones del Partenón. Sus mejillas brillantes con los colores de la salud y de la vida, tenían la deliciosa curvatura de la adolescencia, y mostraban cerca de la boca tembladores y fugaces hoyuelos, que arrobaban la vista. En su boca fresca, pequeña y color de grana, vagaba dulce sonrisa, que dejaba entrever la doble hilera de sus dientes nacarados, semejantes a finas perlas de la India. Cuando aquellos labios, que parecían pétalos de rosa, daban salida a la palabra, su voz embelesaba el oído y hacía caer a la mente en sabrosísimos arrobos.

No llevaba joyas valiosas, ni las había menester, porque el conjunto de su hermosura era una obra maestra de la naturaleza. No hubo quien no conviniese en que era la reina del baile. Y como Ramona parecía ignorarlo y se mostraba modesta y humilde por extremo, no tenían reparo ni aun las jóvenes más envidiosas en confesar sus hechizos. Al que eleva la frente con insolencia queriendo sobreponerse a los demás, se le niega todo mérito, aunque lo tenga, ya que no por envidia, por dignidad instintiva; porque hiere quien exige homenaje forzado, con altivez de monarca. Mas al que, dotado de excelencias reales, no pretende imponerse, ni reclama culto y reverencia, sino antes bien parece desconfiar de sí mismo, hay gran placer en tributarle consideración, y en aplaudirle en voz alta por su superioridad y su valía.

Consagráronse en cuerpo y alma doña Paz y Ramona a hacer los honores de la casa, atendiendo a todos los invitados hablándoles y cruzando sin cesar ambos salones de baile. Mas, so pretexto de atenciones imprescindibles, excusóse la joven de bailar todas las veces que se vió solicitada para ello, que fueron incontables, pues los jóvenes de Citala o de sus inmediaciones, y los cortesanos venidos de la ciudad, la cercaban a porfía. Pero negábase ella con exquisita finura y cortesía, sin lastimar a nadie, y no tenía más que hacer, que andar recibiendo solicitudes y despachándolas desfavorablemente con encantadora dulzura.

No quiso Luis Medina aventurarse a pedirle una pieza, en vista de la mala suerte que iban corriendo las otras peticiones, y limitábase a verla y a suspirar, y a seguirla por los corredores, como si fuese su sombra. Don Agapito, su padre, que observaba aquellas maniobras, púsose a su lado y le dijo:

—¿Qué haces, hombre, que no te acercas a Ramona? Pareces un colegial.

—Ya ve usted como no tiene quietud. Anda constantemente de un lugar para otro; apenas he podido saludarla.

—Tienes poco discurso. ¿Por qué no la invitas a bailar?

—No he querido exponerme a que me desaire. Ha rehusado cuantas invitaciones se le han hecho.

—¿Con que esas tenemos, eh?

—Sí, señor: mire usted. En este momento se le aproxima aquel caballero con el propio objeto. ¿Oye usted como le dice que no le es posible complacerle, porque no se lo permiten sus deberes de hospitalidad?

—Ya lo oigo; pero verás como no se resiste a acompañarte a tí. Espera un momento. Luego vuelvo.

Alejóse don Agapito al decir esto, dejando perplejo a Luis, que no sabía cómo explicar su retirada. Momentos después apareció don Miguel en escena, y llamó a Ramona aparte. Tardó la joven un rato en volver a los corredores; pero al cabo tornó a presentarse en compañía de don Miguel, aunque con muestras de visible agitación en el semblante. He aquí lo que había pasado.

Cuando don Agapito se separó de su hijo, fuése a buscar a don Miguel. Hallólo cosido al costado del licenciado Camposorio, ofreciéndole copas, brindando a su salud y diciéndole una porción de ternezas. Estaba un poco *iluminado* a aquellas horas por la profusión de las libaciones, y no cesaba de hablar de sus derechos reconocidos al Monte de los Pericos, y de la insigne mala fe con que le había desposeído de ellos su compadre don Pedro durante tantos y tantos años.

—Usted dispense, señor don Miguel —díjole Medina—, una palabrita...

—Las que usted guste, señor don Agapito; pero antes hágame el favor de tomar esta copa a la salud del señor licenciado Camposorio.

—A la salud de usted, señor don Miguel —repuso el español haciéndose el sordo y apurándola.

—Gracias, señor don Agapito.

Cuando se hubieron apartado del grupo, continuó Medina:

—Vengo a suplicarle sea padrino de mi hijo para que Ramona le acompañe a bailar.

—Con mucho gusto, ahora mismo...

—Pero antes debo manifestarle una cosa. La niña se rehusa a bailar con cuantos se le acercan. Dice que está muy ocupada en hacer los honores de la casa, y que no puede dejar sobre su mamá todo el peso de los deberes de cortesía.

—Pues que los deje. ¿Qué le interesan a ella? La vieja a hacer cortesías; la muchacha a saltar al compás de la música. Tal es el orden de la naturaleza... Verá usted como en este momento lo arreglo...

—Le suplico que, antes de llevar a Luis, hable usted con ella; no vaya a ser que mi hijo sufra un bochorno.

—Por ningún motivo; ¡se podría ver!... Está bien; voy, pues, a hablar con Ramona, y vuelvo enseguida.

Y en efecto, sacó aparte a su hija, y le dijo:

—Estás haciendo groserías con todo el mundo. ¿Por qué no bailas?

—Porque no tengo tiempo; debo atender a muchas cosas. Mamá no puede hacerlo todo.

—Pretextos, pretextos...

—No, papá, pregúntale a mamá si no es verdad; cuento con su permiso.

—Es que están de acuerdo ella y tú, como siempre.

—Te aseguro que no.

—Bueno; sea de ello lo que fuere, lo que importa es que no vayas a desairar a Luis ahora que te invite.

Ramona se puso pálida.

—¡Pero si ya ves que no puedo! —murmuró.

—¿Por qué no puedes?

—Porque estoy muy ocupada...

—Pues haz a un lado las ocupaciones.

—Sería una falta...

—Eso déjamelo a mí, corre por mi cuenta. Lo que se diga de la familia, se dirá de mí principalmente.

—Te ruego por lo que más quieras, me permitas no bailar. ¿Qué dirán las demás personas a cuyas invitaciones he contestado negativamente? Se darían por ofendidas.

—Pues baila con todos; me encargo de decirle al mundo entero, que ya estás dispuesta a bailar.

—Por Dios, papacito, concédeme esta gracia... y comenzó a llorar la pobre joven.

—No me lo vuelvas a decir; haz de hacer lo que te mando. No creas que dejo de comprender lo que significa esto. Es seguro que le has prometido al novio que no has de bailar con nadie... El te lo habrá exigido, y quieres darle gusto. Pues no, señor; eres mi hija y tienes que hacer lo que yo te ordene. Mientras estés bajo mi patria potestad, habrás de obedecerme, quieras o no quieras. ¿Lloras pensando en que se va a enojar Gonzalo? Pues tanto mejor... eso es lo que yo quiero; que rabie, que se muera del disgusto, que te deje libre de sus exigencias el mozalbete.

No podía contestar Ramona, porque se lo estorbaban los sollozos. No olvidaba ni por un momento que estaba la casa llena de concurrencia, y tenía que contenerse para no ser oída; pero, al mismo tiempo, era tan grande su aflicción, que no podía sobreponerse a la necesidad de derramar lágrimas. Era ciertamente irrisorio el contraste que ofrecía aquella escena violenta y dolorida, con la alegría que por todas partes reinaba, con el brillo jubiloso de las luces, con el estrépito regocijado de la fiesta, y con el ruido de las voces y del baile que llegaba hasta la apartada estancia. No menos irónico era el contraste que presentaban las galas y atavíos de la joven, destinados al bullicio de la fiesta, con su actitud consternada, con el llanto que rodaba por sus mejillas y con los sollozos entrecortados que se le escapaban de los contraídos labios.

Pero nada de esto movía a piedad al airado padre, quien veía más que con indiferencia, con desbordada cólera, aquellas manifestaciones de sufrimiento.

—Por compasión —gimió Ramona—, no me obligues a eso.

—Eso es lo que has de hacer, eso, eso...

—No puedo; permíteme que me quede oculta en la pieza más distante de la casa.

—Eso quisieras; pero conmigo no juegas. Haz de hacer lo que te mando, o nos van a oír los sordos. ¿Qué dices? ¿Me obedeces?

El diapasón de la voz de don Miguel iba elevándose gradualmente, hasta llegar casi al nivel del grito. El buen señor estaba harto trastornado por los brindis y por sus rencores para observar la más pequeña compostura. Comprendiólo así la joven, y sintió que el rubor le invadía el rostro.

—Vamos —prosiguió Díaz con violencia—; ponte en pie luego y sígueme, si no quieres que te lleve a empujones... aunque se rían de nosotros los convidados... aunque se caiga el mundo... he de llevarte.

Tuvo el instinto Ramona de conocer que era capaz su padre, en aquel estado, de hacer lo que le decía, y de sacarla a los corredores por medio de la violencia. Por su edad, por su sexo y por su educación sentía un miedo horrible al escándalo... No había que vacilar; era preciso hacer lo que de tal modo y con tan gran apremio se le ordenaba.

—¡Vamos! —repitió don Miguel asiendo con mano de hierro el puño enguantado de Ramona y sacudiéndola con furia—. ¡En el momento! ¡Vamos!

Hizo la niña un gesto de dolor, y elevando a don Miguel los ojos llenos de lágrimas y con la boca contraída por los sollozos, como niño apesarado, contestó con voz mansa y dulcísima:

—Haré lo que me dices. ¿Me permites que me serene un momento antes de salir? No quiero que me vean llorar.

Era tan tierno y dolorido su acento, que sintió el padre, por más perturbado que estuviese, lo penetraba hasta el fondo del corazón, arrancándole un movimiento de lástima y ternura.

—Sí, hijita —contestó cariñosamente, mudados de súbito su continente y su voz como por encanto—; espera cuanto sea necesario. Sabes que hablándome de esa manera y obedeciéndome, haces de mí lo que quieres.

Y tomando la llorosa cabecita entre las manos, la cubrió de besos afectuosos. La dulce niña correspondió a aquellas manifestaciones de amor, con puras y blandas caricias, pues, aunque se sentía atormentada por el mismo ser que le había dado la vida, no tenía para él en su corazón más que cariño, veneración... y ruego dulce y humilde.

Cuando volvieron padre e hija a presentarse en el baile, había pasado la tormenta. Ramona aparecía resignada, aunque con un poco de irritación en los ojos, y don Miguel venía convertido en padre amorosísimo. Juntos fueron a buscar a don Agapito.

—Aquí tiene usted a Ramona, señor don Agapito, —dijo don Miguel—. Le he indicado lo que usted me dijo hace poco, y me ha contestado que está dispuesta a bailar con Luis.

—Mil gracias, señorita —repuso don Agapito con exquisita cortesía—; grande honra recibe mi hijo con esta distinción. Y todos tres se dirigieron en busca del feliz mancebo, quien ofreció el brazo a la hermosa niña, y se perdió con ella entre la muchedumbre de las alegres parejas.

Bailaron los jóvenes pasando raudos por ambos corredores. Hacían un par soberbio. Hermosos, ricos, buenos; en todo armonizaban; parecían haber sido creados por la naturaleza para acompañarse en la peregrinación de la vida. No hubiese sido menester tanto para que la concurrencia fijase la atención en ellos de un modo preferente; habría bastado la circunstancia de haber sido por aquellos días uno y otro el tema obligado de las conversaciones de todos, por el ruidoso rompimiento sobrevenido entre Ruiz y Díaz, y por las mil peripecias que de él se habían originado. Reunidos todos estos motivos, produjeron hondo efecto en el concurso, que no tenía ojos más que para ver a los jóvenes pasar y deslizarse por la lona sembrada de polvo de oro, en ágiles y graciosos giros, como héroes de una leyenda encandora. No cupo ya para nadie la menor duda: Luis y Ramona eran *i promessi sposi,* opinión confirmada por el hecho de no haber querido bailar la joven con ningún otro galán más que con Luis.

Entre tanto, cuando cansados de bailar, continuaban él y ella cogidos del brazo, discurriendo por los salones, era por todo extremo difícil su conversación. Luis no podía articular palabra por exceso de emoción; ella, porque estaba displicente y contrariada. Obedecía a su padre como una máquina. Bailaba porque ponía en acción los músculos; pero su voluntad había permanecido ausente y rebelde. Y aunque Luis no fuese la causa inmediata de sus penas, sentía hacia él una sorda irritación por ser al menos su causa remota. Así es que cuando, vencida al fin la timidez amorosa, le dijo el joven:

—Esta noche es la más feliz de mi vida.

—No sé por qué —le contestó con sequedad.

Luis necesitaba ser alentado de algún modo. Aquella respuesta áspera desconcertólo de tal suerte, que necesitó arrebatar a Ramona dos veces entre sus brazos en el torbellino del vals, y descansar otras tantas, para recobrar el ánimo perdido. Pasó todo ese tiempo sin que una palabra se cruzara entre ellos. Al fin logró reponerse.

—Ramona —le dijo—, estoy cierto de que usted sabe cuál es el secreto que voy a confiarle; es imposible que no lo haya adivinado. Se lo he dado a conocer por cuantos medios he podido... Pero tengo que decírselo, y se lo voy a decir... —Vaciló un momento y luego continuó con voz trémula—. Mi confesión se refiere a los sentimientos que usted me inspira. Admiración, respeto, cariño, no sé cuántas dulces cosas... Cuando la veo, me entra una especie de angustia, que parece que me va a faltar el aliento, que se me va a saltar el corazón; pero es una angustia dulcísima, superior al más grande placer de la tierra. Siento deseo de llorar y de reír, de hablar y de callar, de pedirle que me mire con sus grandes y hermosos ojos, y de caer de rodillas a sus pies.

No podía hablar; la emoción lo sofocaba. Había sinceridad en sus palabras; vaciaba por la boca el apasionado contenido de su alma. Dábalo a conocer en todo: en la expresión del rostro, en el tono de la voz, en la vehemencia de las frases. Comprendiólo Ramona, y no pudo menos de sentirse conmovida por la piedad; pero su corazón no respondió con un solo latido a aquel afecto hondo y respetuoso.

—Desde que era muy niño me he sentido atraído hacia usted por fuerza misteriosa; su imagen me ha seguido por donde quiera —continuó diciendo el joven—. Mi corazón ha latido siempre por usted y nomás por usted. Bien sabe Dios que la ilusión más hermosa que he acariciado, ha sido la de ser amado por usted, la de hacerla mi compañera, mi esposa, mi reina. Para conseguir esta dicha inmensa, me parecerían pequeños todos los sacrificios; porque es para mí la más grande, la soñada, la única.

Hubo una pausa que empleó Luis en orientar las ideas, trastornadas un tanto.

—Cuando he creído que mi sueño no podía realizarse, me he sentido muy desgraciado. ¿De qué me servirían la juventud, la fortuna, todo lo que tengo y me rodea, cuanto en mí envidian los demás, si usted me abandonara para siempre? He vacilado mucho antes de dar este paso, porque, sinceramente, no me considero digno de usted. ¿Quién soy yo para aspirar a su cariño...? Pero necesito revelarle mis sentimientos, porque en ellos están cifradas mi vida, mi felicidad y mi esperanza. Ramona, yo la amo a usted... Si mi amor encuentra en el corazón de usted un eco simpático, seré el mortal más venturoso, y pasaré la vida de rodillas dando gracias a Dios por tanta felicidad. ¡Dios le inspire cariño para mí! En este trance lo arriesgo todo; no sé qué sería de mí si usted no me quisiera. Me consideraría como un náufrago; estaría perdido para siempre.

Era tan ardiente y apasionada aquella súplica, que la joven se conmovió a su pesar. Para sofocar la voz de la simpatía lastimera que se alzaba en su pecho, recordó que quien así hablaba, se titulaba amigo de Gonzalo; y al recordarlo, sintió que la piedad naciente era sustituida en su alma por el enojo y la indignación. Así fue que brotó de sus labios este duro reproche:

—¡Y se llama usted amigo de Gonzalo!

Un rayo que hubiese caído a los pies de Luis, no le hubiera producido efecto más aterrador.

—Gonzalo —balbuceó—, es mi amigo en efecto...

—Pues no se conoce —insistió Ramona con ironía—. Si fuera cierto, no hubiera usted hablado como acaba de hacerlo.

—¿Luego está usted todavía en correspondencia con él?

—Usted bien lo sabe.

—No —repuso el mísero joven, tan exangüe como un cadáver—; le doy a usted mi palabra de caballero que lo ignoraba. Mi padre me dijo días ha, sabía por el de usted que esas relaciones estaban rotas; sólo por eso me he atrevido a revelar a usted mis sentimientos... Sufriré que usted no me quiera, pues tal es mi suerte; pero no puedo resignarme a que usted me juzgue desleal. Quiero que usted me estime, aun cuando no me ame.

Vio Ramona en el rostro de Luis retratada la sinceridad más ingenua, y deploró haber sido tan cruel y dura con él. Y no pudo menos de apreciar en lo mucho que valían los nobles rasgos de aquel corazón caballeroso; así es que oyó condolida el relato que le hizo el joven de los sucesos anteriores, dándose cuenta perfecta de lo que estaba pasando. Comprendió que se hallaba envuelta en una intriga de su propio padre. Comenzaba don Miguel a realizar la amenaza que le había hecho de destruir su dicha, haciéndola reñir con Gonzalo. Quizá la negra urdimbre hubiera dado los tristes resultados que Díaz buscaba, a haber sido menos estimables y buenos ambos jóvenes; pero no cabía en su ánimo la perfidia, y si no podían entenderse para amarse, comprendíanse a maravilla para estimarse mútuamente.

No tuvo empacho Ramona, en justa retribución a la franqueza con que Luis le había relatado la verdad de ocurrido, en contarle las penas que había sufrido con motivo del enojo de su padre. Díjole cómo éste se había empeñado en contrariar sus amores; cómo le había ordenado que les pusiese término; como ella lo había resistido por el grande amor que profesaba a Gonzalo; y, finalmente, cómo don Miguel, deseoso de orillar los acontecimientos al desenlace que se proponía, la había obligado a bailar.

Tan inocente y casta confidencia dio por resultado que, penetrado Luis de la situación de la joven, compartiese sinceramente sus penas.

—Comprendo lo que debe usted padecer —díjole—, porque para apreciar ajenos dolores, no hay como haberlos sufrido propios. Como soy desgraciado, porque no tengo esperanza de que usted me quiera, me duelo de usted y de que se le imponga el sacrificio de abandonar a quien ama. Ya que no me es posible aspirar a su amor, quiero manifestarle, por cuantos medios estén a mi alcance, el interés que

187

despierta su suerte en mi corazón, para que nunca me recuerde con aversión ni con amargura...

—Eso no —repuso la joven con viveza—, eso no, Luis; siempre lo recordaré a usted con sumo afecto, como amigo leal y bondadoso.

—Para obtener esa dicha —prosiguió Luis—, aspiro a merecerla. Me obligo a ayudar a usted en cuanto pueda, para destruir los planes que tienden a destruir su felicidad. No sé cómo ni cuándo; pero sí le aseguro que, en cuanto de mí dependa, esos planes no se llevarán a cabo.

—Gracias —murmuró Ramona casi enternecida—, es usted muy bueno; que Dios lo haga dichoso.

Suspiró el joven con melancolía y limpió a hurtadillas con los dedos enguantados una lágrima rebelde, que asomaba a sus ojos. Y dijo con acento apagado:

—Eso ya no es posible...

Mientras esto pasaba, no se oía por los salones más conversación que la referente a los amores de Luis y de Ramona.

—Se conoce que se quieren.

—¡Cómo se miran!

—Se casan este mes.

—¡Quién pudiera decir otro tanto!

Tales eran las exclamaciones que resonaban por donde quiera, a la vista de aquella pareja. ¡Tan lejos así suelen estar entre sí la realidad y las apariencias en este pícaro mundo!

Cuando Luis condujo a la joven al lado de doña Paz, despidióse de ella dándole las gracias.

—Estoy asombrada de verte bailar —dijo doña Paz a su hija—. ¿No habías protestado no hacerlo en toda la noche?

—Mamá, ya te contaré despacio lo que ha pasado. Por ahora sólo te digo que fui obligada por papá...

—Eso ya es otra cosa —repuso la buena señora, adivinando lo que podía haber sucedido.

—¿Y hubo algo de particular en tu conversación con Luis?

—Sí, mamá, te lo contaré también.

—¿Y qué dices de él, hija?

—Que es muy simpático y muy bueno, y que desearía tener una hermana que lo hiciera dichoso; porque pocos hay que merezcan serlo tanto como él.

Y Ramona siguió con mirada agradecida al joven que se alejaba y perdía entre los grupos de bailadores.

Camposorio no había cesado de bailar durante toda la noche. Iba *en grande tenue,* con chaleco blanco, dejando ver nítida pechera de la camisa con botones de brillantes, luciendo frac de corte irreprochable, chinela de charol, clac bajo el brazo y guantes de color claro. A pesar de sus treinta y cinco años y de la mala vida que se había dado, conservaba un aspecto sano y juvenil. No había quien ignorase que le era dedicada la fiesta, y por lo tocante a él, la gozaba cuanto le era dable bailando, bebiendo, charlando y diciendo requiebros y ternezas a todas las jóvenes a quienes se aproximaba. De ese número fue Chole, quien quedó encantada de la gracia y apostura de aquel funcionario, en nada semejante a los otros jueces viejos, desaseados y feos que había conocido. Y el garbo de la joven, su carácter alegre y su conversación llena de *esprit* llenáronle también el ojo a Camposorio, como suele decirse.

—Parece usted una *parisiense* —decíale celebrándole sus frases—; es usted encantadora.

La incauta joven sentíase elevar al séptimo cielo oyéndose decir tales cosas. Así es que, tan bien pensaron uno de otro, y se sintieron tan contentos con su mutua compañía, que de allí en más, no se separó de ella don Enrique, y la joven dio de mano a los otros galanes, para dedicarse exclusivamente a recibir los homenajes de aquel caballero tan buen mozo, tan elegante y tan alegre.

Doña Paz y su hija notaron aquella unión inseparable; y se acercó a Chole la buena señora y le dijo con disimulo:

—No conviene que bailes tanto con ese señor.

Pero ella no se dio por entendida, porque estaba fuera de sí, deslumbrada, enloquecida. ¡Qué diferencia entre Camposorio y los demás galanes del pueblo! Eran unas figuras ridículas, comparados con este caballero tan culto y simpático. Pensaba en el maestro de escuela y le daba vergüenza; pensaba en Esteban y le daba risa. ¡Qué atrevimiento el de poner en ella los ojos, cuando había sido criada para figurar en altas esferas sociales, y al lado de un hombre hermoso, bien vestido, brillante...; no como ellos, feos, cursis, deslucidos! No hay palabras con qué pintar su infinita satisfacción cuando se sentía llevada en brazos por aquel parisiense, al vértigo del baile, en medio de luces que giraban y de espejos que lanzaban reflejos deslumbradores. Ninguna citalense más que ella, había llamado la atención de aquel guapo mozo; desde que se le aproximó no volvió ya a separársele. ¡Qué triunfo tan espléndido!

Condújola Camposorio a la mesa, llegada la hora de la cena, y sentóse a su lado, obsequióle, sirvióle ricos manjares y escancióle del mejor vino; y ¡cuántas copas la hizo apurar con palabras irresistibles y modales finísimos! Bien veía ella que aquellos vinos exquisitos y aromáticos, el jerez oloroso, la champaña opalina, el padre Kerman dulce como el almíbar... todas esas ambrosías le montaban a la cabeza juntamente con la música, con el estrépito, con la inmensa alegría que resonaba por todas partes; pero ¡qué importaba! Era preciso prolongar aquellos felices instantes, y acrecentar más, mucho más la intensidad del goce... Y riendo, charlando y desplegando el tesoro de sus gracias, entregábase confiada a la corriente del placer, que la arrebataba en sus ondas, en tanto que Camposorio abrumaba los aires con su risa ruidosa, con sus anécdotas zumbonas y con sus encantadores *traits d' esprit*. Estaba radiante; era un astro en su apogeo.

De repente oyóse el repiqueteo de un vaso herido ex profeso para llamar la atención; y al mismo tiempo apareció don Miguel en pie, a un extremo de la mesa, con una copa de champaña en la mano.

—¡Silencio! ¡Silencio! —dijeron varias voces— ¡Va a hablar don Miguel!

Calló la música y cesó el rumor de las conversaciones en torno de la mesa. El dueño de la casa elevó entonces la voz insegura.

—Señores —dijo— soy hombre rudo, y no sé hablar con elegancia; pero tomo la palabra, porque debo de hacerlo, y sobre todo... porque estoy muy contento, muy contento... Ustedes dispensen... Ya saben que he ganado un juicio, y que el señor licenciado Camposorio fue quien lo ganó, quiero decir quien me lo ganó... Ya saben que este baile está dedicado al señor licenciado, porque tiene mucho talento... y que el talento del señor licenciado es el que me ha hecho ganar el baile... quiero decir el negocio... Ustedes comprenden... yo no sé hablar... En fin, señores, háganme favor de *ayudarme* a tomar esta copita a la salud del señor licenciado, que es el santo de la fiesta.

Los circunstantes, muy alegres ya por lo opíparo de la cena, aplaudieron a rabiar, y fueron a abrazar a don Miguel y a Camposorio; a aquel por su elocuencia ciceroniana, y a éste por su talento. El funcionario estaba radiante de felicidad, de vino y de orgullo.

—Permítanme ustedes, señores— dijo en lengua semigálica y poniéndose en pie— portar un *toast* a la salud del dueño de la casa

190

que ha querido bien distinguirme de una manera tan amable. El cielo me es testigo que yo no olvidaré jamás esta hermosa fiesta que me ha estado dedicada. No merezco ser tan alabado, porque no he hecho que cumplir mi deber... El triunfo de don Miguel es debido a la justicia, porque como dice Chateaubriand, "ninguna causa triunfó a la larga, si no es fundada en razón ni justicia"... ¡Bebo, pues, a la justicia, a don Miguel y a todos los presentes!

Aquello fue un vértigo. Una explosión de ruidosas palmadas siguió al grandilocuente brindis; apuráronse y volvieronse a llenar las copas; hubo nuevos abrazos, apretones de manos, plácemes y otras mil demostraciones regocijadas de aprobación, que llevaron la alegría a su más alto punto. Y entrando la confusión y el desorden báquicos en la alegre reunión, todo se volvió carcajadas, conversaciones en voz alta, brindis, interpelaciones, promesas de amistad, declaraciones de simpatía, revelaciones de pequeños resentimientos, reconciliaciones, hurras y bravos, que se mezclaban en el aire al sonar de los platos, al retintín de las copas, y al estallido de los tapones del champaña.

Terminada la cena, volvieron al baile las parejas, y prosiguió la fiesta mucho más ruidosa, animada y embelesadora que nunca. Las niñas tímidas habían perdido la cortedad y adquirido desembarazo; las animosas y desenfadadas reían y charlaban franca y rasgadamente; los papás se olvidaban de cuidar a las hijas; los galanes mostrábanse verbosos, entusiastas, llenos de pasión y de brío. La casa toda parecía un manicomio, conforme había entrado en movimiento, desorden y alharaca. No había rincón que no se viese invadido por los concurrentes. Habían éstos acabado por hacerse de confianza, y entraban y salían por todas partes, ya para hablar a solas, ya para dedicarse brindis privados, ora para descansar del bullicio, o bien para dormir la mona, en los sillones, sofás y confidentes.

A merced de aquel barullo y de aquella gresca secundada por los músicos, a quienes se había confortado con comida y bebida suficientes para que pudiesen soportar la desvelada, buscaron su acomodo y le hallaron a todo su placer los circunstantes, colocándose cada cual junto a quien quiso, sin que hubiese quién lo llevara a mal, ni quién lo entorpeciese. Enamorados que se miraban de lejos y no podían hablarse nunca, por la vigilancia de la familia, no se apartaban un punto, bailaban cuanto querían y se sentaban en sillas contiguas. Reinaba sobre la muchedumbre aquel humor fácil y abierto que todo lo ve alegre y sencillo, que no reflexiona ni medita, y deja ir las cosas a medida del placer, con el único e íntimo deseo de que no se turbe la fiesta.

El pobre vejete padre de Chole, vestido con chaqueta y pantalones raídos y de antigua moda, miraba la zambra desde lejos, detrás de los pilares de los corredores y buscando la sombra. También él estaba un poco achispado, pues, a la hora en que los músicos habían descendido del tablado para invadir las mesas del ambigú, habíase atrevido a sentarse confundido con ellos, y aun a apurar los restos de las copas que los convidados habían dejado sin concluir. Con esto, y con algunas botellas de cerveza alemana con que fue obsequiado por la servidumbre, logró pescar una monita bastante alegre, que lo hacía ver deslumbrantes las bujías, y todo muy hermoso, como si en un instante hubiese sido trasformado en cuento de las *Mil y una noches* el mundo que lo rodeaba. Miraba a su hija en brazos del perillán Camposorio, y se reía a solas desde su escondite, lleno de satisfacción, pensando que aquel gran personaje la había distinguido entre todas con honoríficas atenciones.

Y no perdió tiempo el funcionario. Lisonjeó a Chole, hízole mil cumplidos, la deslumbró con el relato de sus grandezas, la embelesó con sus anécdotas y donaires, y acabó por cortejarla lisa y llanamente, declarándole su amor volcánico, que no le cabía en el pecho, y que clamaba a voz herida un poco de correspondencia para no ocasionarle la muerte. No estaba la joven en situación de reflexionar y saber a punto fijo lo que hacía; la fiesta, el vino, la admiración y el orgullo la tenían fuera de sí; de modo que no pudo resistir aquel ataque tan hábil como vigaroso. Olvidó la cartilla amorosa, que manda a las mujeres manifestarse incrédulas, primeramente, de la pasión que se les declara, en seguida, pedir un plazo para contestar al interrogatorio sentimental; y luego sujetar a pruebas de agua, sol y sereno, verdaderas ordalías, al galán, antes de corresponderle. Así fue que, sin preámbulo ni meditación, sin dudas ni reticencias, contestó a don Enrique con un *sí* patente, rápido, febril, como quien cree que la ocasión es calva, y precisa asirla por el único cabello que tiene, para no dejarla escapar.

Concluyó el sarao cuando comenzaba a clarear la mañana. La campana de la iglesia llamaba ya a misa, y acudían al templo las personas devotas cuando se disolvió la reunión, a modo de grotesco aquelarre destruido por los rayos del sol. Y se fueron los bailadores a sus casas a reponerse del desvelo, del cansancio, de la indigestión de la cena y de la irritación de los vinos.

Sólo doña Paz y Ramona habían conservado su equilibrio y compostura naturales, durante aquellas horas de delirio. Apenas desfloraron las copas con los labios y bien pronto se alejaron del ambigú, sorteando con habilidad todos los compromisos que se les presentaron, para no incurrir en ningún exceso, ni romper el sosiego de la mente. Cuando Camposorio, con la vista turbia, tarda la lengua, sombrero a media cabeza y sobretodo metido en un solo brazo, gritó: *¡la dégringolade!*, estaban ellas en su puesto, despidiendo amablemente a los invitados.

Acercóse Chole a ellas, seguida por el padre, que se mantenía a distancia respetuosa. Y llegóse a doña Paz y le dio un beso ruidoso; pasó luego a Ramona y estrechándola fuertemente entre los brazos, plantóle dos en las mejillas, y le dijo con efusión:

—¡Adiós, Monchita!

Aprovechó Ramona aquellos momentos para decirle al oído, sin que la oyese Camposorio:

—¡Es casado el juez!

Estremecióse Chole al oírla, demudósele el semblante y quiso decir algo; pero no se atrevió, por tener encima los ojos de tantas personas. Así que limitóse a clavar en Ramona los suyos con mirada atónita y a murmurar por lo bajo:

—¡Si no hay nada!...

Pero la mísera se alejó llevando clavado en el pecho el dardo de la desconfianza. Dio el brazo a Camposorio, que se empeñó en acompañarla a su casa, sin hacer aprecio del padre, que caminaba en pos de ellos solo y con paso tardo; pero mantúvose en el camino obstinadamente callada, hasta que al llegar a la puerta dijo al galán:

—Dentro de un momento salgo a la ventana; espérame.

Llenóse de júbilo el funcionario al oír aquella frase. No quería cosa mejor que continuar la conquista y adelantar en ella cuanto fuese posible. Estaba rendida la fortaleza; podía decir lo que César: *Vini, vidi, vici.* ¡Oh, con cuánta fruición esperó acercarse a la reja y prodigar a moza tan garrida el tesoro de ternezas que le bullía en los impacientes labios!

No tardó en dejarse oír el ruido que hacían las puertas al abrirse. Y Camposorio, que estaba pegado a la reja, como fiera que salta sobre su presa, y sin más preámbulo, cogió la mano de la joven y cubrióla de caricias.

—¡Cómo te adoro, Chole! —dijo con acento trastornado.

—Un momento —repuso ella retirándola—; necesito que hablemos seriamente.

—¡Seriamente! —exclamó don Enrique riendo— *¡Allons donc!*

—Sí, seriamente.

—Las cosas serias son muy enfadosas.

—No te rías... no es cosa risible.

—*Voyons, ma bella,* a la salida del baile...

—Es el momento de tratar este asunto... 0 te pones serio, o me retiro... escoge.

—Prefiero ponerme serio, horriblemente serio. Mírame ¿no te parezco bastante serio?

—Quiero que me contestes una cosa... pero con verdad... sinceramente... como caballero y como cristiano.

—*Mon Dieu!...* Me haces miedo *parole d'honneur.*

—¿Me contestas, sí o no?

—No te dejaré sin respuesta...

—Me acaban de asegurar que eres casado...

Camposorio se turbó, vaciló y guardó silencio durante unos momentos.

—Vamos, responde: ¿es verdad que eres casado?... ¿Es cierto?

Logró el juez al fin dominar la sorpresa, y soltó una carcajada estridente.

—*Malheureusement oui* —dijo—; pero ¿qué tenemos con eso? Podemos seguirnos amando *quand méme.*

En aquel momento la luz naranjada de la aurora hirió su rostro, sorprendiendo en él un gesto de embriaguez, sensualidad y desvergüenza tan atroz y repugnante, que Chole sintió enrojecérsele el rostro; así que, sin decir una palabra, ni articular una queja, dejó la ventana de improviso, y cerró las puertas de golpe y con estrépito. Quedó el tenorio perplejo por un rato, sin saber qué partido tomar, pues no había entrado en sus cálculos un desenlace tan extraño a aquella tan hermosa aventura; miró por algún tiempo fijamente la cerrada ventana con ojos de idiota, y al fin alejóse de aquel sitio, encogiendo los hombros, haciendo equis y murmurando entre dientes los versos de Moliére:

La téte d'une femme est comme une girouette
Au haut d'une maison, qui tourne au premier vent.

XIX

Alicaído y tristísimo estaba Estebanito cuando Gonzalo, al volver de la estancia dos días después del sarao, fue a buscarlo al despacho.

—¿Qué tal el baile? —preguntóle— ¿Lo viste? ¿Estuvo lucido?

—Famoso —repuso melancólicamente el tenedor de libros—. Nunca se había visto cosa igual en Citala; don Miguel echó el resto.

—¿Mucha concurrencia?

—Muchísima. Todas las familias notables del pueblo; las de las haciendas ricas de los contornos, y otras que vinieron de la capital.

—¿A qué hora concluyó?

—No supe; debe haber sido a la madrugada. Cuando me vine eran las tres de la mañana, y todavía estaba tan animado como si comenzase.

—Pero, hombre ¿por qué no esperaste a que terminara?

—No tenía humor, me sentía contrariado.

—¿Por qué Estebanito? ¿No estaba allí Chole?

—Sí que sí, y más guapa y más elegante que nunca. ¡Si la hubieras visto, con su vestido rojo y sus zapatos amarillos! Estaba encantadora. Nunca me había parecido más bella ni más graciosa que esa noche.

—No entiendo, entonces por qué desertaste del campo.

—Te lo voy a decir. ¿Te acuerdas del juez que fue al desfile?

—Sí, don Enrique Camposorio ¿qué tiene?...

—Pues bien, ese afrancesado de dos mil demonios, no dejó de bailar con ella en toda la noche.

—Pero eso qué tiene de particular; la que va al baile, tiene que bailar, es lógico...

—Pero ya me conoces como soy de celoso... Se me figuró que el demontre del Pilatos ése la andaba cortejando, y no tuve fuerzas para sufrirlo.

—¿Y ella?

—Ella lo trataba con amabilidad, porque es persona bien criada; pero estoy seguro de que allá para sus adentros, ha de haber andado muy disgustada... la conozco. A veces lanzaba miradas al zaguán abierto de par en par, donde estaba yo en medio de un grupo de curiosos. No me cabe duda que eran para buscarme... Pero al fin no pude resistir. Comprendí que si continuaba viéndola en brazos de ese maldito licenciado, era capaz de hacer una barbaridad, y preferí venirme...

—¿Y no viste a Ramona?

—¿Cómo no? Por cierto que llevaba un traje todo blanco, con una gardenia en la cabeza... parecía un ángel.

—Por supuesto que ella no bailó.

—No recuerdo... creo que no... espera. Sí bailó... una sola pieza, una sola.

—¿Con quién? —preguntó Gonzalo con rostro demudado.

—Con Luis Medina.

—¡Eso no puede ser! —gritó el joven con ira— ¡Eso no puede ser!

—Si hubiera sabido que te enojabas, no te lo hubiera dicho.

—Pero ¿estás seguro de que bailó con Luis?

—No quisiera habértelo revelado; pero ya que la solté, no tiene remedio... Estoy enteramente seguro, tan seguro como de que tengo que morirme.

—¡Es una infamia! —exclamó Gonzalo con vehemencia—. Ella bailando, y yo sufriendo con el alma y con el cuerpo. ¡Nunca lo hubiera creído!

—Tranquilízate —prosiguió Estebanito con sencillez—; eso nada tiene de particular. La que va al baile tiene que bailar; es lógico.

—No, señor no es lógico.

—Es lo que acabas de decir...

—Sí; pero te lo dije hablando de Chole.

—Pero hay que aplicarlo también a Ramona. Está en el mismo caso.

—No, señor; porque lo que es lógico respecto de una, no lo es respecto de la otra.

—No veo la razón de la diferencia.

—¡Te prohibo que compares a Chole con Ramona! —concluyó Gonzalo furioso saliendo de la estancia a pasos precipitados.

No era agresivo, ni humillaba nunca a nadie, ni mucho menos a Estebanito, por quien sentía cariño mezclado de lástima; pero no sabía lo que decía. La sorpresa, el dolor, los celos, lo tornaban injusto.

Pasó todo el día pensando en el baile. Se figuraba verlo y tener presente a Ramona. ¡Cuán hermosa le parecía con aquellos atavíos virginales! Sólo de imaginársela, latíale el corazón lleno de ternura. Mas luego miraba aparecer a su lado a Luis Medina, buen mozo, elegante, irresistible. Acercábase a ella poco a poco, sin hacer ruido, como la víbora a su presa, y de repente la arrebataba en sus brazos, y se perdía con ella entre el gentío, al compás jubiloso de la orquesta. Pasaba aquella pareja de tiempo en tiempo ante sus ojos, y luego se escondía entre la multitud, y tornaba a aparecer, y tornaba a ocultarse, haciendo que se aumentasen su rabia y su despecho a cada instante. ¡Mirábalos sonrientes, alegres, confiados! ¡Cómo se habrían reído de él, tan crédulo y cándido! Habíase marchado a lo más selvático y apartado de la hacienda para dejarles el campo libre, a fin de que pudiesen traicionarlo a todo su sabor... Pero él no permitiría aquellas burlas en que iban de por medio su corazón, sus ilusiones, su vida... Caro se lo habían de pagar uno y otra; lo juraba por lo más santo.

Y siendo tan dulce y bueno de ordinario, meditaba planes siniestros de morir, de matar, de destruir, de regar la tierra con sangre propia y ajena, pues sólo así podría calmarse la horrible ansiedad que lo devoraba. Y sonreía a sus solas dominado por estas ideas, y murmuraba con tono sombrío:

—La tramoya tendrá un desenlace inesperado. La comedia acabará en tragedia...

Y, crispando los puños y apretando los dientes, parecía amenazar a algún enemigo oculto en el vacío.

—¿Qué te pasa, hijo? —preguntóle don Pedro mirándolo tan torvo y pensativo.

—Padre, que Ramona me engaña.

—No digas disparates; eso no es posible.

—Así lo decía yo; pero ya no lo digo.

—¿Qué traición te ha cometido?... Vamos.

—Roguéle que no bailase con nadie el día de la fiesta celebrada en su casa, ni menos con Luis Medina, quien, como sabes, es su pretendiente público, reconocido, y, además protegido por mi tío... Todo me lo ofreció de buen grado, con apariencia de sinceridad y palabras afectuosas... Quedé confiado, pensando cumpliría la promesa... y como me inspiraba tanta fe, como nunca sospeché que me engañase, y la tenía por la mujer más buena y veraz del mundo, sobrellevé con paciencia el desagrado del baile, y estuve relativamente contento estos días... Pero el desengaño no se ha hecho esperar. Está probado que Ramona no merece la fe que le he tenido, y que es perversa y capaz de lo más malo... Esteban la vio bailar... ¿Con quién piensas?... Precisamente con Luis Medina... y con nadie más que con él... Todavía, si hubiese bailado con otro, me habría parecido su acción menos desleal; pero con él... y solamente con él... es el colmo de la crueldad y de la felonía.

—Me asombra lo que me dices... Esteban puede haberse engañado.

—No, padre, no se ha engañado; la ha visto con sus propios ojos.

—Siendo así, es necesario disculparla de alguna otra manera. Se necesitaría no conocerla para condenarla por las apariencias.

—Padre, dispensa; pero aquí no hay apariencias... sino realidades.

—Yo no digo eso; sino que, aunque las apariencias la condenan, debe tener grandes disculpas en su abono, y es preciso oírla.

—Lo que soy yo, no volveré a hablarle en los días de mi vida.

—No, hombre, estás exaltado, por eso te expresas así; pero es preciso que reflexiones... Tu dicha vale bien la pena de que seas cauto y prudente. Sería yo el primero en reprochar tu conducta, si te dejaras llevar de cualquier arrebato. No, señor, para eso somos hombres; para pensar, para reflexionar, para seguir la luz de la razón.

Gonzalo hizo un movimiento negativo con la cabeza.

—Sería la primera vez que me disgustara seriamente contigo, si obraras de esa manera... Está bien, ya que por hoy te niegas a escucharme, una cosa sí harás, porque te la mando: No tomarás ninguna determinación en estos momentos de ceguedad... La ira es mala consejera, y convierte a los hombres en bestias... Prométeme obedecerme al menos en esto.

Había concluido por echarse a llorar el mancebo.

—Haré lo que ordenes, padre —dijo—, soy muy desventurado. Guíame tú, que me quieres y tienes calma y experiencia.

Al oír las palabras tan doloridas, acercósele don Pedro, y tendiéndole los brazos, estrechólo contra el pecho noble y generoso.

No pasaron muchos días sin que se recibieran noticias de don Gregorio Muñoz. Este licenciado y Jaramillo reñían en la capital batalla furiosa, movidos ambos por grandes y poderosos incentivos, de aquellos que impulsan a los hombres a producir en la vida los hechos más resonantes y trascendentales. Guiaba a aquél la soberbia, que no le permitía verse humillado por antagonista tal como don Crisanto, en aquellos tribunales, teatro de sus triunfos y de su gloria; y a éste el amor al oro, que le gritaba a toda hora que cuanto más airoso saliese del pleito, mayor sería la retribución pecuniaria que don Miguel le deparase. Habíale sucedido además, al tal, lo que a menudo les pasa a los que se dejan dominar por una gran pasión; que había acabado por padecer el extraño error de figurarse que nada podría resistirle, y que le sería fácil dominar al tribunal como a Camposorio, por medio de malas artes. La victoria obtenida por esos medios, habíalo llenado de suficiencia, como si hubiese sido producto de su talento y dialéctica, y abrigaba la secreta esperanza de deslumbrar a los magistrados con su arrolladora elocuencia, o bien de entrar en componendas con ellos, convirtiendo el tribunal en mercado de vilezas. Así es que, animado por convicción sincera, escribió a Díaz diciéndole que no sufriese pena por el recurso interpuesto, porque le aseguraba de la manera más formal y segura, que el negocio se ganaría en la segunda, como se había ganado en la primera instancia; pues aparte de ser justo por su naturaleza, era admirable por su claridad, filosofía y ciencia el fallo de Camposorio. Malas lenguas decían, a este propósito, que Jaramillo mismo había redactado aquella sentencia por él tan elogiada; especie que tenía visos de verosímil, dado que no había en ella galicismos, ni faltas de ortografía, cosa corriente en los escritos del parisiense, y que mostraba algún arte en la exposición de los hechos y de los fundamentos de la inicua resolución, cosas todas que eran muy superiores a los alcances del alegre, culto y elegante funcionario. La carta de Jaramillo produjo, no obstante, un efecto adverso al esperado, en el ánimo de don Miguel.

Como el pobre no era una maravilla de inteligencia, ni mucho menos, ni tenía versación en cosas forenses, habíase figurado que el juicio estaba enteramente concluido, cuando recibió el pomposo mensaje de Jaramillo, que le daba a conocer la favorable resolución dictada o firmada por Camposorio; así es que, al imponerse de la carta de su abogado, recibió un rudo golpe, que lo amilanó sobremanera. Luego escribió a Jaramillo preguntándole qué era aquello de *pelación* de que le hablaba en su grata —que bien ingrata habíale sido por cierto—, y que si aquel nuevo enredo significaba que el tribunal pudiese desbaratar lo hecho por Camposorio. Explicóle su apoderado como pudo, lo que significaba la oscura y misteriosa palabra, y díjole, que, aunque era posible que se revocase la sentencia de primera instancia, no debía abrigar temor alguno de que tal sucediese, porque, según el cariz de la situación y el estado de ánimo de los señores magistrados, debía tener por evidente que su causa sería de nuevo coronada con un triunfo espléndido y definitivo.

Don Miguel era supersticioso. La palabra *pelación* le había hecho muy mal efecto; mirábala como vocablo cabalístico, preñado de sentido infernal; dábale idea de sitio lóbrego lleno de reconditeces, asechanzas y tramoyas. Así se lo dijo a Jaramillo en una segunda carta que le escribió, la cual concluía de esta manera: "Licenciado, a mí no me hable de *pelación* porque no entiendo. Me suena a *pela*, como si fuese para *pelar* a los litigantes, o para darles una *pela* de azotes. Ya verá, abogado, como nos *pelan* los señores magistrados. Dígales que no precisa que se molesten; que ya falló el *fuez* y que no hay para qué seguir moviendo el agua. Porque ¿para qué sirven los *fueses,* si no se ha de hacer lo que ellos dicen, sino lo que quieran los magistrados? En tal caso, sería mejor que los quitaran, porque se ahorraría el sueldo que ganan y los litigantes no se verían chasqueados, como yo ahora. Es menester que les hable a lo corto y que no se deje. No quiero quedar en ridículo, se lo aviso. Si hice baile, fue porque creía que ya habíamos ganado *de a tiro.* Ojalá que me hubiera dicho que todavía estábamos en *veremos;* no me hubiera metido en camisa de once varas. Pero como su mensaje estaba tan fanfarrón, me figuré que todo había concluido, y que ya era mío el Monte de los Pericos. ¡Y ahora vamos saliendo con que me pueden dar una *pela* los señores magistrados! Ya sabe, licenciado, que a mi no me gustan estos chismes y que metí en el pleito sólo porque usted me aseguró que habíamos de ganar. ¡Cuidado con que, al fin del cuento, vayamos resultando con que todo fué *fáfala,* y con que perdimos lo ganado! No quiero quedar en ridículo, se lo repito, porque sería capaz de morirme de la rabia, si mi compadre me derrotara. Gaste todo el dinero que sea necesario para que salgamos con felicidad de la *pelación;* lo que importa es que ganemos".

La parte final de la carta, que hablaba de los gastos, fue lo que tuvo para Jaramillo mayor sentido, pues, por lo que hace a la inquietud y descontento de su cliente, poco le interesaban, tanto por el íntimo desdén que le inspiraba el escaso cacumen de éste, como porque, según lo hemos dicho, tenía por probable ceñirse ahora los mismos laureles que se había ceñido ante el juez inferior.

Pero no contaba con el amor propio herido del licenciado Muñoz, ni con su vasta inteligencia, asombrosa sabiduría y gran valer social y forense. Una vez puesta en movimiento aquella máquina poderosa *patentada* por la naturaleza, no había fuerza que pudiese resistirla;

porque valía por muchas máquinas reunidas, por todo un ejército de maquinillas que le saliesen al paso.

Largo, erudito y elocuente fue el estudio de los autos del deslinde, hecho por el jurisconsulto. Demostró con las constancias procesales, que la línea verdadera de división entre el Palmar y el Chopo, era la que, partiendo de la Barranca Honda, por donde corre el río de Covianes, va por el Arroyo de los Pinos hasta la Punta del Picacho del Cerro Colorado. Así aparecía de la declaración de los testigos identificantes; así del acta de inspección judicial; así, sobre todo, de los documentos por ambas partes exhibidos. Y no se ciñó a esto don Gregorio, sino que hizo de todo una demostración amplísima, en una erudita disertación, donde trató de lo que eran los deslindes a través de la historia, con citas copiosas y elegantes de diversos autores romanos, españoles y franceses, que hermoseaban profusamente su estudio, haciéndolo aparecer como rica tela recamada de oro y salpicada de perlas. Movió, aparte de esto, medio mundo para recomendar el favorable y pronto despacho del negocio; y habló con los amigos y deudos de los magistrados, con quienes tenía valimiento, solicitando su influjo, a fin de que se le administrase cumplida justicia, y como era todo un personaje, y tenía los poderes de las casas ricas de la capital, resultó que sus trabajos privados fueron más eficaces que los oficiales que constaron en las actuaciones, porque la instancia fue sustanciada al vapor, a pesar de los esfuerzos de Jaramillo para estorbarlo.

Llegado el día de la vista, don Gregorio dio lectura ante la Sala colegiada, a su brillantísimo informe, que se prolongó por dos sesiones de tres horas, con grande hilaridad de Jaramillo, quien decía que aquello era para hacer el cuento largo, porque la cosa no era para tanto, ni había para qué traer a colación a Gayo y Bartolo, a propósito de un negocio de poca monta, cuya justicia —en favor de Díaz se entiende— era palmaria. Mas no fueron de la misma opinión los señores magistrados, quienes se volvieron lenguas hablando de la excelencia de aquella pieza forense, comparable con las mejores disertaciones de Reus o Caravantes; aunque protestando que esa opinión particular nada significaba para la cuestión de justicia, pues eso ya después se vería.

La verdad es que el día de la vista, no quedó despierto más que un magistrado a la hora del luminoso informe, y éste fue un oidor un tanto sordo que, deseoso de hacer creer que no perdía palabra de lo que parecía escuchar, mantuvo la atención fija en los labios del ilustre jurisconsulto, con el propósito de entender por el movimiento de ellos, lo que no le era dable alcanzar por su sonido. Los otros dos, arrullados por el murmullo de aquella sonora cascada de frases clásicas, fueron cayendo insensiblemente en el limbo de los sueños, hasta que se despeñaron en lo más profundo de sus simas silenciosas. Desde que el notabilísimo letrado desenvainó su trabajo colosal, sacándolo de las reconditeces del enorme bolsillo de la levita, comenzaron aquellos funcionarios a lanzar miradas de desconfianza al manuscrito, calculando por su volumen el número de pliegos que podría tener; continuaron luego echando miradas indagadoras al cuaderno, cada vez que el señor Muñoz daba vuelta a las fojas, y suspiraban desconsolados al notar que, por más que leía página tras página, quedaba el cuaderno casi intacto, como formado por una resina de papel maravillosa. Al fin perdieron la esperanza de llegar al término de la audiencia, y halagados por la blanda música de la sabiduría, que suele ser narcótica, echáronse en brazos de Morfeo, deidad compasiva que consuela a los mortales de hartos dolores e incontables fastidios. Uno de los magistrados tenía la virtud de dormir tieso, como si fuera de estuco; a éste no se le echaba de ver el letargo, sino por la persistente clausura de los pequeños e inyectados ojos. El otro, menos dichoso y más blando de articulaciones, habíase derribado sobre el sillón de brazos, con las manos vueltas hacia el frente y caídas hacia el suelo, abierta la boca huérfana de dientes y muelas, y pegada al pecho la barba, por falta de fuerzas en el cuello para sustentar la pensadora cabeza. De tiempo en tiempo, cuando don Gregorio arrebatado por el numen del énfasis, elevaba la voz para soltar algunas exclamaciones de gran efecto, estremecíanse los cristales de las ventanas, desprendíanse del techo algunas capitas de cal —porque todo trepidaba al impulso de aquel acento estentóreo—, y los magistrados dormidos abrían los ojos por unos momentos, los revolvían en las órbitas, rojas como ascuas, se saboreaban un poco, como diciendo: *¡qué bueno es esto!,* y tornaban a despeñarse en el abismo de su honrada inconciencia.

Pero ya sea que, concluídas las sesiones destinadas a la vista del negocio, hayan echado una ojeada al famoso trabajo de Muñoz, ya sea que hayan encontrado llana y fácil la cuestión debatida en los autos e innecesario atormentarse con la lectura de pieza tan erudita; lo cierto es que, a pesar de las burlas y chuscadas de Jaramillo, que procuró arrojar la piedrecilla de sus sarcasmos contra los pies de barro del coloso, la Sala, con rapidez inaudita, demostrativa de la incontrastable influencia de don Gregorio, revocó a los tres días, por unanimidad de votos, la sentencia de Camposorio, aprobando la línea de división entre el Palmar y el Chopo defendida por don Pedro, y declarando que el Monte de los Pericos quedaba dentro de los límites del Palmar.

El mundo entero manifestóse asombrado con motivo de tal acontecimiento, no en verdad por la naturaleza de la sentencia, sino por la inusitada rapidez con que había sido dada. El honorable tribunal tenía costumbre de tardar meses y aun años para dictar sus resoluciones, por sencillas que fuesen. Así que el pasmo de la sociedad ante celeridad tan inaudita fue tan grande, como el que sentiría el que viese correr a una tortuga con la ligereza de un caballo árabe.

XX

Mirando Ramona, después de algunos días de inútil espera, que Gonzalo no iba a Citala, ni le escribía, ni procuraba hablarle, comprendió lo que pasaba, y a fin de tener una explicación, escribióle una esquela cariñosa en la que le decía deseaba comunicarle cosas importantes, y le suplicaba fuese a la casa de Chole, donde lo esperaba tal día y a tal hora. Gran alivio sintieron los males de Gonzalo sólo con recibir aquellos renglones, que revelaban de parte de la joven interés hacia él y propósito de llevar adelante las amorosas promesas de antaño. Y radiante de júbilo mostróla a su padre, quien le dijo que aquello no tenía para él nada de extraño, pues siempre había creído en la fidelidad de Ramona, y nunca había desconfiado de su bondad.

—Anda, pues —concluyó— y dile que no tenga cuidado por lo que pasa entre mi compadre y yo, pues no son más que locuras de viejos, y que la sangre no ha de llegar al río. Dile también, que tengo gran deseo de verla, lo mismo que a Paz, para que hablemos largamente acerca de mil asuntos que nos interesan.

—Con mucho gusto cumpliré tu encargo: así verá Ramona que siempre la quieres, y cuán grande es la diferencia que hay entre su padre y el mío.

Don Pedro sonrió satisfecho al oír frases tan placenteras, y se despidió de su hijo, que partió para el pueblo.

Cuando llegó Gonzalo a la casa de Chole, ya estaba ahí Ramona. Invitada para pasar el día con su amiga, había aceptado la fineza con mil amores, siendo todo, valor entendido entre ambas para preparar la conferencia. La alegre moza pretendida por Estebanito, mostrábase tan radiante y contenta como siempre; no tenía en el rostro un solo rasgo de tristeza. Su desventurada aventura con Camposorio no le había producido más que un penoso bochorno y una gran cólera, pues no había habido tiempo para que arraigase en su pecho aquella naciente simpatía; pero, a tener cerca al perillán del juez, gustosa le sacara los ojos. Afortunadamente las ligerezas cometidas por Chole en el baile habían pasado a la hora de la locura general, y nadie había reparado en ellas, excepto doña Paz y Ramona; pero, siendo éstas tan buenas y discretas, no había temor de que divulgasen el odiado secreto. Por convenio tácito entre ellas, jamás volvió a tocarse ese punto; de suerte que Chole miraba aquel absurdo episodio, pasado en momentos de delirio, como una pesadilla dolorosa, cuyo recuerdo la contristaba y procuraba sofocar. Un observador atento habría notado en la joven algunos cambios de carácter, desde aquel día. Parecía más contenta de su situación; era más cariñosa con su padre, y mostraba menos pretensiones. Hubiérase dicho que el golpe recibido le había abierto los ojos y hecho comprender que no debía aspirar a subir a grandes alturas, sino resignarse a vivir en paz con su pobreza. Acaso comprendió con su claro talento, que la ambición la llevaba por caminos peligrosos. sembrados de asechanzas; y, como no era mala, sino frívola, y tenía buenos sentimientos, retrocedió espantada ante aquella perspectiva, inclinó la frente y se sintió llena de melancólica conformidad.

Después que hubieron pasado las salutaciones habituales, dijo Chole sonriendo a Ramona y a Gonzalo, que iba a cantarles un poco, ya que eran tan afectos a su música. No estaba en casa la tía, había ido a la iglesia a rezar el rosario; de suerte que la ocasión no podía ser más propicia para la celebración de la entrevista.

Sonaron los palos de la carraca, elevó Chole el fresco y juvenil acento, y los enamorados, sentados el uno junto al otro, pudieron entrar en materia.

—¿Por qué no habías venido? —preguntó la joven—. ¿No tenías deseos de verme?

—Ardía en ellos. Ramona, pero estaba resentido contigo.

—¿No habíamos convenido en que, siempre que hubiese algún motivo de disgusto entre los dos, nos pediríamos explicaciones?

—Sí; pero no me sentía con fuerzas para verte. Estaba indignado. Mi padre me ha calmado mucho. A propósito, me encargó te dijese que no tengas cuidado por lo que pasa, pues no son más que locuras sin consecuencia, y que tiene deseos de hablar contigo y con mi tía.

—¡Cuán bueno es! Dile que nosotros también los tenemos de hablarle, y que Dios quiera que acaben estos trastornos que nos tienen fuera de juicio.

—Como te iba diciendo, me calmó mucho mi padre, y me hizo prometerle que no tomaría ninguna determinación violenta. Se lo ofrecí, y creo que tuvo razón en exigírmelo, porque ahora estoy más sosegado.

—¡Bendito sea Dios! Hubiera sido la cosa más injusta del mundo la explosión de tu cólera, porque no he hecho nada que pueda ofenderte.

—¡Cómo no! Te parece poco haber bailado con Luis! ¿No te había dicho que no lo hicieras con nadie, ni menos con él, y no me habías ofrecido hacer mi voluntad? Cuando supe que habías faltado a la promesa, me pareció que soñaba, y sentí como si el mundo se me hubiera caído encima, porque nunca hubiera creído fueras capaz de cometerme traición. ¡Tan buena así te juzgaba!

—¿Y no tienes ya de mí la misma idea?

—Ahora desconfío de ti, lo que nunca me había pasado. Antes del baile, eras para mí como un oráculo; ahora eres una mujer que quiero, a quien no puedo dejar de querer... pero de quien temo perfidias.

—No me digas esas cosas, no me atormentes; no las merezco. Óyeme primero y júzgame después.

En seguida refirió la joven cómo había recibido de su padre la orden terminante para bailar con Luis, cómo la había resistido al principio, cómo se había exaltado don Miguel hasta amenazarla con hacerle violencia, y cómo, para evitar el escándalo, se había visto obligada a obedecer. Gonzalo se quedó pensativo algún rato, y luego repuso:

—Si es cierto lo que me dices, mereces disculpa; pero sólo disculpa, pues yo en tu lugar, me habría dejado hacer pedazos, antes de faltar a mi compromiso.

—¿A pesar del escándalo?

—A pesar de todo.

Gonzalo decía lo que no sentía. Si él mismo se hubiera encontrado en ese caso, no habría podido hacer más que lo hecho por ella; pero así suelen hablar los enamorados.

—En tal caso —dijo humildemente la joven—, perdóname; creí que, obligada por la fuerza, era inculpable.

—Bueno —repuso el joven—, no hay que hablar más de ello. Cuando me imagino que te veo en los brazos de Luis, siento que toda la sangre me hierve, y me vienen ímpetus de hacer cosas atroces. Todos estos días he estado atormentado por esas ideas.

—No pienses en eso; vale más que no lo pienses.

—¡Que no piense en ello! —prosiguió el joven exaltándose—. ¿Cómo quieres que no lo piense, si es mi obsesión? Es imposible... ¡no me lo digas! Sabe Dios cuánto tiempo tendrá que pasar antes de que se serene mi espíritu.

Ramona inclinó la cabeza con angustia.

—Y aún falta lo más importante —continuó Gonzalo—. No hemos tocado ese punto. ¿De qué te habló Luis.? Todavía no me lo cuentas.

—Ahora mismo te lo iba a decir; pero como te vi tan irritado...

—Aunque me irrite, aunque me veas enajenado por la rabia, aunque me muera; cuéntamelo, cuéntamelo!...

La joven titubeó.

—¡Te lo exijo! —exclamó Gonzalo.

—Está bien... pero no te enojes. Luis me habló... me habló... de lo que puedes figurarte.

—Yo no supongo nada: quiero saberlo todo.

—No me hagas sufrir tanto... Pues me hizo una declaración.

—¿Conque sí, eh?

Ramona hizo una señal afirmativa con la cabeza.

—Bien me figuraba que la cosa no había de haber sido tan sencilla. ¡Si era demasiado sabido que te cortejaba, y que quería bailar contigo para hablarte de amor! Haber accedido a bailar con él, fue lo mismo que prestarte a la realización de sus planes... Es lógico. Y tú que ¿qué hiciste?...

—¿Qué querías que hiciera?

—¿Le oíste?

—Sólo porque no estaba sorda.

—¿No soltaste su brazo tan luego como te dijo la primera palabra, y te fuiste con tu madre?

—Hubiera sido un escándalo.

—¿De suerte que lo dejaste acabar?

—No tenía más remedio.

Había ido subiendo gradualmente el diapasón de la voz de Gonzalo.

—¿Conque no tuvo más remedio...? Pues yo se lo buscaré... Veremos si lo tiene —gritó furioso.

Era forzoso ver a Luis sin pérdida de instante, pedirle cuenta de su conducta y castigar su alevosía con mano inexorable.

Tales fueron los pensamientos que, rápidos como relámpagos, se sucedieron en el cerebro de Gonzalo. A merced de ellos, se levantó como movido por un resorte, interrumpió bruscamente el coloquio con

Ramona e, incapaz de toda cordura y ávido de saciar su rabia, cogió el sombrero y salió a pasos precipitados de la casa de Chole.

Entretanto Ramona, sorprendida y afligida por confusos y repentinos temores, clamaba tras él, sin lograr detenerlo:

—¡Gonzalo! ¡Gonzalo! Espera ¿a dónde vas? ¡Gonzalo!

Interrumpió Chole su canto al observar tan extraño suceso, y vio a Ramona sola y hecha un mar de lágrimas.

—¿Qué pasa? —le preguntó— ¿qué ha sucedido?

—Que Gonzalo se ha exaltado de una manera terrible por lo que pasó en el baile, y se ha marchado bruscamente, a pesar de que le rogaba que se quedase.

—Déjalo, no le hagas aprecio... está loco.

—Ay, Chole, no puedo; ¡lo quiero tanto!

Y siguió llorando desconsolada, pensando que Gonzalo ya no la quería, que la había dejado para siempre, y que iban a suceder muchas desgracias.

El joven, entretanto, había llegado a su casa, montando el caballo retinto, y vuelto a salir inmediatamente, dirigiéndose a la de Luis. Mandó recado a su examigo con un sirviente, suplicándole saliese a la puerta, lo que hizo Medina en el acto, como bien criado y cortés que era.

—¡Gonzalo! —dijo Medina tendiéndole la mano.

—Vengo a arreglar contigo un asunto muy serio —repuso nuestro joven sin adelantar la suya.

—Bueno, me tienes a tus órdenes —repuso Luis trocando la afable expresión del rostro por otra más severa, al sentir la descortesía.

—Sólo que no podemos tratarlo aquí. Monta tu caballo y toma tus armas; te espero.

Por la contracción de sus facciones, y por la palidez de su semblante, conoció Medina que Gonzalo venía resuelto a todo, y no tardó en adivinar cuál era la causa de su enojo. Así que, sin replicar palabra, entró en su casa, y salió de ahí a poco, montando soberbio alazán de grande alzada, con pistola al cinto y espada en la silla.

—¡A tus órdenes! —dijo a Gonzalo.

—Ven —repuso éste—; vamos al campo.

Tomaron ambos por la calle que más rápidamente llegaba a la orilla de Citala, y anduvieron buen trecho fuera de la población. Y apartándose del camino, se internaron por los potreros, yendo a detenerse a una plazoleta formada por cuatro enormes camichines que, extendiendo por el espacio su ancha, aplastada e inmóvil fronda, proyectaban una sombra espesa y oscura a su derredor.

—Te he traído a este sitio —dijo Gonzalo deteniendo el caballo—, porque está retirado y nadie puede vernos ni oírnos. No necesito entrar en explicaciones; sabes que muy gravemente me has ofendido, y en qué. Con esto basta. Ahora lo que quiero es que me des una satisfacción por medio de las armas.

—Aunque no soy valiente, tengo dignidad y jamás retrocederé ante ningún enemigo —contestó Luis tranquilamente—. Con todo, tengo que hacerte la observación de que no me remuerde la conciencia de haberte ofendido.

—Ya esperaba rehuyeses la responsabilidad de tus perversas acciones. No podía ser de otra manera.

—Modera tus palabras; no sea que pasemos a mayores cosas, sin causa racional.

—Pretextos —gritó Gonzalo—, no quieres pelear; eres un cobarde! Diciendo esto echó mano a la pistola. Luis se puso lívido e hizo ademán de imitar el ejemplo; pero se detuvo y dejó el arma en su sitio, recordando lo que en el baile había prometido a Ramona.

—Un momento —le dijo—, sólo un momento. Si eres hombre; y no bruto como pareces, debes oírme primero. Por la gloria de mi madre te aseguro, que estoy dispuesto a reñir; pero no sin que previamente nos entendamos. ¿De qué se trata?

—De que quieres a Ramona… Ahora niégalo.

—Líbreme Dios de cometer semejante vileza. Es cierto.

—De que la has cortejado.

—Es cierto.

—De que bailaste con ella la noche de la fiesta.

—También es cierto.

—De que le hiciste una declaración amorosa.

—No puedo negarlo.

—Y de que eres un infame, porque sabías que era mi novia y que estábamos a punto de casarnos.

—Eso no es verdad.

Lanzó Gonzalo a Luis una mirada de infinito desprecio al oír estas palabras.

—¡Eres un miserable! —gritó—, y necesito castigarte. Defiéndete.

—Asesíname si quieres. No sacaré la pistola antes de que me oigas. Vamos, dispara, aquí me tienes. —Y presentó el pecho a su ofensor.

—No hay más remedio que escucharte para quitar todo pretexto a tu cobardía. Habla y termina pronto, porque tengo impaciencia de castigarte.

—Pongo a Dios por testigo de que creía que tus relaciones de amor con Ramona estaban rotas. Don Miguel se lo dijo a mi padre con absoluta certeza. Todos lo aseguraban así en Citala. Tú no venías al pueblo... Y como tu padre y don Miguel estaban reñidos, me pareció verosímil, y lo creí... Por eso cortejé a Ramona. A no haber sido así, habría seguido callando, como había callado tantos años, porque mi inclinación a ella no es nueva. Siempre la he tenido... Ramona me sacó de mi error, y me acusó también de perversidad y de traición, como tú acabas de hacerlo. Ella misma puede decirte cuán asombrado me quedé al saber que no era verdad que todo hubiese concluido entre ustedes, y que aún se amasen... Me causó una pena infinita... Ahora —prosiguió el joven sacando la pistola—, ya que me oíste, he concluido ¡y estoy a tus órdenes!

Comenzó Gonzalo por escuchar el relato con incredulidad e ironía; pero a medida que iba avanzando, poníase más y más serio, y le prestaba mayor atención, hasta que acabó por mostrar en la fisonomía tanto alivio como benevolencia, tanta satisfacción como gratitud.

—¿Conque así pasaron las cosas? ¿No me engañas? —murmuró.

—Por la memoria de mi santa madre te lo aseguro —repuso Luis echando a relucir el revólver—. Conque, vamos, es ya tiempo de comenzar.

—Ahora, soy yo el que no quiere combate. Luis, amigo mío, me has abierto los ojos, y ahora lo veo todo claro. Sí, mi tío don Miguel había jurado que nos desuniría a Ramona y a mí por cualquier medio, y se ha valido de éste. Has sido engañado para que sirvieses de instrumento de sus designios... bien lo veo. Ahora sólo me resta pedirte perdón por las ofensas que te he inferido. Todas las retiro; eres el noble caballero que he conocido siempre, y mereces no sólo mi estimación y mi cariño, sino también mi respeto.

—Mucho me has ofendido —repuso Luis tristemente—; y con grande injusticia.

—Es verdad; lo reconozco. Por eso te presento mis excusas. Anda, perdóname, no seas rencoroso.

Y se acercó a él tendiéndole la mano.

—Sí —repuso Luis después de un momento de vacilación, estrechándola entre las suyas—, te perdono porque estabas loco. Me condenaban las apariencias, y se trataba, además, de Ramona, a quien tanto quieres. El solo pensamiento de perderla debe trastornarte el juicio; a mí, en tu lugar, me hubiera pasado lo mismo.

—¡Oh cuán generoso eres! ¿Y tan buenos amigos como siempre?

—Lo mismo que siempre.

—¿Me prometes olvidar esta escena?

—Jamás volveré a recordarla.

—Mil gracias, Luis, que Dios te lo premie.

Luego emprendieron la marcha de regreso al pueblo.

—Eres muy dichoso, Gonzalo —decíale Luis en el camino—. Da gracias a Dios de rodillas porque te colma de beneficios. Ramona, que es una mujer única, excepcional, ángel por el alma y por el cuerpo, te quiere con todo su corazón... te adora. ¿Qué daría yo por ser querido así por una mujer como ella?

—Lo serás, Luis, porque lo mereces. Cuando menos lo pienses, encontrarás en tu camino a la adorable compañera que te depara la mano de Dios... ya lo verás.

Lanzó Luis un suspiro y guardó silencio; pero pensó en su interior que no era posible se realizase tan feliz augurio, porque Ramona era para él un sueño desvanecido, y no podría querer en la vida a ninguna otra mujer. Pensó que no había esperanza para él, porque había muerto la que por tantos años había alimentado; que estaba de sobra en el mundo y que más le valiera no haber nacido. Pero no dijo nada, guardó silencio e inclinó la frente con tristeza. Gonzalo comprendió su dolor, y sintió compasión afectuosa.

—¿Por qué —dijo para sí—, preferirme Ramona, cuando Luis vale más que yo?

Y se puso a considerar despacio a aquel joven tan hermoso, tan bueno, tan rico... y tan desgraciado. Y se sintió poseído de inmensa gratitud a Dios por haberle otorgado el amor de aquella mujer superior, según su humilde juicio, a sus propios merecimientos.

Cuando llegaron a la casa de Luis, iban callados y pensativos ambos jóvenes, embargados por reflexiones diversas, pero igualmente nobles.

—¿Pasas? —dijo Luis deteniendo el caballo.

—No —repuso Gonzalo—, ya será otro día; tengo una ocupación urgente.

Y se estrecharon la mano con efusión cordial y sincera.

En el acto corrió Gonzalo a su casa a dejar el caballo, y se lanzó de nuevo a la de Chole en busca de Ramona. Todavía estaba allí la pobrecilla, y seguía llorando sus penas.

—¿Me perdonas? —le dijo el joven al verla.

—Me has hecho sufrir mucho. ¿A dónde fuiste?

—¿Me perdonas? —insistió Gonzalo haciendo ademán de doblar la rodilla y sin hacer explicación alguna—. Soy un criminal.

—¡Cómo no! —dijo la joven tendiéndole la mano—, ¡si te quiero tanto!

—*Ego te absolvo* —saltó Chole riendo, y haciendo ademán de bendecir a Gonzalo.

Con esto se rompió el hielo, y siguió a aquella escena casi dramática, otra alegre, animada y dichosa, en que fueron relegados al olvido todos los sinsabores y todos los disgustos. Alguien ha dicho que vale la pena de reñir, sólo por gozar la ventura de la reconciliación; y debe ser cierto, porque el firmamento mismo, después de la tormenta, queda más hermoso, limpio y sereno que antes de abrirse las cataratas del cielo y de retumbar el acento del rayo.

Chole no perdió el tiempo. Llegada la hora de la tarde en que acostumbraba ponerse a la ventana, asomóse a ella, dejando a los jóvenes entregados a dulces coloquios. Acaso la vista de aquellas tórtolas le ablandó el corazón y la hizo suspirar por una escena semejante, pues al pasar Esteban por la acera, a eso del oscurecer, lo saludó tan amable y lo miró de un modo tan intenso, que el pusilánime tenedor de libros comprendió que se pondría en ridículo si no se acercaba a la reja y le declaraba su atrevido pensamiento. Hízolo así con timidez y torpeza; pero la animosa Chole procuró sacarlo del paso con afectuosa acogida y frases benévolas. El caso fue que aquella misma tarde quedó correspondido el venturoso Estebanito, y resuelto a casarse lo más pronto que le fuese dable, por temor de que acertase a llegar al pueblo algún otro Tenorio, y le arrebatase joya tan hermosa y de precio tan subido.

No tardó Camposorio en conocer el suceso. Cuando llegó a sus oídos que Chole mantenía relaciones amorosas con aquel muchacho tímido, enclenque y feo, que había ido al deslinde en la comitiva de don Pedro, encogióse de hombros, y murmuró aquella frase de filosofía zarzuelesca con que termina *La Gran Duquesa de Gerolstein:*

—"¡Quand'on ne peut pas avoir ce qu'on veut, il faut se contenter de ce qu'on a!"

XXI

No es posible describir el enojo que sobrecogió a Díaz cuando recibió la malhadada noticia de la pérdida del pleito. Maldijo, pateó, mesóse las barbas y echó espuma por la boca. Muchas consideraciones reunidas concurrían para hacerle insoportable el fracaso: en primer lugar, y de capital modo, el triunfo de su compadre; en segundo, la pérdida del terreno; en tercero, la ridiculez de su propia situación; y en cuarto, aquel maldito baile que le había costado tanto dinero, y que no había servido sino para hacer más patente y visible su derrota. A todo esto se mezclaba un sordo resentimiento contra su abogado. El tenía la culpa de lo que le pasaba. ¿Por qué lo había empujado por aquel camino? Había resistido él, don Miguel, meterse en cuestiones judiciales, porque preveía que nada bueno podría salir de los enredos forenses; pero Jaramillo se había empeñado en engolfarle en aquella mar traidora, garantizándole sacarlo al puerto de una sentencia favorable. ¿Y todo para qué? Para ponerlo en berlina, y tornarlo pasto de la murmuración y blanco de las burlas de Citala.

¡Y buena era, por cierto, la sangría que había sufrido su bolsillo! A cada momento pedía dinero y más dinero el ʼletrado; para timbres, para retribuir a los testigos, para gastos de viaje, para trabajos secretos. Por medio de estas artimañas, le había sacado miles de pesos en unos cuantos días, como si su fortuna fuese cosa de broma y hubiese llegado el momento de hacer jura con sus pesos. Eso no se lo perdonaba ni se lo perdonaría nunca. Comprendía que aquel tunante se había divertido a su costa, haciéndolo creer cosas absurdas y prometiéndole lo que bien sabía no le podía dar. Pensando esto, exaltábase de un modo indecible, y volvió a jurar y perjurar que no quedaría burlado, y que habían de saber todos, incluso Jaramillo, que no era burla de nadie, y que cuando se lo hería de cualquier manera, sabía tomar serios y tremendos desquites.

Tal era el estado de su ánimo cuando llegó al pueblo, en mala hora, el ladino don Crisanto, a darle cuenta de su encargo; así, que recibiólo don Miguel con cara de vinagre.

—¿Qué viene usted a contarme ahora, señor licenciado? —le preguntó antes de darle la bienvenida.

—Nada, don Miguel —repuso Jaramillo soltando alegre carcajada—, que esos magistrados son unos imbéciles.

—¿Qué me importa que lo sean? La verdad es que han fallado el negocio en mi contra. Me es indiferente que me muerda perro o perra; la mordedura es la que me duele.

—No se puede negar; pero eso nada tiene de extraordinario: lo había previsto yo.

—¿Ahora salimos con eso? No, señor, usted no había previsto nada; antes, por el contrario, me aseguró que íbamos a ganar.

—Puede ser que lo haya dicho...

—No, señor, no puede ser; usted lo dijo, no consiento que lo niegue.

—Está bien; no se exalte usted. Lo dije, pero ¿no agregué al mismo tiempo, que los juicios eran juegos de azar, donde la fortuna, y no la justicia, resolvía el éxito de los negocios? Ahora niéguelo usted.

—Yo no niego nada. Supongamos que así haya pasado, ¿qué tenemos con eso?

—Que dije dos cosas distintas: una, que se ganaría el pleito, y otra, que era fácil que se perdiera. No acerté en una; pero sí en otra.

—Señor licenciado, no estoy para bromas. Hágame el favor de reservar sus agudezas para otra ocasión. Ahora lo que quiero es que me cumpla lo ofrecido. Usted me aseguró delante de don Santiago Méndez, que ganaría el pleito; me hizo usted entrar en él contra mi voluntad, y el resultado ha sido que lo ha dejado perder.

—Pero usted no comprende nada, don Miguel. Claramente le dije en la carta que le mandé antier, que esta resolución era de poca importancia, y que no debía usted afectarse por ella, pues no falla la cuestión en definitiva. El día que usted guste puede recobrar el Monte de los Pericos.

—Ahora mismo lo quiero; démelo usted...

—Las cosas no se hacen de ese modo, no lo tengo en el bolsillo; pero si usted quiere, se lo entregaré...

—¿Cuándo, cómo? —vociferó Díaz golpeándose un muslo con la mano empuñada.

—Cuando concluya el juicio de propiedad que debe seguir a éste. El apeo no sirve para poner en claro quién es el dueño de las cosas.

—Pues entonces ¿para qué me metió usted en ese enredo?

—Porque lo creí de buen resultado.

—Es usted muy crédulo... y yo más.

—Vamos, don Miguel, no me ofenda. Modérese; su situación no es tan mala. Mañana me marcho de nuevo para la ciudad, entablo el juicio de propiedad y recobra usted su terreno.

—¡Qué! —exclamó don Miguel exasperado y con el rostro color de púrpura—. ¡Meterme yo en otro juicio! ¡Dios me libre! ¡Ni ahora ni nunca! Me basta la lección recibida; no necesito otra. Para usted todo es ganancia, señor licenciado. Pelear, pedir dinero para esto, para aquello, para lo otro... y echar años y más años, y borronear papel, para al fin del cuento salir con que los pleitos son juegos de azar, y que, aunque los pierde, no se equivoca, porque desde antes lo había pronosticado... No soy servido de ello, abogado. A otro perro con ese hueso. Primero me echo a un barranco, que volverme a meter en un juicio. ¡Con razón le he tenido siempre más miedo a un abogado que a un toro puntal!

—Usted sabe lo que se hace —repuso Jaramillo amostazado—; pierde usted su derecho porque le da la gana.

—Lo perderé o no, eso ya lo veremos; pero lo que es volverles a ver la cara a los *fueces* ¡nunca, nunca, nunca! Cuando me acuerdo de ese relamido de Camposorio, se me revuelven las tripas de coraje. ¡Haberme sacado tanto dinero! ¡Y venido a ver para qué, para que su sentencia quedara en nada! ¡Qué *fuez* ha de ser ni qué niño muerto! Los únicos *fueces* son los magistrados. Los de más abajo no son más que unos infelices. Solamente a usted se le puede haber ocurrido llenar los bolsillos del tal don Enrique, cuando sabía que no era bastante hombre para hacerse respetar... Ahora lo que fuera bueno sería que me volviese mi dinero.

—Está usted hablando de lo que no entiende.

—¿De lo que no entiendo? ¿Cree usted que no entiendo cuando me meten la mano en la faltriquera?

—No tomo por lo serio lo que usted me dice...

—¿Y por qué no? Vamos a ver ¿por qué no? Tómelo usted por lo serio... como usted guste.

—De manera que, verdaderamente ¿tiene usted intención de lastimarme?

—No sé si lo lastimo o no, sino sólo que usted ha faltado a su compromiso y me ha hecho perder el dinero...

—Es difícil hacer que usted entienda, tiene la cabeza tan dura como el granito.

—Sí, yo soy el tonto y usted el ladino; ya lo sé.

—Me voy, señor don Miguel, porque si me quedo, acabaremos muy mal.

—No se vaya, y acabaremos como usted quiera.

Prudente Jaramillo en este caso como en todas ocasiones, comprendió que no era oportuno permanecer por más tiempo en la casa de don Miguel; así que, apresurándose a salir, se marchó a la suya a hacer reflexiones filosóficas sobre lo ocurrido.

—Es un asno —decía por el camino pensando en don Miguel—, me ha dado la coz; no podía ser de otro modo. Pero fue manso por mucho tiempo y me permitió cabalgarle...

Díaz, entretanto, seguía como fiera enjaulada. Dos resoluciones tenía fijas en la mente: no acudir de nuevo a los tribunales y no dejarse burlar por su compadre. Era difícil llevarlas a cabo ambas para salirse con su idea, porque si no demandaba en forma a don Pedro, no podría arrebatarle el terreno, y si su compadre lo conservaba, todo el mundo se reiría de él. A fuerza de discurrir, llegó a persuadirse de que era impotente para vencer a su compadre en la cuestión del Monte; pero que podría tomar un buen desquite por otro camino. En sus cavilaciones se acordó de Roque. Aún estaba el caporal en el pueblo, encerrado en el calabozo y maltratado por el capataz, pues cuantos esfuerzos había hecho don Pedro para sacarlo de allí, habían sido inútiles.

Al recordar don Miguel que aún permanecía en Citala, se llenó de alegría, pensando que por aquel lado podría herir a su compadre, cargando sobre el caporal la mano de su indignación; y se formó el propósito de convertir a éste en blanco de sus odios. ¿Cómo? No lo sabía. Aún no tenía un plan determinado que desarrollar, sino sólo un pensamiento fijo y confuso sobre el asunto. Para combinar algo que pudiera ser llevado a la práctica, fuese a la casa de don Santiago Méndez y tuvo una conferencia con él.

—Es preciso —dijo—, no dejar sin castigo a ese bribón de Roque.

—Se lo quería decir a usted hace días —repuso don Santiago—. Es urgente mandarlo a la capital o ponerlo en libertad, porque me estoy comprometiendo.

—Es un bellaco a quien hemos de sentarle la mano.

—Nada se le puede probar, no hay testigos de su delito...

—Usted verá cómo lo hace; lo que importa es que no quede impune. Poco me interesa que haya herido o no a ese ingrato de Pánfilo; lo que me indigna es que se haya atrevido a uno de mis sirvientes. Es necesario que él y todos los mozos de mi compadre, comprendan que tienen que respetarme, si no por amor, por miedo. Si Roque fuese puesto en libertad, quedaría yo sin garantías. Un día u otro serían capaces de asesinarme esos bribones. Hay que escarmentarlos, y sobre todo, a los valientes.

—En tal caso, conviene mandarlo a la capital.

—Pero ¿no dice usted que no hay pruebas en su contra?

—Es verdad.

—¿De suerte que podría quedar libre muy pronto?

Don Santiago hizo señal afirmativa con la cabeza.

—Vamos, señor don Santiago, usted es hombre de recursos. ¿Qué haría usted con él si estuviera interesada la política en hacer un escarmiento en la persona del preso?

Quedó pensativo por un rato el presidente municipal, y luego dijo:

—Hombre, lo que se hace en tales casos es aplicar la *ley fuga*.

—No me venga con leyes, señor don Santiago, les tengo aversión.

—No se trata de leyes, sino de cosa muy diferente. Se da tal nombre, por ironía, a un modo particular de destruir un estorbo humano. Consiste en remitir a la persona odiada con una escolta de un lugar a otro; en fingir que el preso pretende huir y ¡pum! ¡pum! ¡pum! hacerle fuego y matarlo en el camino.

—No, eso no —repuso don Miguel alarmado—; eso no, de ninguna manera.

—Le diré, don Miguel, la aplicación de esa ley es de uso corriente. Acá para nosotros, le confieso que así es como he podido acabar con los bandidos del municipio. ¿Recuerda usted cuántos había hace poco? Al principio los aprehendía y los mandaba al juez; pero él los ponía en la calle a los pocos días, so pretexto de que no había méritos en su contra. Eso me hizo adoptar otro camino. Los remitía por la noche a la capital, custodiados por gendarmes, y resultaban muertos en el camino, porque habían pretendido escapar... Ya usted ve, el procedimiento no ha llamado la atención. Habré *despachado* más de veinte.

—¿De suerte que no se sabría?

—¡Qué se había de saber! ¿No le digo a usted que he *despachado* más de veinte? Y todo ha quedado en silencio.

—Como quiera que sea, no me resuelvo —repuso don Miguel.

—Bueno; en tal caso, lo pondré en libertad.

—Todavía no... Aguarde usted... Le resolveré hoy mismo, voy a pensarlo.

—Por lo que hace a mí —prosiguió Méndez—, me presto a castigar a Roque, porque tengo la convicción de que es delincuente. Si llega a la ciudad, juro a usted que lo ponen libre por falta de pruebas... Los jueces tienen la culpa de lo que hacemos las autoridades políticas porque no castigan a los criminales. Roque es temible, y como lo he tenido haciendo la limpieza todos los días, y bien azotado por el capataz, ha de salir como un demonio contra nosotros dos. ¡Quién sabe qué nos hiciera a usted y a mí, si se le presentara la oportunidad! Tener un enemigo como él, matón, resuelto y rencoroso, es una muerte... Ya no vuelve uno a gozar de tranquilidad en su vida. Conque piénsese, señor don Miguel.

—Me pensaré, señor don Santiago.

—Hoy mismo me resuelve.

—Sí, señor, hoy mismo.

Para meditar mejor su resolución, marchóse Díaz al Chopo. No quería que lo viese la gente; le daba vergüenza. Al llegar a la hacienda recrudeciéronse sus iras, porque le pareció que sus dependientes lo miraban con lástima. Aunque era cerca del medio día, fue a caballo a dar una vuelta por los potreros, y sin saber cómo llegó a la vista del Monte de los Pericos. El cerrito le produjo paroxismos de rabia, y, tomándolo por testigo de lo que decía, hizo ante él nuevos juramentos de venganza. Nada le había hecho don Pedro; pero como Díaz era de tan escaso cacumen y tan exaltado, acusaba a su compadre, por haber sostenido sus derechos, como si hubiese cometido un delito. Los odios gratuitos son los más terribles: extrémalos la irritación que produce la conciencia de la injusticia, y, aunque parezca absurdo, es más y más inicuo el injusto agresor, a medida que se acusa mayormente a sí mismo de serio; y, lleno de despecho, descarga su enojo sobre la persona aborrecida, para vengarse de sus propios remordimientos. Don Miguel estaba ciego, y no escuchaba la voz de la conciencia. Era su cólera una tempestad que apagaba las honradas voces de su alma. Si, al menos, hubiera tomado consejo de persona prudente, es probable que hubiera desistido de sus malos propósitos; pero como se aisló y se entregó a saborear sus sentimientos rencorosos, se resolvió a hacer lo más malo. El Monte, aunque mudo, hizo las veces de un mal genio, pues puso en efervescencia los instintos perversos de aquel despechado, quien, a fuerza de verlo, acabó por decidirse a aceptar la propuesta de don Santiago... Y, además, concibió otro proyecto diabólico de que después se hablará.

—Está bien —dijo—, se quedará mi compadre con ese monte; pero se acordará de mí todos los días de su vida.

Volvió luego a la hacienda y escribió con precipitación una carta a don Santiago diciéndole: "Estoy resuelto. No hay más que *tronarlo*". Y la mandó con un mozo a mata caballo.

Comió mal, estuvo pensativo toda la hora de la mesa, y no pronunció durante ella una sola palabra. Al levantarse, hizo llamar al maestro albañil de la hacienda, y se encerró con él en el despacho. Fue larga la conferencia, y nadie supo lo que se trató en ella. Pero se observó que, al salir el maestro, reunió cuatro peones, y antes del oscurecer salió con ellos rumbo al Chopo, yendo todos armados de barras de hierro, circunstancia que llamó la atención de la ranchería, porque no era ya hora de trabajar, ni había obra pendiente por el rumbo que tomaron.

Entretanto, había recibido don Santiago el mensaje de Díaz. Púsolo sobre el escritorio, y habiendo sido llamado por su esposa en aquellos momentos, salió un instante de la pieza. El secretario era un intrigante de baja ley, que conspiraba siempre contra la autoridad reinante, para prepararse constantes paracaídas en caso de cambios administrativos. Por lo pronto era un *figueroísta* rabioso; y todo cuanto hacía don Santiago, poníalo en conocimiento del tinterillo; era un traidor y un espía. Al levantarse don Santiago, observó el secretario que había quedado sobre la mesa aquella carta, y con el mayor cinismo se impuso de su contenido. Viendo que trataba asunto gordo, de interés extraordinario, la introdujo prontamente en la faltriquera, y siguió escribiendo como si tal cosa. Tardó en volver don Santiago, pero al regresar, se acordó del papel, y fue a buscarlo, aunque en vano, sobre la mesa.

—¿No ha visto usted una carta que dejé aquí hace poco? —dijo al bribón señalando con la mano el sitio donde la había puesto.

—No, señor —contestó éste con sangre fría—, no la he visto.

—Es extraño —repuso—, juraría que aquí la había dejado.

—Ahora que recuerdo —observó el secretario—, cuando salió usted me pareció observar que la llevaba en la mano... No me cabe duda, la llevaba usted en la mano.

Méndez tenía pésima memoria; a eso se atenía el bellaco para mentir de un modo tan descarado.

—¡Es posible! —dijo Méndez—. ¡Qué memoria la mía! ¿Dónde la habré puesto? Y salió de la pieza en busca de la carta.

Por de contado que no pudo encontrarla. Méndez se preocupó un poco por su desaparición; pero como tantas veces le pasaba que se le perdieran los papeles de puro guardados, se tranquilizó al fin pensando que la habría metido en la papelera inconscientemente, o en algún ropero o baúl, y que a la hora menos pensada aparecería, como le acontecía a cada momento con documentos que juzgaba extraviados.

A las nueve de la noche, hora muy avanzada para los moradores de Citala, observó el vecindario que una escolta formada por cuatro gendarmes y un sargento, sacó de la cárcel a un preso, y salió por el camino de la ciudad. El jefe de ella llevaba en el bolsillo una comunicación de don Santiago Méndez, dirigida al político de la capital, en la que le daba parte de la remisión del reo Roque Torres, acusado de lesiones calificadas.

Iba Roque con las manos atadas por detrás de la espalda. Montáronlo en un caballo flaco y perezoso, que apenas se movía, y que era llevado del ronzal por uno de los gendarmes. Al salir del pueblo avanzó el grupo silenciosamente por el camino real, oscurísimo y desierto. Estaba el cielo encapotado; gruesos nubarrones se levantaban por el oriente y cubrían la altura con negro capuz. Rugía el trueno a lo lejos y repetíalo la sierra de hondonada en hondonada hasta el lejano horizonte. Parecía que la tierra y el firmamento habían entrado en furioso combate, dirigiéndose los disparos de su misteriosa artillería. Dibujábase a cada instante el zig-zag del rayo sobre la negra superficie de las nubes, como herida sangrienta en el rostro de la tempestad; y el mundo envuelto en la sombra, iluminábase breves instantes con eléctricos resplandores. Así caminó la caravana algunas leguas, siempre en silencio; mas viendo que la tempestad se aproximaba, acercóse el sargento a uno de los soldados, y le dijo por lo bajo:

—Ay viene la tormenta; aquí estamos bien.

—Sí, ya hemos caminado como seis leguas y no hay ni una alma por el camino.

—Pos entonces vamos acabando de una vez el quihacercito; con eso que nos degolvemos pal pueblo.

—Es lo mesmo que digo —repuso el soldado.

220

—Pos anda, ya sabes lo que tienes que hacer; a ver si la traga. Yo me hago como que no miro; me quedo atrás.

—Voy, pues, a ver qué sucede.

El soldado se acercó a Roque.

—¿Qué hubo, amigo? —le dijo—. ¿Cómo la ha pasado?

—De todos los diablos, amigo. ¿Cómo quere que me vaya con estos mecates? —repuso el preso.

—Sí, debe de ir muy mortificado. ¿Qué no quere jumarse un cigarrito?

—Amigo, ni modo ¿no ve que voy trincado?

—La verdá, le voy teniendo lástima. Hora verá lo que hacemos. Al cabo el sargento se quedó atrás y no nos oserva. Lo voy a desamarrar pa que dé una descansadita.

—¡No sea que lo vaya a ver el sargento! Muncho se lo agradezco; pero no sea que nos mire.

—No tenga cuidado; al cabo está muy escuro.

Y el soldado se inclinó y desató el nudo que sujetaba las manos de Roque.

—Dios se lo pague, amigo —dijo éste extendiendo los brazos hacia adelante—; venía ya muy cansado. Pero dígame ¿por qué tiene las manos tan frías? ¿Está resfriado?

—No tengo nada. Es que el aigre está muy húmedo. Conque tenga el cigarrito. Aquí está la lumbre… y la rienda.

El confiado Roque torció el cigarro y lo prendió en el mismo fuego del que fumaba el soldado. Y siguieron conversando. Después de un rato de hablar de cosas indiferentes, dijo el gendarme:

—Hombre, amigo, usté me simpatiza, y me da lástima que lo vayan a sumir en la cárcel.

—¡Qué remedio amigo! Algún día saldré ¡al cabo la cárcel no come gente!

—Güeno; pero siempre es una atrocidá estar preciso, y sabe Dios por cuánto tiempo. ¿Por qué no se va? Yo me hago el desimulado y usted corre. Disparo al aigre, y usted se mete al campo, y ni quen lo jalle.

—No me animo, no sea que me vayan a dar un plomazo.

—No tenga cuidado, yo lo ayudo.

Cayó el infeliz en el garlito.

—¿Me lo dice con seriedá? ¿No se cansa?

—Se lo digo al veras… nomás haga el ánimo.

—Pos usté dirá a qué horas.

—Pos ya... ¡parta carrera antes que llegue el sargento!

Soltó Roque la brida al jamelgo, y lo estimuló con recios golpes de talones en los ijares; pero apenas consiguió que tomase un galope tardo y acompasado. Y yendo en esta porfía, y cuando apenas había adelantado unos cuantos pasos, sonó una detonación a su espalda, y una bala pasó rozándole el ala del sombrero.

—¡Ah jijo! —murmuró—; pos croque este cristiano me ha tirado a dar.

Y por instinto procuró meterse en el campo, a un lado del camino, para ocultarse entre los matorrales. Pero no tuvo tiempo para nada. Por más que estimuló su caballería, no logró hacerla salir de su galopito. En esto, oyó tropel cercano de caballos, y sonaron varias detonaciones. Entonces comprendió que había caído en una celada y que iba su vida de por medio. Llevado del afán de la propia conservación y aconsejado por el instinto, quiso echar pie a tierra para buscar escondite; pero ya era tarde. Los gendarmes estaban sobre él haciéndole fuego con sus rémingtons.

—¡Jesús ayúdame! ¡Madre mía, ampárame! —dijo con el pensamiento, y cayó atravesado por las balas. Dos lo hirieron por la espalda y salieron por el pecho, y la tercera le entró por la nuca y le destrozó el cráneo.

XXII

Cuando volvió Gonzalo al Palmar, encontró a don Pedro muy agitado.

—Ven —le dijo apenas lo vio llegar—, tengo que hablarte de cosas graves.

Y lo condujo al despacho, y cerró cuidadosamente la puerta.

—Mi desavenencia con mi compadre ha llegado a un período crítico. Me había formado la ilusión de que nuestras cuestiones no pasarían de ridículas; pero con asombro creciente he visto que día a día han ido tomando aspecto más serio. No contento él con haberme causado tantas molestias y gastos, busca a cada instante nuevos medios de hostilizarme. Ahora no se trata ya de la posesión del Monte, sino de aflijirme por cualquier medio... De hacerme cuantos males le sean dables... Nunca lo hubiera creído; pero tengo que rendirme a la evidencia.

Después de este amargo exordio, refirióle don Pedro que al oscurecer de aquel día, se le había presentado el tinterillo Figueroa con aire misterioso, manifestándole traía un asunto urgentísimo que comunicarle; cosa que mucho lo había sorprendido, por no haber tenido jamás ligas ningunas con el rábula, ni haberse metido en enredos de elecciones. Tan luego como estuvieron solos, díjole Figueroa que venía a proponerle una alianza ofensiva y defensiva, lo que él se había apresurado a rehusar; pero en seguida había agregado su interlocutor que lo sentía, porque peligraba la vida de Roque, y que, unidos ambos, podrían acaso salvarla. Y le había referido que don Santiago Méndez, instigado por don Miguel, estaba resuelto a aplicar la *ley fuga* al caporal aquella misma noche; a cuyo fin, según se lo había informado el mismo secretario del ayuntamiento, había ya dispuesto fuese sacado de Citala el pobre hombre dentro de breves horas. Como don Pedro se manifestara incrédulo, mostróle Figueroa una carta de puño y letra de don Miguel, en que se hablaba de matar a alguien, seguramente al preso. Al verla Ruiz, convencido de su autenticidad, indignado y lleno de compasión, había aceptado la propuesta de Figueroa, con la sola condición de que éste le cediese la propiedad de la carta. Admitiólo el tinterillo, y conservó don Pedro en su poder tan importante autógrafo, que puso ante los ojos de su asombrado hijo.

—En el acto —continuó Ruiz—, le escribí a mi abogado de Citala, ordenándole pidiese amparo ante el alcalde del pueblo, y la suspensión del envío de Roque a la ciudad; porque si llegan a sacarlo al camino, lo matan esos infames... estoy seguro de que lo matan... Por fortuna está allá la pobre mujer de Roque, y podrá firmar el escrito. Tenía impaciencia de que llegaras para ponerte al tanto de los sucesos, a fin de que acabaras de conocer a tu suegro... ¡Es una alhaja! ¡Te felicito porque vas a emparentar con persona tan recomendable! Es lástima que haya engendrado a Ramona... no puedo explicármelo. Nunca se ha visto que lobos engendren ovejas. Es la primera vez... ¡Ajá!, pero si el pobre Roque sucumbe, si perece a manos de asesinos, entonces sabrán quién soy; sí señor, lo sabrán... aunque te duela, aunque me duela, porque crimen tan odioso no podría quedar impune... Tú no eres extraño a mis penas, ni puedes permanecer indiferente a ellas... Debes ayudarme en cuanto puedas.

—Me tienes a tu lado, padre —repuso Gonzalo—, para hacer lo que dispongas. Tu causa es la mía ¿qué quieres que haga?

—Que montes de nuevo a caballo y te marches a Citala. Que hables con el licenciado, con el alcaide, con don Santiago y con todo el mundo, y evites a toda costa la realización de ese crimen. No te pares en gastos... dispón de todo el dinero necesario para salvar a ese infeliz hombre, a ese valiente y fiel servidor... Me dejaría lleno de remordimientos su muerte, como si yo mismo la hubiese ordenado, porque indirectamente tengo la culpa de lo que le pasa. Si no lo hubiese llevado al Monte de los Pericos la tarde del asalto, no hubiera sucedido nada.

—No, padrecito; no eres tú el responsable.

—Suponiendo que no lo sea; tengo el deber de impedir ese horrible atentado. Corre, hijo, vuela, y defiende, escuda y ampara a Roque, como si fuera yo mismo.

—Voy corriendo.

—No me des malas cuentas. ¡Cuidado con que vayas a darme malas cuentas del encargo!

—Procuraré, padrecito, dártelas buenas, y Dios me ayudará.

Después de esta conversación, partió Gonzalo a toda brida para Citala. Su presencia en el pueblo fue de grande utilidad, porque Figueroa casi no había hecho nada en favor de Roque, deseoso de que don Santiago cometiese aquel disparate, para tener una arma que esgrimir en su contra. Ante sus miserables ambiciones de avaricia y de mando, nada significaba la vida de un desgraciado; de suerte que perdía tiempo deliberadamente, a fin de poder armar gran escándalo después de acaecido el crimen, y cuando ya no tuviese remedio. La llegada de Gonzalo hizo cambiar la faz de los sucesos, porque el activo y bondadoso joven tomó a pechos y con sinceridad, la defensa de Roque. Habló con el abogado y con la esposa del caporal, sirvió de amanuense, y llevó por su propia mano al alcalde un escrito firmado por la pobre mujer en que pedía amparo contra la traslación de su marido a la capital. Para ello hubo menester sacar al buen funcionario de un baile donde a la sazón se divertía. Dominado por el prestigio del nombre y de la fortuna de Ruiz, toleró el juez, sin enfadarse, ser distraído de sus placeres, y se avino a hacer en aquella coyuntura cuanto le sugirió el abogado de don Pedro, quien redactó por sí mismo las providencias que recayeron a su propio escrito. Caminó, pues, todo felizmente, hasta que fue firmado por el alcalde el oficio de suspensión de la salida de Roque, y puesto dentro de su cubierta amarilla, debidamente sellada con el grotesco sello del Juzgado constitucional. Una vez el joven en posesión de la orden, fue corriendo en compañía de testigos a buscar a don Santiago, y a entregársela en propia mano. El presidente municipal acostumbraba recogerse temprano y meterse en la cama antes de la *queda*, para levantarse con la aurora; así es que en aquellos momentos estaba ya roncando a pierna suelta, como si no hubiese hecho cosa alguna en el día que debiera causarle zozobra. No se arredró por eso Gonzalo; sino que golpeó la puerta hasta que le fue abierta, y exigió ser llevado ante la presencia del presidente edilicio, por tratarse de la vida de un hombre, protestando que le vería aun cuando estuviese en paños menores.

Recibiólo don Santiago de mala gana desde el trono de su imponente cama de madera pintada de verde.

—¿Qué significa esto, caballero? —preguntó con voz de regaño—. ¿Qué causa puede motivar que me busquen ustedes hasta en mi cuarto de dormir?

—Una causa gravísima —repuso Gonzalo—. Este oficio se lo explicará a usted.

Púsose don Santiago las gafas, y leyó la orden de suspensión con semblante alterado.

—Es verdad —dijo—, que ordené la remisión de ese reo a la capital, porque era de mi deber; pero esto no da motivo a tanto escándalo.

En fin, ya que así lo dispone el alcalde, que no se lo lleven. ¡A mí qué me importa! El alcalde será quien tenga que responder por lo que suceda.

Luego pidió a una criada papel, pluma y tintero, y trazó unas cuantas líneas mandando que no se sacase de la cárcel al reo, hasta nueva orden. Triunfante Gonzalo, salió de la casa de don Santiago y se dirigió a la prisión, con toda la velocidad de que fueron susceptibles sus piernas de veinte años. Habló luego con el oficial de guardia y le mostró el papel.

—¡Lástima! —dijo éste pasando los ojos por ella—; acaba de partir la escolta... no hace media hora que se ha marchado.

—¡Pero hay que mandarla retroceder! —repuso Gonzalo.

—¡Va ya muy lejos!

—No importa, es preciso alcanzarla.

Oponía el oficial diversos inconvenientes; pero como el joven le suplicó tanto y con tan vivas instancias, todo se allanó, y resolvió el jefe mandar otro sargento con la orden de regreso.

—Yo lo acompaño —dijo Gonzalo.

Y en efecto, fue a su casa, montó a caballo y volvió luego a reunirse con el sargento. No procedió éste con igual diligencia; tardó en sacar el caballo de la cuadra y en ponerle la montura, y, cuando al fin estuvo listo para marchar, había pasado otra media hora.

—Vamos, sargento —le dijo Gonzalo—, tenemos que galopar mucho para alcanzar a la escolta.

—Sí, señor —contestó el soldado—, nomás que mi penco no es tan güeno como el suyo.

—Hínquele las espuelas, porque urge.

—Después se me asolea, y ¡quién sabe qué me haga el jefe!

—No tenga cuidado; si se le enferma, le prometo darle otro mejor. Y si alcanzamos a buen tiempo a la escolta, le ofrezco una buena gala.

—Pos entonces, amo, métale espuelas a su cuaco.

Y se pusieron a galopar los dos jinetes.

—Pero ¿por qué le corre tanta priesa? —preguntó el sargento después de una pausa.

—Porque hay sospechas de que peligre la vida del preso.

—¡Es fácil! —respondió el sargento—. Se han dado casos de que los presos mueran a balazos en el camino.

—A manos de sus mismos conductores.

226

—Se entiende; pero nosotros no semos culpantes. Nos mandan nuestros jefes y tenemos que obedecerlos. Allá ellos saben lo que hacen. Pero la mera verdá, a mí no me cuadra hacer esos oficios.

—¿Alguna vez le ha tocado a usted desempeñarlos?

—Una sola, y no se me olvidará nunca. Sacamos al cristiano de Citala, bien trincado. Por luchas que le hizo un soldado, no quiso que le desamarraran las manos, ni correr, aunque lo dejábamos adelantarse, ni nada, porque venía bien aleicionado del pueblo y le habían dicho que en todas esas cosas había peligro. El sargento se enfadó al fin de vele tan testarudo, y ansina, amarrado como estaba, le jincó un balazo por la espalda, y luego le hicieron fuego los soldados.

—¿Y usted también?

—Yo disparé al aigre pa que creyera el sargento que también le había tirado al cristiano. Pero esa vez, ni an siquera le taparon el ojo al macho. Afigúrese su mercé, que cuando lo llevaron al pueblo, el caláver iba todavía amarrado. Y contaron que se había querido juir. ¡Cómo había de juir el probe si no podía!

La inmovilidad del campo, la oscuridad de la noche, lo espantoso del relato y la inminencia de la tempestad, impresionaban mucho a Gonzalo. Siguió galopando en silencio, pidiendo a Dios le otorgara llegar a tiempo, y deplorando no hallarse sobre los lomos de algún pegaso que volara por los aires. En eso se detuvo el sargento, y le indicó hiciera lo mismo.

—¿Qué sucede? —preguntó Gonzalo.

—¿No oye? —repuso el soldado.

—Sí, me parece oír trote de caballos.

—Ellos son, allí van; dele recio al cuaco.

Y emprendieron de nuevo la marcha con mayor rapidez. Estaban ya muy cerca; comenzaban a distinguir a la escolta a corta distancia, como grupo de sombras La luz de un relámpago permitióles verla con toda claridad a pocos pasos, y, llenos de esperanza, soltaron la rienda a los caballos y emprendieron la carrera. Pero en aquel instante brilló la llama de un disparo, y después otra y otras. Fuera de sí Gonzalo, hincó las espuelas en los ijares de la cabalgadura y cayó en medio de la escolta como un rayo.

Era tarde. El mísero Roque yacía exánime en el suelo, nadando en un mar de sangre.

—¿Qué es eso infames? —preguntó el joven indignado.

—Quiso juir el preso y le tiramos de balazos —contestó el sargento.

—Mentira —gritó Gonzalo—; lo han muerto ustedes, porque se los han mandado. Este hombre ha sido asesinado de orden superior, y ustedes son unos miserables.

—En eso falta usté a la verdá —repuso el mismo sargento queriendo ser insolente, pero con el temor natural de quien acaba de cometer un crimen.

—Lo veremos: los jueces se encargarán de decirlo.

—¿Y usted de qué nos regaña?

—Porque tengo derecho; este hombre era mi sirviente y venía a salvarlo. Por eso estoy aquí. En la mano traigo la orden de don Santiago para hacerlo volver a Citala.

Los soldados alarmados guardaron silencio.

—Ahora —dijo el jefe del grupo— no hay más que volvernos al pueblo. A ver como llevamos a este cristiano. Será güeno amarrarlo a su mesmo caballo.

Comenzaban a hacerlo, cuando se desató la tormenta furiosa. A cada instante retumbaba la esfera con el estampido del trueno, y los ecos la repetían fragorosos, en derredor y a lo lejos. Soplaba el viento iracundo, haciendo vacilar los árboles, y silbaba con acento agudo y prolongado, semejante a un gemido. El campo sumido en profunda sombra iluminábase a veces con la luz fugitiva de los relámpagos, y parecía pálido, triste, siniestro. Las fuerzas ciegas de la naturaleza se habían enseñoreado de la tierra, y semejaban amenazarla con uno de aquellos cataclismos que cambian su faz de tiempo en tiempo, y dan nacimiento a épocas nuevas de su historia. El ser humano sentíase débil y pequeño en medio de esas sacudidas formidables; parecía que el cielo irritado, castigaba los pecados de los hombres con un segundo diluvio.

XXIII

Dejemos a los gendarmes y a Gonzalo guarecerse bajo los árboles del camino, mientras pasa la tempestad, y volvamos a la hacienda del Palmar, donde a aquellas horas se realizaban sucesos de importancia. Nuestros lectores no habrán olvidado que el maestro albañil, a la cabeza de cuatro peones cargados con sus instrumentos de trabajo, salió del Chopo después de haber celebrado larga conferencia con don Miguel. Aquellos hombres atravesaron los terrenos del Chopo, pasaron los linderos del Palmar, y se internaron recatadamente por los potreros de está última hacienda. Ocultáronse detrás de los arbustos y matorrales para no ser vistos, y esperaron que declinase la tarde para salir de su escondite. Cuando la noche cayó envolviéndolo todo con su manto de sombras, adelantaron sin hacer ruido por el campo desierto, y llegaron hasta la presa monumental, levantada en la cañada a no larga distancia de la ranchería, y que servía para acopiar el agua del cielo en la estación pluvial, y la del Covianes el resto del año. Era un lago artificial de vastas dimensiones; llenaba la cuenca que dejaban entre sí montes contiguos; culebreaba por el zig zag de la cañada; trocaba en terso espejo los angostos desfiladeros de granito; y semejaba en su dilatada extensión, culebra de plata echada y dormida en la garganta de los cerros. A ese inmenso depósito, causa y sostén de la fortuna de don Pedro, dirigía ahora don Miguel las saetas de su cólera. Ya que no había podido humillar a su antiguo amigo en la contienda de tierras, meditaba causarle perjuicio, destruyendo la mejor y más fecunda de sus obras.

Los albañiles del Chopo, seducidos por el aliciente de una buena recompensa, se acercaron como bandidos al grueso dique de piedra que detenía el empuje de aquella inmensa masa de agua, y dieron principio a su triste faena de destrucción. Iban apercibidos de buena cantidad de dinamita para hacer más fácil y pronto el trabajo. Afortunadamente, en vez de emprenderlo por la parte baja del muro, viéronse obligados a comenzarlo por la superior, por temor a un derrumbe que los aplastase. Treparon sobre el borde elevado, que era tan ancho como un camino, y aplicaron las puntas de las barras al macizo pretil que coronaba la construcción, avanzando poco y trabajando con harta fatiga, por la dureza del material y por la solidez de la fábrica. Tenían que hacerlo, además, con suma cautela, por temor de ser oídos. Al fin lograron abrir un agujero donde depositaron un cartucho del terrible explosivo de que venían provistos, y, prendiendo fuego a la mecha, alejáronse del sitio con la mayor rapidez.

Don Simón Oceguera andaba a la sazón por aquellos contornos ocupado en cautivar el ganado vacuno del Chopo, que había invadido los potreros del Palmar, y que hacía tremendo destrozo en los cañaverales y maizales.

Era éste otro medio inventado por don Miguel para hostilizar a su compadre: dar suelta a sus reses vacunas hacia los terrenos contiguos, so pretexto de que se rompían las cercas, o de que quedaban abiertas las puertas de los potreros. Día a día entraban en el Palmar centenares de animales que hacían grandes daños en los sembrados; cuando no se comían las tiernas plantas, de tal modo las trillaban, que las dejaban incapaces para seguir viviendo. Tales invasiones se realizaban durante la noche, a la hora en que no podía comprobarse la malicia de tan indigno proceder. Habíase creído al principio, pudiera ser cierto lo que se contaba sobre las inocentes causas de aquellos sucesos, y contentábase Oceguera con mandar el ganado invasor al administrador del Chopo con atento recado suplicatorio de que tuviese más cuidado con él otra ocasión; pero como las irrupciones dieron en ser cotidianas, y el administrador del Chopo contestaba que era el Palmar quien debía cuidar sus intereses, tapando los portillos de las cercas, había acabado don Simón por persuadirse de que aquellas evoluciones no eran más que otros tantos ataques hipócritas dirigidos por Díaz contra Ruiz. No habló sobre esto a don Pedro por no hacerlo pasar un mal rato; pero se propuso rechazar la agresión con la misma energía con que era dirigida. Así, fue que tomó la costumbre de pasear todos los días al caer la tarde, y aun durante la noche, por el lindero del Chopo, acompañado de buen número de vaqueros, a fin de capturar el intruso ganado de don Miguel. Una vez en posesión de los animales, remitíalos a la autoridad del pueblo, acompañando con ellos la cuenta de los destrozos causados. Pero como Díaz no era hombre que entendiese de razones, continuaba en sus trece, sin darse por entendido. Habíase, pues, establecido una rutina fastidiosa entre los colindantes. El uno lanzaba su ganado sobre el Palmar todos los días; el otro lo capturaba y enviaba a Citala. Don Simón estaba cansado de aquella monotonía, y traía entre manos el plan de hacer una hecatombe diaria en tan molestos cuadrúpedos, con el propósito de aplacar a las furias con el derramamiento de aquella sangre inocente.

Andaba, pues, don Simón ocupado en la vigilancia del lindero la noche a que nos referimos, cuando vio en la oscuridad el intenso y breve relámpago de una explosión, y oyó en seguida un gran trueno. Creyó al principio que el estampido y la llamarada provenían de algún rayo caído a corta distancia; pero no tardó en comprender que la causa de tan extraño fenómeno era de índole diversa, tanto por la forma y volumen de la llama, como por el sonido particular de la detonación. Y poniendo el caballo al galope con rumbo al punto donde había ocurrido el suceso, columbró a varios hombres que corrían en dirección opuesta a la suya.

—¡Alto ay! —les dijo—, párense.

Sin hacer aprecio de la orden, continuaron aquellos corriendo; pero los siguió Oceguera sable en mano, y gritando a los vaqueros.

—¡Agarren esos, no los dejen juir!

Como se hallaban cerca los mozos, y todo estaba en silencio, a excepción del cielo, donde sonaban los periódicos disparos de las nubes, pronto acudieron los sirvientes en auxilio de Oceguera, esgrimiendo los machetes. No fue larga ni difícil la batida, pues no era posible para los de a pie vencer la ligereza de los jinetes; así es que pronto quedaron en cautividad cuatro de los malhechores. Uno de ellos, con todo, logró escapar a merced de la oscuridad de la noche, agazapado, sin duda, detrás de los matorrales.

—¿Quiénes son ustedes? —preguntóles Oceguera con imperio.

—Unos probes transiuntes —repuso el jefe.

—¿Qué andan haciendo a estas horas por acá?

—Nos sorprendió la noche en el monte y nos devolvíamos pal pueblo.

—¡Cómo pal pueblo, si Citala queda pal otro viento!

—Andábamos perdidos.

—Así me parece —repuso el administrador—; a lo que oservo, andan ustedes trascuerdos.

Y luego agregó:

—¡Me parecen ustedes unos sospechosos!

—No sé por qué, señor amo. Con su permiso seguimos nuestro camino.

—¿Qué fue ese fogonazo que se prendió allá delante?

—No sé, amo; nosotros no miramos nada.

—Es extraño, porque se vio precisamente por donde ustedes venían. Ahora me acompañan a ver lo que fue.

—Nos perjudicamos, señor amo, porque después no podemos llegar a nuestras casas, y ay viene la tormenta.

—Poco me importa; por bien o por fuerza, como gusten. Vamos, caminen por ay. *¡Cuelen!*

Y él y los vaqueros obligaron a los albañiles a volver atrás con dirección a la presa. Poco trecho habían avanzado, cuando les salió al encuentro una corriente rápida como un río, que venía arrasando los plantíos, con gran empuje y ruido siniestro. Al mismo tiempo oyeron un mugido sordo, como el de una catarata.

—¿Qué es eso? —dijo don Simón—. Todavía no llueve y aquí viene una corriente.

—Amo —dijo uno de los vaqueros—, estos hombres llevan ya el agua hasta la centura.

—Y los caballos hasta el incuentro —observó otro vaquero.

—Vámonos haciendo a un lado —ordenó don Simón—, porque si no, es capaz que nos lleve.

Y desandando lo andado, dirigiéndose a las partes más elevadas del terreno.

—¿Qué es eso, pues? —gritaba Oceguera furioso—. ¿Qué es? Nadie contestaba.

—Amo —dijo al fin uno de los mozos—, ¿se habrá reventado la presa?

—No puede ser —repuso el administrador—; la vi esta mañana y estaba muy fuerte.

—Pos yo no jallo otra cosa.

La observación hizo mella, con todo, en Oceguera, quien, subiendo por la ladera, dijo a sus hombres:

—Espérenme aquí, voy a ver qué miro con los relámpagos, desde arriba. ¡No vaya a ser el demonio!

Apeóse del caballo a poco andar, y siguió trepando por el cerro. Cuando volvió, comenzaba a llover y retumbaban ya incesantemente los truenos.

—A todos nos va a llevar la trampa —dijo colérico—; se reventó la presa y se está vaciando.

—Ansina es como lo pensé —murmuró el vaquero.

Los circunstantes se estremecieron de espanto. Por momentos aumentaba el estrépito producido por la caída del agua, semejante al de un tumulto popular. En aquel ruido extraño, que la voz del huracán era impotente para dominar, había quien sabe qué de siniestro y lúgubre, que infundía pavor y tristeza. Era que significaba mieses destruidas, chozas derribadas, riqueza perdida, ruina y desolación. Así lo comprendían instintivamente mudos e impotentes los espectadores de la escena.

—A ver tú, Ponciano, y tú, Cristóbal, vayan a la presa a ver que es lo que le miran más de cerca; arrímense cuanto puedan, pero no se pongan de modo que se los lleve la corriente. Váyanse por la ladera, a ver si logran llegar hasta el bordo... Y no tarden.

Los sirvientes echaron pie a tierra, y partieron solícitos.

Entretanto quedó Oceguera haciendo conjeturas sobre el suceso.

—¡Haiga cosa! —dijo— ¿En qué estaría esto?

De pronto recordó la explosión que acababa de ver, y cruzó por su mente una terrible sospecha:

—Esta fue una maldá —gritó—; por vida de mi señora madre que fue una maldá... Y estos diantres de sospechosos tienen la culpa... Vamos a ver —continuó dirigiéndose a los cautivos—. ¿Qué sucedió con la presa?

—¿Como quere su mercé que se lo digamos, si no lo sabemos? —repuso el jefe atemorizado.

—¡Eso cuénteselo a su abuela! Ustedes lo saben, y me lo van a desembuchar de luego a luego.

—Será lo que quera su mercé; pero nosotros lo inoramos.

—Aun cuando lo inoren, tienen que decírmelo, y al momento, corriendo. Conque ¿qué pasó, jijos?... —Y les soltó una retahila de insolencias.

Los albañiles insistieron en su negativa a pesar de las urgentes instancias de don Simón, por lo que, exasperado el administrador, echó mano al sable, y vociferó colérico:

—A mí no me la pega ningún desgraciado. Ahora mesmo van ustedes a cantar o los muelo a cintarazos. ¿No hablan?... ¿no hablan?... Pues, ¡toma!... ¡toma!...

Y los repartió sonoros sobre las espaldas de aquellos infelices. Los vaqueros sacaron también los machetes e imitaron el ejemplo del administrador. Todo esto en medio del aguacero y a la luz de los relámpagos. Don Simón estaba tan ciego que no atendía a nada; lo único que le preocupaba era hacer hablar a los sospechosos. Como era tan fuerte y corpulento, los derribaba a cada golpe, y les dejaba anchas huellas en las carnes. La escena fue cruel y repugnante, aunque no larga por fortuna. Los apaleados pedían misericordia; pero no hablaban. Esto hizo cambiar de táctica al airado administrador.

—¿Con que son tan porfiados, eh? Yo les haré un remedio para que no vuelvan a hablar nunca. ¡A ver, cojan a éste y amárrenlo para que lo tronemos!

Oceguera no hubiera sido capaz de hacerlo, en honor de la verdad; lo fingía para amedrentarlos. Pero el ardid dio pleno resultado. Apenas sintióse coger por los vaqueros el primero de ellos, perdió la cabeza y se rindió a discreción.

—Amo, no me mate y se lo digo todo —imploró con voz temblorosa.

—Amuélenlo, pues —ordenó Oceguera satisfecho—. Vamos a ver ¿qué sucedió con la presa?

—Nosotros juimos los que le metimos *cuete*.

—¡Bien lo decía yo! ¿Y por qué, desgraciados?

—Porque nos lo mandó el amo don Miguel.

—Es claro —murmuró Oceguera golpeando con el puño cerrado la cabeza de la silla—. ¿Cómo no había yo caído en la cuenta?

El descubrimiento lo puso casi de buen humor.

—¿Y, ustedes qué dicen? —preguntó volviéndose a los otros.

—Que ansina jue, señor amo —repusieron trémulos.

—Entonces es otra cosa —continuó el administrador—. Ustedes son unos mentecatos que no saben lo que hacen. El otro es el responsable. Nada se les hará, pero se sostiene en la verdad; si no... los trueno.

—Nos sotendremos, señor amo, primero está nuestra asistencia —afirmó el jefe.

El temor de perder la vida, habíalos hecho abandonar toda reserva.

—A ver —ordenó Oceguera— formen una *cuerda* con todos éstos; pero sin lastimarlos... ya estamos de amigos.

En un momento quedaron asegurados los cuatro hombres con una soguilla de cuero, que les ataba las muñecas encadenándolos entre sí.

En esto volvieron Cristóbal y Ponciano de la inspección.

—Amo, aquí estamos de güelta —dijo uno de ellos.

—¿Pudiste averiguar algo?

—¡A mí se me hace que sí! Está güena la presa; no se ha caído.

—¿Entonces el río de agua que va corriendo por abajo?

—Es porque está despostillado el pretil por el lado de allá. Este y yo llegamos hasta el mero bordo, y lo jallamos todo güeno. Lo vimos con los relámpagos. Para ver mejor, nos trepamos po arriba del pretil y nos juimos todo lo largo hasta que llegamos onde está lo malo. Hay una desmochadura como de media cuadra de las de Citala; pero lo demás está macizo... ¡Pudo con nosotros!... Lo que viene sucediendo es que, como la presa está tan llena por tanto como ha llovido, subió el agua hasta el pretil, y esa es la que se está redamando.

—¡Bendito sea Dios! —exclamó don Simón.

—Sólo que siendo la presa tan grande, siempre es muncha la agua, y ha de hacer muncho perjuicio.

—¡Ya lo creo! —repuso Oceguera—. Pero hay diferencia de que se vaya nomás el pretil a que se vaya la presa... No ha quedado por mala intención... De cuenta de don Miguel, nos hubiéramos hogado toditos.

Un tanto más confortado, dio la señal de marcha. Caminaron haciendo rodeos dilatados para no encontrar la corriente, y tenían que ir despacio, obligados por la fuerza de la lluvia. Además, los cuatro de a pie andaban muy lentamente por la oscuridad, por el aguacero y por las muchas piedras de que el suelo estaba sembrado. Llegaron al fin a la hacienda después de una marcha penosa, y hallaron en pie a toda la ranchería, alarmada por la inundación. Algunos habitantes de estancias lejanas, habían llegado despavoridos a media noche, diciendo que el dique se había reventado, y que el agua venía tras ellos arrastrando árboles, jacales, carretas y reses ahogadas. Con esto había cundido el pánico, pues la opinión general era que el torrente no tardaría en llegar a la hacienda, y en arrasar casa, fábrica, cuadrilla y cuanto hallara al paso. Los más tímidos habían emprendido la fuga; otros se apercibían a trepar a los cerros próximos en compañía de sus familias y de lo mejor de sus prendas.

Don Simón y los suyos levantaron un poco el ánimo de los buenos rancheros, refiriéndoles que solamente el pretil se había roto, y que no era posible que el agua llegase hasta ahí, porque todo el cuerpo de la presa se conservaba intacto y macizo.

—¿Y el amo? —preguntó don Simón.

—Salió pa delante en su mulita a ver que vía —dijo uno de los circunstantes.

—¡Bien haya la madre que lo echó al mundo! —dijo don Simón entusiasmado—. Nunca se acobarda, y es el primero en salirle al peligro... ¡A ver! —continuó—, que metan a los presos *al* troje, y que cierren la puerta con llave, mientras vuelvo... ¿Por aquí se fue el amo?

—Sí, po ay —le contestaron varias voces.

Buen trecho anduvo Oceguera antes de encontrarlo. Al fin oyó el trote de la mulita.

—¿El amo? —gritó.

—Sí, yo soy —repuso Ruiz en la oscuridad.

—Véngase, señor, no es necesario que se exponga; véngase.

—Dizque se reventó la presa —dijo don Pedro con acento sereno—; ando viendo lo que sucede.

—Yo le diré lo que hay; vengo de allá.

—¿Pues qué pasa?

—No fue más que el pretil el que se fue: la presa está buena, nada le ha sucedido.

—¿Nomás eso?

—Sí, señor, eso; pero no se reventó, sino que la rompieron *al* propósito.

—No, hombre, no; ha de haber sido la fuerza del agua. Como es tanta, tiene mucho empuje.

—La rompieron, amo, la rompieron; se lo digo porque lo sé. Yo vi cuando saltó el pedazo, y oí el trueno.

—¿Cómo? —interrogó Ruiz con ansiedad— ¿Usted lo vio?

—Amo, como se lo digo; pero ya tengo en mi poder a los malhechores, y los hice cantar. ¡A fuerza de cintarazos y haciéndolos creer que los iba a fusilar!... Este es el modo, amo, este es el modo. ¡Ojalá me hubiera dejado hacer lo mismo con los que se metieron al Monte de los Pericos! No que don Santiago de *a tiro* nos hizo menos y los puso en libertad de luego a luego.

—¿Y qué fue lo que confesaron? —preguntó Ruiz sin hacer aprecio de la digresión.

—Que han sido pagados por don Miguel para volar el dique.

—¡Hombre! ¡Por Dios! —exclamó don Pedro—. ¿Hasta allá ha llegado mi compadre?

—Sí, amo, si es capaz de todo; hasta de darle yerba a su mercé. Su mercé no lo quiere creer y no hace más que capotearse los golpes; pero lo que es él, ni se lo agradece, y le tira a muerte a su mercé.

—Pero esto sí pasa ya de la raya. ¿Cuántos son esos hombres?

—Cuatro; los mandé encerrar en el troje.

—Bueno, don Simón. Vámonos volviendo a ver qué hacemos.

No habló más don Pedro en todo el camino. Al llegar a la hacienda, encontró a la gente de la cuadrilla esperándolo en la plaza, delante del corredor.

—Señores, no hay cuidado —les dijo—. Nada tiene la presa. Fue el pretil el que se *desmochó*. Si se hubiera reventado la cortina, ya anduviéramos nadando. ¡Acuéstense!

Había tal certeza y convicción en sus palabras, y tal autoridad en su voz, que calmó la zozobra de todos como por encanto, y poco a poco se retiró la muchedumbre a sus casas, a esperar tranquilamente la salida de la aurora.

Don Pedro se apeó de la mula, entró en la troje, y habló un rato con los presos. Luego salió y dio orden de marchar a Citala.

—Usté, don Simón —dijo al partir—, se queda aquí para ver como repone los perjuicios que haya causado la inundación. Yo voy al pueblo a ver qué hago para castigar a mi compadre, porque demasiado lo he sufrido y es necesario que me pague las que me debe.

—Está bien, amo, como lo ordene su mercé; pero no le vaya a tener lástima a don Miguel... Es muy mal hombre. Si no le sienta bien la mano, se seguirá riendo de nosotros.

—No tenga cuidado, don Simón; lo que es ahora, me la paga —murmuró don Pedro con fiereza.

Había cesado la lluvia; pero el suelo se había tornado lago de agua y lodo. La marcha fue penosa y dilatada. Poco antes de salir el sol, llegaron a Citala don Pedro y sus compañeros.

Oceguera, por su parte, en vez de entregarse al descanso, empleó el tiempo que faltaba para la aparición de la aurora, en prevenir operarios, palas, picos y azadas a fin de combatir la inundación y abrir zanjas de desagüe en los terrenos que hubiese invadido. Tan luego como comenzó a apuntar la luz, púsose en marcha con un ejército de peones, rumbo a la presa. El agua se había enseñoreado de todo el campo, desde el sitio de su depósito, hasta una legua de la hacienda. Daba tristeza ver los grandes estragos que había causado. Parecía la llanura un lago inmenso; casi formaba horizonte con el cielo. En su fondo habían quedado sepultadas cercas y cañaverales. Algunos árboles asomaban la copa sobre la superficie, como náufragos cuya desordenada cabellera flotase sobre el agua. Afortunadamente era verdad que no se había roto el verdadero dique de la presa, sino sólo la barda superior, obra de ornato más bien que de provecho. Ahora, por caso singular y por la abundancia de las lluvias, había servido para aumentar el caudal de aquel depósito. Así que la inundación limitada y dominada ya, si bien perjudicial a los plantíos en sumo grado, demostraba que no era todo el contenido de la presa el que se había derramado al exterior. A haber sucedido esto, la ola arrolladora habría barrido cuanto hubiera encontrado al paso, convirtiendo en desechos escombros la hacienda entera, inclusas las construcciones más macizas.

El activo administrador dio orden de que se abriesen tajos aquí y allá para facilitar el escurrimiento del agua; mandó levantar bardas de terrón en tales o cuales puntos para evitar que fuesen invadidos terrenos que habían quedado a salvo, y dictó cuantas medidas le aconsejaron la prudencia, la experiencia y su adhesión a don Pedro.

Así pudo salvarse una parte de los plantíos. Al desalojar el agua grandes terrenos, vióse que nada habían sufrido algunos cañaverales. A pesar de esto, calculó don Simón en veinte mil duros el importe de los perjuicios causados por la inundación.

XXIV

Mala suerte tuvo el alcalde de Citala para divertirse a sus anchas aquella noche, pues habiendo sido distraído de sus placeres en un principio por Gonzalo, lo fue también a la madrugada por don Pedro en persona, quien le mandó atento recado suplicándole pasase a su casa, donde lo esperaba para tratar asuntos importantes. Era el juez un comerciante de la localidad, de hacienda escasa; y como ya había recibido favores diversos de quien ahora solicitaba sus servicios, esperaba granjearse su mejor voluntad por medio de nuevas atenciones, para obtener de él que le enviase arroz, azúcar y aguardiente en comisión, y le diese su garantía cuando la hubiese menester, para comprar efectos a plazo. Por todas estas razones presentes y futuras, acudió solícito al llamado, saliendo sin vacilación de aquel lugar de delicias, y arrancándose de los brazos de una hermosa morena con quien casualmente bailaba en aquellos dichosos momentos. ¿Pero qué no se hace en favor de los ricos? ¿Qué no se sacrifica a la esperanza de obtener lucro?

Recibió don Pedro al alcalde con la gravedad que le era característica, en la sala de su casa, acompañado por el letrado que había defendido a Roque. Hablaba con éste, a la sazón, del amparo pedido la noche precedente.

—Se me figura —decía don Pedro—, que el pobre Roque está muerto a estas horas.

—Tal vez no —repuso el abogado—, porque don Gonzalo salió de aquí a toda prisa, resuelto a alcanzar a la escolta.

—¿A qué hora?

—Como a las diez de la noche.

—Es extraño que no haya vuelto todavía —observó don Pedro—. ¿Qué habrá pasado?

En esto, con la oportunidad de un suceso preparado, oyóse el trote de un caballo, y a poco entró Gonzalo calado por la lluvia hasta los huesos.

239

—¿Qué sucede? —preguntó don Pedro con ansiedad.

—Por más que corrí, llegué tarde —contestó el joven dejándose caer desfallecido en un asiento.

—¿De suerte que lo asesinaron?

—Sí, señor; a mi vista lo acribillaron a balazos.

—¡Maldita sea su raza! —exclamó don Pedro—. ¿Y el cadáver?

—Viene cerca; lo traen en una tabla. Primero lo amarraron sobre un caballo; pero el animal se asustaba y lo tiró al suelo dos veces. Al fin, hace tres o cuatro horas, al llegar a un rancho, lo pusieron en la tabla, y lo hicieron conducir sobre los hombros de cuatro hombres de a pie, que vienen muy despacio. Me adelanté por horror al espectáculo.

—Esto no tiene remedio —dijo Ruiz cerrando los puños—. Ahora lo que importa es castigar sin misericordia. Señor alcalde, denuncio como autores de ese crimen al presidente municipal y a mi compadre don Miguel. Cito como testigos a mi abogado, a mi hijo y al secretario de don Santiago Méndez. Presento, además, como instrumento de convicción esta carta de mi compadre dirigida ayer a la autoridad, pocas horas antes del crimen.

—No sé si puedo intervenir en este negocio —repuso el alcalde vacilante, volviéndose al licenciado.

—Sí, señor; como aquí no hay juez, tiene usted que encargarse de las primeras diligencias —contestó éste.

—Usted sabe lo que hace y lo que dice —prosiguió el funcionario—; yo soy un pobre comerciante que no entiende de leyes. ¿Conque usted cree que puedo tomar ingerencia en el asunto?

—No sólo creo que puede, sino que debe.

—En ese caso, usted me hará favor de dirigirme.

—Con mucho gusto; usted escribe y yo dicto.

—Aun tengo que hacer otra acusación a don Miguel Díaz —interrumpió don Pedro—: haber pagado a cuatro mozos del Chopo para que destruyeran la presa del Palmar. Anoche fue volada con dinamita una parte del pretil, causando el desbordamiento del agua sobre los cañaverales, y muy considerables perjuicios en mi propiedad.

El alcalde, azorado, volvióse de nuevo al jurista, interrogándolo con los ojos.

—Digo de este negocio lo mismo que del otro; que puede usted encargarse de las primeras diligencias.

—Como les acabo de manifestar —observó el juez—, estoy dispuesto a todo lo que gusten, si creen ustedes que puedo hacerlo sin faltar a mi deber.

—Sí, puede usted, ya le digo —continuó el licenciado.

—¿Y cómo hacemos con los dos negocios?

—Creo —dijo don Pedro—, que debemos comenzar por el de la presa, porque aquí están los detenidos. Mientras declaran éstos, llegarán los gendarmes y seguiremos con el asesinato.

—Muy bien me parece —dijo el licenciado.

Comenzaba a amanecer en aquellos instantes. A pesar de lo temprano de la hora, mandó el alcalde llamar a su secretario, y poniéndose todos en obra, recibióse la declaración de los albañiles, quienes dijeron en presencia de don Pedro, la verdad de los hechos en que habían tomado parte.

Concluido el interrogatorio, súpose que habían llegado al pueblo los gendarmes con el cadáver de Roque. El alcalde los hizo comparecer en el acto, y los examinó. Recibió asimismo los testimonios de Figueroa y del secretario de Méndez; pero no el de Gonzalo, porque suplicó éste a su padre le permitiera no tomar cartas en el negocio. Don Pedro, sin otorgarlo ni negarlo, pidió y obtuvo que se sentara mandamiento de prisión contra don Miguel, por indicios de asesinato y ataques a la propiedad. En cuanto al presidente municipal, remitióse el asunto a la decisión del Consejo de Gobierno para que declarase al funcionario con lugar a formación de causa.

Aquellos dilatados preliminares concluyeron con la orden de prisión de los gendarmes. A consecuencia de estas medidas, fue grande el azoro que cundió por el pueblo. Figueroa y sus parciales publicaban lo ocurrido, y daban ya por derribado al presidente municipal.

—Ahora —dijo don Pedro— sólo falta proceder a la aprehensión del reo principal.

—Para ello es preciso librar orden a la autoridad —observó el licenciado.

—¡Pues a escribirla! —dijo don Pedro.

En un momento quedó escrita.

—¿Quién la lleva?

—El secretario —repuso el abogado.

—Yo lo acompaño —agregó Ruiz.

—¿Y si no la obedece? —preguntó el alcalde.

—Se dirige un mensaje al Tribunal para que haga respetar a la administración de justicia —repuso con voz solemne el letrado.

Disponíase don Pedro a salir en compañía del secretario; tenía ya el sombrero en la mano y se dirigía a la puerta, cuando oyó la voz de Gonzalo que lo llamaba.

—Padrecito ¿me haces favor de oírme una palabra?

—Ahora mismo, vuelvo en este momento.

—No, antes de que salgas...

—Estoy de prisa.

—Seré breve.

—Vamos, pues; pero te prevengo que no puedo perder mucho tiempo.

—Si me haces el favor, pasaremos a la otra pieza.

Mohíno don Pedro, siguió los pases de su hijo, y entró en el aposento inmediato.

—¡Y bien! —dijo al entrar— ¿qué ocurre?

—Quería decirte —repuso Gonzalo con turbación—, que me he hecho cargo con tristeza de todo lo que pasa, y veo que las cosas han llegado a su último punto de gravedad. Vas a aniquilar a mi tío don Miguel; tienes poder para hundirle en la cárcel; será condenado por sentencia infamante a sufrir una pena severa. Conozco que te sobra razón para todo eso, porque no lo has ofendido, ni has sido el primero en atacarlo, ni lo odias; sino que es él quien te ha hostilizado y perjudicado sin escrúpulo ni conciencia. Han sido para mí estos acontecimientos una revelación dolorosa. Jamás pensé que pudieran realizarse, ni mucho menos que mi tío fuese capaz de llegar a tal extremo de ceguedad. Soy el primero en conceder que merece castigo, y muy duramente; yo también estoy indignado por lo que ha hecho. Pero, padrecito ¿has pensado en mí? ¿Has reflexionado en las consecuencias que va a traer sobre mí ese acto de justicia? No he hecho nada que pueda lastimarte, en nada te he ofendido, y sin embargo, vas a confundirme, vas a pasar sobre mi corazón en la exaltación de tu cólera.

—¿Por qué lo dices? ¿Quién habla de perjudicarte? Ahora vas a ser más dichoso, porque vas a presenciar el triunfo de tu padre.

—Has triunfado ya, y estás reivindicado; no hay quien dude de la justicia de tu causa. Los cuadernillos publicados por el licenciado Muñoz con su alegato y la sentencia del Tribunal, han dejado las cosas en estado tan favorable para ti, que nadie te niega la justicia.

—Pero ¿no has visto cómo mi compadre no quiere que tengamos paz? ¿No ves que ha mandado asesinar a Roque, sólo por ser mi sirviente, y que ha hecho destruir la presa para arruinarme?... Deberías estar tan indignado contra él como yo mismo; más acaso, porque los hijos deben sentir doblemente las ofensas inferidas a sus padres... por ellos y por sus padres.

—Bien sabe Dios que así siento las que recibes.

—En tal caso —repuso don Pedro con enfado—, te aseguro que no entiendo... ¿Qué es lo que pretendes?

—Ya te lo puedes figurar...

—No me lo figuro, ni quiero figurármelo; sino oírlo de tu misma boca... ¡Vamos! ¿qué quieres?

Al escuchar el acento airado de su padre, acobardóse el mancebo y guardó silencio.

—¿No me has oído? —prosiguió Ruiz—. ¿Para qué me has traído aquí?

—Padrecito, para hacerte una humilde súplica.

—Pues hasta luego, porque no estoy para perder el tiempo, y me espera el juez en la otra pieza... Si no hablas en el acto, me marcho... Después me dirás lo que quieras.

—En este momento, no te vayas... Pues bien, te ruego por lo que más quieras, por la memoria de mi santa madre que está en la gloria, por mí, por lo más sagrado, que no acuses a mi tío, que no lo hagas procesar, ni encarcelar, ni condenar.

—¿Por qué? ¿Por qué no? Vamos a ver: ¿Por qué no? —gritó don Pedro, agitando las manos en el colmo de la exaltación.

—Porque abrirás un abismo entre su familia y la nuestra; abismo que ya no podrá llenar nada.

—¡Como si él no lo hubiese abierto ya! ¡Como si las ofensas y males que me ha hecho no contaran para nada! Muy atrasado estás de noticias... ¿Conque no sabes que hay ya un abismo entre su familia y la mía? Es que no te afectan mis cosas... Comienzo a sospechar que te interesas más por él que por mí.

—No vuelvas a decirlo. Bien sabes que te quiero sobre toda ponderación, y que tu causa es mi causa, tu suerte mi suerte; y que, después de Dios, nada hay tan venerable para mí como tú... Pero creo que la situación de mi tío y la tuya son muy diferentes. Él es injusto, tú no; él te atacó sin razón, tú lo venciste; él desciende hasta el crimen, tú alzas la frente libre de toda mancha. Ha sido impotente para dominarte, has sorprendido sus intrigas y te has apoderado de sus armas. Lo has derrotado en todo... eres el fuerte, y puedes ser generoso. Tu reputación y tu nombre están no sólo ilesos, sino que son ahora mucho más respetados que nunca. El único mal que te ha hecho, ha sido el de menoscabar tu fortuna; mas para tí las cuestiones pecuniarias no son las principales. Pero si lo entregas a la justicia, tú sí lo arruinas, tú sí lo aniquilas, tú sí lo matas; porque de ese golpe, de esa deshonra no se levantará nunca.

—Deshonrado está ya por sus propias acciones; no hago más que quitarle la máscara hipócrita con que se cubre. Es un delincuente que entrego a los jueces. El deber de todo hombre honrado es proceder de esta manera. Si no lo hago así ¿qué correctivo tendrá? Nada habrá que lo detenga en el camino del crimen, y no le inspiraré más que desprecio. Me habrá provocado, burlado y humillado, y yo lo habré sufrido todo como una débil mujer.

—No, padre; lo habrás hecho por mí, por compasión, por lástima.

—¡Es insensato lo que pides, no puedo concedértelo!

Diciendo esto don Pedro, se dirigió a la puerta; Gonzalo se le interpuso.

—Anda, padrecito, hazlo por tu vida.

—¡Quita allá, apártate!

—Me vas a hacer desgraciado.

—Primero estás tú que yo ¿no es cierto?

—No podré ya casarme con Ramona...

—¡Qué me importa que te cases!

—¡Padrecito, por Dios!

—Sólo un medio habría de evitarlo: que ventiláramos mi compadre y yo nuestras diferencias con la pistola en la mano. Si lo quieres, lo haré así. Nulificaré lo hecho ante el juez, e iré a buscarlo para abofetearlo en la plaza pública.

Gonzalo se estremeció de horror ante aquella amenaza. Conocía a su padre, y sabía que era capaz de cumplirla. Se le ofuscó la mente no sabiendo qué decir, ni qué partido tomar. Parecióle haberse asomado al corazón de su padre, y visto en él un abismo que antes no había sospechado: el del odio.

—¿Prefieres que lo haga? —preguntó don Pedro con alegría feroz—. Anda, di que sí y verás lo que sucede.

—Padrecito —repuso Gonzalo haciéndose a un lado para que pasase don Pedro—, no insisto. Ya que no quieres oírme, ya que no quieres concederme lo que te pido, que se cumpla tu voluntad. Eres el primero. ¿Qué importa que sea yo desgraciado? ¿Qué importa que me mate la pena? Al cabo la vida es muy breve... No por eso te querré menos; te amaré como siempre, aunque me partas el corazón. Ya no te detengo. Anda, haz lo que te plazca.

Y se echó a llorar como un niño.

En aquel momento se oyó una voz de mujer en la sala.

—Está ocupado en este momento —decía el licenciado—; está hablando reservadamente con su hijo.

—No importa —dijo la voz femenina— soy de casa, soy de la familia.

Y abriéndose la puerta de comunicación, dio paso a doña Paz. Vino en derechura a don Pedro, tendiendo hacia él ambas manos.

—Acabo de saber —le dijo—, que van a poner preso a Miguel, que lo has acusado de asesinato y de haber pagado malhechores para que rompieran tu presa. No se habla de otra cosa en el pueblo. Figueroa lo anda contando a todo el mundo; pero yo no lo puedo creer, porque te conozco. Eres bueno y generoso. ¿No es verdad que la gente no tiene razón para decirlo?

—No hagas aprecio de chismes... —repuso Ruiz con sequedad.

—¿No es verdad que no es cierto?

—Poco ha de vivir quien no sepa la verdad.

—Pero yo quiero que me la digas. Si es cierto que tienes ese proyecto horrible, desiste de él, Pedro; ya que no por consideración a tu antiguo amigo y compadre, por consideración a nosotras.

—Mi compadre no ha tenido consideración para nadie.

—Pero tú sí la tendrás, porque nos quieres.

—Se guarece detrás de ustedes buscando impunidad; pero yo sabré alcanzarle a través de todos los obstáculos.

—¿Aun a través de Ramona y de mí? Nosotras no te hemos hecho ningún daño.

Don Pedro, torvo y siniestro, guardó silencio. El indómito carácter que tanto le servía en la lucha, tornábase dureza y obstinación en ciertas ocasiones. Tenía Ruiz los defectos de sus mismas cualidades; era una roca.

—Siento que voy a volverme loca —dijo doña Paz echándose a llorar—; esto es demasiado para mí. Hace mucho tiempo que no tengo sosiego, que no duermo, que no descanso, pensando a toda hora en la enemistad de ustedes. ¡A toda hora con el Jesús en la boca, a toda hora pidiéndoles a Dios y a los santos que no permitan suceda una desgracia; y que proteja a Miguel y que te proteja a tí y que nos proteja a todos, porque siempre he tenido presentimientos funestos!

—Tu marido es el único responsable.

—Y él dice que tú. Los dos han dado en aborrecerse por tonterías que no valen la pena; están escandalizando a Citala. Gastan su dinero, se ponen en espectáculo, y se comprometen de un modo atroz. Ustedes los hombres se dejan cegar por las pasiones, y no piensan en nosotras las mujeres, que no hacemos más que afligirnos. Para ustedes son los desahogos de la ira; a nosotras nos toca temblar, llorar y vivir de rodillas pidiéndole a Dios que les ablande el corazón, y los libre de los riesgos que provocan.

—Lo que dices no reza conmigo; mi compadre es quien me ha buscado la condición y me ha hecho cuantos daños ha podido. ¿Por qué no le hablaste a tiempo, como lo estás haciendo ahora conmigo? Todos quieren que sea yo el prudente.

—Mucho le he suplicado —repuso doña Paz llorando más que nunca—; y bien lo sabe Dios; pero no ha querido oírme. Antes se enfurecía conmigo y con mi hija cuando le hablábamos de esto. ¡Quién sabe qué nos sucede! Este es castigo de Dios; no puede ser otra cosa.

—Si tu marido no te ha hecho caso ¿cómo pretendes que yo te lo haga? ¿Tengo más obligaciones para tí que tu mismo marido?

—El pobre de Miguel es bueno, pero Dios le ha dado poca inteligencia, y cuando se le cierra la cabeza, no hay medio de sacarlo de sus trece... Tú piensas y puedes comprender mejor en lo que paran las cosas... Además, como has sido tan consecuente conmigo, abrigaba la esperanza de que me hicieras este favor. ¿Tendrás corazón de ver a tu compadre en la cárcel, confundido con los criminales, y a nosotras sufriendo horriblemente, avergonzadas y sin tener valor para levantar los ojos del suelo?

—Pregúntaselo a mi compadre.

—¿No te muerde la conciencia de echar una mancha sobre nuestro nombre y sobre nuestra familia?

—La mancha está echada; consiste en la mala acción, y no en el castigo.

—¡No, Pedro, por el amor de Dios, no lo hagas!

—No me atormentes, Paz, es inútil.

—Mírame ¿quieres que me arrodille?

—¡Ni lo mande Dios! Sólo ante El debemos arrodillarnos.

246

—¿Pero me haces este favor?

—¿Para qué quieres que te engañe? Por tí todo, ¡por él nada!

—¡Pues hazlo por mí!

—Nos estamos atormentando sin necesidad...

—¿No lo haces?

—No puedo.

—No te creía tan duro de corazón.

—Ahora acabarás de conocerme.

—¡Válgame Dios de mi vida! —exclamó sollozando la pobre señora.

Transcurrió un rato de silencio embarazoso: doña Paz llorando a mares y gimiendo de una manera desgarradora; él sumido y absorto en pensamiento coléricos. De pronto levantó la cabeza doña Paz, como iluminada por un rayo de súbita esperanza, y dijo:

—Es que no tengo bastante influencia sobre tí... no valgo nada para tí... lo conozco... Soy muy tonta ¡me había figurado otra cosa! Voy a traer a Ramona. A ella sí la quieres, es tu ahijada... casi tu hija... A ver si te mueve el corazón... a ver si consigue lo que no he podido conseguir yo. No te vayas ¿me esperas? Al menos hazme este favor. Espérame unos minutos; no se te seguirá ningún perjuicio por concederme unos minutos. ¿Me esperas?

Don Pedro no contestó; pero doña Paz creyó que la esperaría, y levantándose apresurada, se enjugó los ojos con el pañuelo, echóse el mantón sobre la frente y salió de la casa.

No tardó en volver acompañada de Ramona; pero ya no halló a don Pedro, ni al juez, ni al licenciado, ni a ninguna de las personas que lo acompañaban. No estaba en la casa más que el atribulado Gonzalo, quien no se había movido del lugar donde su padre lo había dejado.

—¿Qué dices, Gonzalo —murmuró doña Paz— de lo que va a hacer tu padre?

—¿Qué dices, Gonzalo? —repitió Ramona convertidos los ojos en fuentes de lágrimas. ¡Quién lo había de creer!

El pobre joven contestó únicamente con sollozos, porque la congoja le había embargado la voz, y porque se sentía tan desventurado y tan impotente como ellas. Y todos juntos se echaron a llorar amargamente.

XXV

Asomaba el sol por el Oriente. Su disco, menos deslumbrante en el horizonte, dejábase ver rojo y redondo entre nubes rotas y orladas con franjas de oro. Purísimo el cielo y de un azul profundo, era como una mar inversa suspendida en el espacio, donde semejaban bogar una barca luminosa, que era el astro rey del día, y volar unas velas ligeras, que eran las nubes. Estaba empapada la tierra con el agua de los fuertes aguaceros de la noche anterior; oscura por la humedad, y llena de baches y de charcos, que brillaban con la luz, como fragmentos de espejos rotos y dispersos por su ancha superficie. Ostentábase la vegetación por donde quiera lozana y brillante, lavada del polvo que empañaba sus hojas y tiernos brotes, y alegre con su inusitado verdor. Todo parecía renovado y placentero, como si hubiese salido nuestro globo más joven que nunca del seno de la tempestad y de la noche.

Pero don Miguel, que caminaba para Citala en aquellos momentos, no veía nada de todo eso, abstraído en profundas meditaciones. Cuando salía de su absorción, era para enfadarse por el mal estado del camino, donde solían resbalar las patas del caballo, o dar en algunos agujeros llenos de lodo, cuyo contenido arrojaban al rostro del jinete. No estaba tranquilo Díaz ni contento de sí mismo. Habíale sido imposible conciliar el sueño durante la noche; pasóla pensando en sus venganzas y preguntándose con terror si se habrían ya realizado. Estaba arrepentido de su arrebato, y deseaba ardientemente que por cualquier circunstancia no hubiesen sido obedecidas sus órdenes. Alimentaba la secreta esperanza de que a causa del mal tiempo, se hubiera suspendido su ejecución, tanto en el Palmar como en Citala, y llevaba el firme propósito de hablar con don Santiago, tan luego como llegase al pueblo, para rogarle que pusiese en libertad a Roque, o lo mandase a la capital, como quisiese, con tal que no lo matase. No era tan perverso en el fondo, sino más bien aturdido, tenaz y soberbio. Habíase criado en la atmósfera feudal del campo, donde se adquiere el hábito de guardar poco respeto a ciertas garantías individuales, y no era escrupuloso en el uso de su autoridad. Varias veces había castigado a sus mozos por propia mano, lanzándolos de sus tierras, prendiendo fuego a sus chozas, encerrándolos en las trojes y poniéndolos en el cepo; pero, hasta entonces, jamás había atentado contra la vida de ninguno. Llenábase de espanto y remordimiento, al pensar que había puesto el pie en esta pendiente resbaladiza. En vano traía a la memoria el recuerdo de otros hacendados homicidas de gente rústica; por más esfuerzos que hacía, no lograba tranquilizar su conciencia. Gritábale ella que nadie tenía derecho para disponer de la vida de los semejantes, y que todos los que vertían sangre humana, habían de dar a Dios estrecha cuenta de su delito. Hondamente preocupado con estas ideas, sentía impaciencia y miedo por verse en Citala; habría deseado tener alas para entrar sin tardanza en la población, y, a la vez, que se prolongase la senda de un modo indefinido, para no llegar nunca al término del viaje.

Entraba ya por la primera calleja del pueblo, cuando encontró a un hombre a pie, que salía con dirección al campo. Reconociólo con sorpresa cuando estuvo cerca. Era uno de los albañiles enviados al Palmar.

—Amo —le dijo éste acercándosele— qué fortuna habelo incontrado.

—¿Qué pasa? —preguntó don Miguel deteniendo la cabalgadura.

—Cosas muy malas, señor; estamos perdidos.

—¿Por qué?

—Porque nos han discubierto.

—¿Rompieron la presa por fin?

—Sí, señor amo; pero como andaba cerca el almenistrador del Palmar con munchos vaqueros, nos vieron y se pusieron a seguirnos. Yo solo me les juí; pero al mestro y a los otros compañeros los agarraron. Como estaba la noche tan escura y llovía tantísimo, me perdí y no pude irme pal Chopo; así es que me vine pa cá, ya muy tarde, antes de la madrugada. Al llegar po aquí, vide un tropel de gente, y reconocí al mestro y a los otros piones. Pasé junto a ellos, y pude hablar con el que venía en la cola, y me dijo que el almenistrador les había dado una güena cintareada y los iba a ajusilar, y que había tenido que desembuchar todo, y que quén sabe que les iría a suceder.

Don Miguel se sobresaltó por extremo al oír tales palabras.

—¿Quién venía con los presos? —preguntó.

—El amo don Pedro en persona, señor amo, y munchos vaqueros. Los traiban en cuerda amarrados de las manos. ¿Qué me aconseja su mercé que haga? ¡Pa allá iba!

—Que te *largues* lo más aprisa posible, y que no vuelvas al Chopo por mucho tiempo. Toma para el viaje. Ésta es tu gratificación. Y don Miguel le dió cuanto dinero en plata llevaba en el bolsillo. No encontrándose más monedas, sacó de la cartera un billete de Banco y se lo dio también. Todo esto con mano trémula y rostro demudado.

—Amo —dijo el albañil—, y este papel mugroso ¿pa qué es?

—Es dinero, hombre, vale veinte pesos.

—¡Quén lo ha de querer! Es más mejor que me dé *morralla*.

—No traigo; pero no tengas cuidado, donde quiera que entregues ese papel, lo reciben por su valor.

—¡Conque ansina, señor amo! —exclamó el albañil estupefacto—. ¡Haiga cosa! Y se quedó viendo el billete con incredulidad, en tanto que don Miguel continuaba la marcha.

Ocurriósele a éste no entrar en Citala, sino rodear la población y echar a correr; pero ¿hacia dónde? ¿Por qué? Tal vez no habría peligro para él. Todos le temían y respetaban en el pueblo; no habría quién se atreviese a molestarle. Sobre todo, tenía que orientarse antes de tomar cualquier resolución.

Había otra circunstancia que no le permitía marcharse desde luego: su incertidumbre sobre la suerte de Roque. ¿Viviría? ¿Habría muerto? No podía tener paz mientras no lo supiese; y, si era tiempo aún, quería dar contraorden para que no lo matasen. La congoja que le ocasionaba la ignorancia en que estaba sobre esto, impulsábalo a entrar en el pueblo para averiguar lo que había pasado. Inspirábale confianza su amistad con Méndez. Don Santiago lo favorecería en cuanto pudiera. Lo que él le aconsejara, eso haría.

Una vez resuelto a obrar así, continuó la marcha pensativo, seguido por Marcos, su fiel criado. Llegaba ya a la puerta de su casa, cuando vio avanzar por el extremo opuesto de la calle y caminando hacia él, un grupo de gente acompañado de gendarmes a caballo. Dióle un vuelco el corazón sin saber por qué, y sintió que un frío glacial le corría por las venas. Como el grupo y él seguían avanzando, se encontraron a poco.

¿Y qué fue lo que vio entonces el espantado Díaz? Sobre una tabla, conducido por cuatro campesinos y atado con toscas cuerdas, un cadáver rígido y amarillo. La ropa miserable que lo cubría, calzones y camisa de gruesa manta, teñida en sangre, principalmente en el pecho, donde la hemorragia coagulada y abundantísima, había tomado tintes más oscuros, casi negros. Sobre la frente, entre la negra e hirsuta cabellera, pegada y endurecida por la sangre, veíanse grandes cuajarones de color rojo, mezclados a partículas blancas de la masa encefálica. El lívido rostro, vuelto al cielo, tenía una expresión de angustia y de sufrimiento que partía el corazón, los ojos entreabiertos y vidriados fascinaban con su mirada mortecina; y la abierta boca, oscura y llena de tierra, parecía exhalar no escuchados ayes y quejas.

Rodeaban el cadáver los gendarmes, y lo seguía muchedumbre curiosa. En medio del grupo venía una mujer llorando y dando alaridos de dolor. Traía una criatura de pecho, sujeta con el rebozo a la cintura y cargándola con el brazo siniestro, en tanto que con la mano derecha conducía a otro niño como de cuatro años, descalzo y harapiento.

—¡Roque! ¡Mi Roque! ¡Mi marido! —gritaba la mísera—. ¡Me han matado a mi marido! ¡Me lo han matado! ¡Hijos! ¡Hijitos! ¡Pobrecitos! ¡Están huérfanos! ¿Qué hago? ¿Qué hago? ¿Qué hago? ¡Ay! ¡Ay! ¡Ay!

Al pasar junto a don Miguel, violo y díjole sollozando:

—Señor don Miguel ¿ya lo ve? ¡Me han matado a mi marido! ¡Es ése que va ay, en esa tabla! ¿Qué hago, señor don Miguel? ¿Qué hago? ¡Ay! ¡Ay! ¡Ay!

Más lívido que el difunto se puso Díaz al ver la escena y al oír aquellos lamentos, no supo de sí, ni veía ni oía nada: había caído en un abismo de terror, a donde no llegaban los ecos del mundo que lo rodeaba. El caballo, por hábito, condújolo al zaguán de su casa. No tuvo Díaz conciencia de haberse apeado allí, ni de lo que hizo, ni a dónde fue, ni cuánto tiempo pasó absorto, hasta que le pareció que despertaba y se vio sentado en el sofá de la sala, con los codos en las rodillas y la cabeza entre las manos. Punzábanle las sienes, y tenía en los oídos el acento de la viuda:

—Señor don Miguel ¿ya lo ve? ¡Me han matado a mi marido! ¡Es ése que va ay en esa tabla! ¿Qué hago, señor don Miguel? ¿Qué hago?

¿Qué había de hacer? Llorar, sufrir, pedir limosna, llevar a sus hijos de puerta en puerta para recoger mendrugos de pan. Ese era el porvenir que la esperaba. ¡En qué precipicio había caído él, Díaz! ¡Qué era lo que había hecho! ¡Quién le hubiera dicho que había de acabar por convertirse en asesino! Porque él tenía la culpa de aquella desgracia; él, sólo él. Verdad era que don Santiago lo había instigado a decretarla, y era el responsable directo del crimen; pero en las manos de él, Díaz, hubiera estado el evitarla y era él quien había firmado la sentencia... ¿Cómo remediar el mal? ¿Cómo volver atrás? Si hubiera podido deshacer lo hecho y tornar a la vida a aquel infeliz ¡con cuánto placer lo hubiera realizado! ¡Aun a costa de cualquier sacrificio! Maldita para siempre la necia cuestión que había emprendido contra su compadre don Pedro. ¿Qué necesidad había de entrar en tan atroces reyertas, sólo por disputarle un miserable pedazo de tierra? La verdad era que había obrado mal en todo; su conciencia se lo gritaba ahora, aunque tarde. Había sido necesario sufrir la horrible conmoción de aquel espectáculo, para arrojar la venda de los ojos y ver las cosas con claridad. ¡Hasta dónde lo habían conducido sus malas pasiones! Que don Pedro tenía más tierras que él... ¿que importaba? Que había construido una fábrica de azúcar magnífica... ¡mejor que mejor! Que se hacía rico y poderoso, y que todos lo elogiaban y rendían homenaje... ¡a las mil maravillas! ¡Lo hubiera dejado disfrutar en paz aquellos beneficios, y se hubiera consagrado a atender sus negocios, sin preocuparse por los ajenos!... Pero ahora ¡qué remedio! ¿Qué iba a suceder? ¿Cuál sería el desenlace de aquella situación tan horrible?...

Desde luego, érale preciso tomar bajo su protección a la viuda de Roque y a los huérfanos. Les daría una casita en el pueblo para que vivieran, y una mesada para que se mantuviesen. A los niños les compraría vestidos nuevos, los pondría en la escuela y les daría juguetes para que se divirtieran... pero ¿cómo les indemnizaría la pérdida de su padre? Esto no era posible... Tenía también que destruir otra injusticia: la que había cometido con Pánfilo Vargas. ¡Le daba vergüenza recordar su conducta con ese sirviente!

Devanábase los sesos pensando estas cosas, y no se acordaba de sí mismo. Tenía el corazón lacerado, que poco le importaba su propia suerte; no se preocupaba en lo más mínimo por lo que le pudiera acaecer. Lo capital era subsanar los males que había hecho, del modo más eficaz y rápido que fuese posible. ¡Pronto!... ¡A remediar la desgracia de aquella familia desamparada, para alivio de su conciencia y para que Dios lo perdonase!... ¡A mandar decir misas, muchas misas por el alma del pobre Roque, que sabe Dios si estaría en pecado cuando lo sorprendió la muerte!

Sumido se encontraba en estas reflexiones, cuando oyó pasos en la estancia, notó que unas sombras se interponían entre él y la luz, y sintió que dos personas se sentaban en el sofá, a un lado y otro del sitio que él ocupaba. A poco escuchó la voz de su esposá, que le decía cariñosamente:

—Hijo, aquí estamos, míranos; Ramona y yo.

Abrió los ojos don Miguel, y se halló en medio de las dos mujeres. Mucho tiempo hacía que, preocupado por sus rencores, no sentía el amor de la familia; apenas hablaba con ella, y se mostraba duro y violento en el hogar. Ahora que había cambiado el estado en su alma, sentía renacer la ternura conyugal y paterna en el fondo del corazón; de modo que tendió una mano a su esposa y otra a su hija, sin decir palabra. Ellas, que lo querían tanto, que estaban sedientas de efusiones cariñosas, y que lo miraban sufrir en aquellos momentos, cogiéronlas entre las suyas, estrecháronlas contra el pecho, y las cubrieron de besos.

—Hijo —repitió doña Paz con dulzura— ¿qué piensas hacer?

—¡Hacer! —dijo Díaz sorprendido— ¡para qué!

—Para salvarte —repuso su esposa.

—No comprendo...

—Tengo que decírtelo para que tomes el partido que quieras. Dentro de poco vendrá la autoridad a prenderte.

—¡A mí! —dijo Díaz sobresaltado.

—Sí, a tí.

—¿Por qué?

—El pueblo se vuelve lenguas hablando de tí y de don Santiago Méndez. Sobre todo, Figueroa, el rábula, anda vociferando que está dada orden de prisión en tu contra por el alcalde.

—Pero ¿de qué me acusan?

—De cosas horribles; estoy segura de que son calumniosas. Ese mismo tinterillo las ha de haber inventado. Dicen que anoche fue destruida la presa del Palmar por comisionados tuyos, y que la hacienda de Pedro está ahogada, toda ahogada. Pero ya no lo creo. ¿No es verdad que no es cierto?

Bajó la cabeza don Miguel y no contestó.

Doña Paz fijó en su rostro una mirada angustiosa.

—Agregan —prosiguió— otra cosa todavía más horrible... Que por intrigas tuyas mandó asesinar el presidente municipal a un caporal de mi primo. Esto sí que no puede ser cierto... Tú no eres tan malo.

Díaz lanzó un suspiro, y quedó absorto, con la vista fija en la alfombra, como si estuviese contemplando alguna cosa fascinadora y horrible. Madre e hija se miraron con asombro doloroso; ambas tuvieron el presentimiento de que aquellos cargos no eran infundados. Observaban que don Miguel no tenía fuerzas para negar los hechos, ni aun para protestar contra la calumnia; y que, sobre todo, la expresión de su rostro lo delataba.

—Como quiera que sea —dijo doña Paz llevándose el pañuelo a los ojos—, lo urgente es que te salves. ¿Qué haces aquí sin moverte, cuando dentro de pocos momentos van a llegar los alguaciles?

—Tienes razón —repuso don Miguel sacudiendo la cabeza—, es preciso huír.

Luego se puso en pie y dijo con acento extraviado:

—Mi caballo ¿dónde está mi caballo?

—Acabo de verlo en el corredor; anda, no tardes.

Dio don Miguel unos pasos, y luego volvió atrás.

—Pero ¿a dónde voy? —dijo.

—A la capital —repuso doña Paz precipitadamente—, o al campo, o a otra hacienda, o a la sierra; a donde quiera, con tal que no te prendan.

—¿Y cuándo nos volveremos a ver?

Espero en Dios que pronto; pero ¡vete, por vida tuya!

Entonces se dirigió Díaz maquinalmente al corredor, se acercó al caballo que ensillado lo aguardaba, cogió la rienda y montó. Su esposa y su hija lo siguieron ansiosas. Marcos venía detrás montado también.

Llegaban ya al zaguán, cuando se oyeron pasos precipitados junto a la puerta.

Luego sonó el aldabón. Doña Paz y Ramona se sobresaltaron; don Miguel se tornó lívido. Sólo Marcos conservó su entereza; sabía de lo que se trataba, porque no se hablaba de otra cosa en Citala. Echó mano al rifle que llevaba pendiente de la funda de cuero, por detrás de la silla, y se puso al lado de Díaz.

—Amo, no nos demos —le dijo— ¿quere que nos defiéndamos? Aquí me tiene pa servile. ¡Saque su *cuete!*

El aldabón volvió a sonar repetidas veces y como con prisa.

—No —repuso don Miguel con amargura y echando pie a tierra— pasó ya ese tiempo. Mete el rifle en la funda y abre la puerta.

—¿Luego nos damos? —preguntó Marcos asombrado.

—Sí, no queda más remedio.

El fiel servidor obedeció, aunque de mala gana. Apeóse a su vez, ató las bestias a un pilar con mano febril, y fue a hacer lo que se le mandaba.

Abrióse la puerta y entraron don Pedro, Gonzalo y varias otras personas. Al verlas púsose doña Paz delante de su marido, para cubrirlo con su cuerpo, y Ramona se abrazó a él fuertemente para disputarlo a sus enemigos. Don Pedro avanzó imperturbable, hizo a un lado a doña Paz con la diestra, y llegando hasta don Miguel tendióle entrambos brazos, diciéndole:

—¡Compadre, un abrazo de paz!

Díaz se quedó estupefacto, sin comprender lo que oía.

—¡Vamos —repitió don Pedro— un abrazo, compadre! Todas han sido puras locuras; no volvamos a hablar de ellas. Quiero que sigamos siendo amigos.

Y sin esperar la respuesta, enlazólo con ellos, juntamente con Ramona, que no se le había separado.

—Estos hombres —prosiguió Ruiz—, son los albañiles de su hacienda, que vienen a ver qué se le ofrece, porque ya se vuelven al Chopo. Mándeles lo que quiera...

Como callase don Miguel:

—Váyanse, señores, cuando quieran —les dijo—. ¡Vayan con Dios, están libres!

Los albañiles parecían alelados y dudosos; pero como les fue repetida la orden, se apresuraron a marcharse llenos de regocijada sorpresa.

—Aquí tiene usted este papelito —volvió a decir don Pedro mostrando a Díaz la carta dirigida a Méndez para que matase a Roque, y estos expedientes, donde se lo había mandado aprehender.

Don Miguel se estremeció al reconocer las mal aconsejadas líneas escritas de su mano, y al mirar el cuaderno de instrucción criminal, cubierto con el sello del juzgado, que llevaba escrito en el forro con letras gordas:

Criminal.—Contra Miguel Díaz por ataque a la propiedad y por homicidio calificado...—y comprendió que había estado perdido.

—¡Pero esto no vale nada... para nada lo quiero! continuó Ruiz, y con propia mano redujo los papeles a menudos fragmentos.

Don Miguel no sabía de sí. Sintió un nudo en la garganta y un gran impulso en el pecho. Por un movimiento espontáneo, más rápido que su pensamiento, arrojóse sollozando en brazos de don Pedro. Y estrechólo largamente contra el corazón, murmurando bajito:

—¡Perdón!

Aquella palabra acabó de iluminar el espíritu y el rostro de don Pedro. Había procedido hasta entonces como enemigo generoso, habíase dolido de su hijo, a quien amaba más que a su vida, y de Ramona, a quien miraba con indecible ternura, y de doña Paz, por quien sentía veneración; pero todo lo había hecho contra su voluntad y sosteniendo una lucha formidable consigo mismo.

Pero al oír que su compadre daba salida por fin a aquella palabra humilde y suplicante, sintió que se desvanecía su odio, y que no quedaba en su corazón más que dulce afecto y cordial benevolencia; porque esa palabra tan breve, significaba el reconocimiento de los pasados errores, la confesión de las injusticias cometidas, y el arrepentimiento por los males causados. No necesitaba más para que desapareciese de su alma toda nube que pudiese empañar su ingénita nobleza, y, comprendiendo que su compadre era más débil que perverso, tuvo para él ya no rencor, sino piedad; ya no ira, sino misericordia.

Y levantándolo en alto con brazo robusto, lo tuvo buen espacio estrechamente enlazado.

—¿De suerte que no hay ya temor de nada? —preguntó doña Paz radiante de dicha.

—De nada, absolutamente de nada —contestó riendo don Pedro—. Todo está arreglado con el alcalde y con Figueroa... Pero lo que es a Méndez no le arriendo las ganancias. Vamos a tener el gusto de ser mandados por Figueroa dentro de pocos días. Eso nada nos importa. Dejemos a los políticos que se hagan pedazos. ¿Qué nos va, ni que nos viene con la política?

—Compadre —dijo don Miguel, con mansedumbre—, necesito pagarle los perjuicios.

—¡Quién habla de perjuicios!

—No, lo que es eso, sí, es indispensable.

—Bueno, ya lo arreglaremos después.

—Ahora, Pedro —dijo doña Paz riendo—, sólo nos falta que nos reconciliemos tú y yo.

—Y usted y yo, tío —agregó Ramona con donaire infantil.

—Vámonos reconciliando, pues —contestó don Pedro con rostro placentero. Y abriendo los brazos, estrechó en uno a la madre, y en otro a la hija.

—¡Que Dios te bendiga! —díjole doña Paz.

—¡Y a mí me perdone! —pensó don Miguel, levantando los ojos al cielo.

XXVI

Momentos después, sentados todos en la sala, y juntos Gonzalo y Ramona, díjole aquél a ésta con tierno acento:

—¿Ya ves Ramona? Al fin podremos realizar nuestro viaje.

—¡Cuán bueno es Dios! —murmuró la joven sonriendo y con lágrimas en las mejillas, que parecían rosas cuajadas de rocío.

impreso en programas educativos, s.a. de c.v.
calz. chabacano núm. 65, local a
col. asturias, cp. 06850
22 de noviembre de 2005